韩东诗歌创作研究

郭海玉 著

天津出版传媒集团
天津人民出版社

图书在版编目（CIP）数据

韩东诗歌创作研究 / 郭海玉著. -- 天津 : 天津人民出版社, 2019.10

ISBN 978-7-201-15260-8

Ⅰ. ①韩… Ⅱ. ①郭… Ⅲ. ①韩东－诗歌创作－诗歌研究 Ⅳ. ①I207.22

中国版本图书馆 CIP 数据核字(2019)第 194229 号

韩东诗歌创作研究
HANDONG SHIGE CHUANGZUO YANJIU

出　　版　天津人民出版社
出 版 人　刘　庆
地　　址　天津市和平区西康路35号康岳大厦
邮政编码　300051
网　　址　http：//www.tjrmcbs.com
电子邮箱　reader@tjrmcbs.com

责任编辑　孙　瑛
封面设计　吴志宇

印　　刷　北京市兴怀印刷厂
经　　销　新华书店
开　　本　710毫米×1 000毫米　1/16
印　　张　12.5
字　　数　206千字
版次印次　2021年1月第1版　　2023年4月第2次印刷
定　　价　68.00元

引 言

韩东是新时期以来“第三代”诗歌的标志性人物，曾深远地影响了当代诗歌的历史走向。在整个当代诗坛，他是一位颇具辨识度和知名度的诗人。他的辨识度体现在别具一格的诗歌文本以及独特的诗歌理论方面，知名度体现在他在群体性的诗歌活动中对其他诗人的创作和诗歌观念、当代诗歌史乃至文学史的影响力方面。韩东是当代诗坛具有承上启下的历史意义的诗人。这主要表现在如下两个方面：

首先，韩东的文学精神与新中国成立前三十年作家方之和 1980 年代的诗歌英雄北岛等《今天》诗人之间存在着承传关系。韩东的生父方之(韩建国)是新中国成立前讽刺国民党政府的年轻诗人，在十七年、“文革”时期受批判成为“右派”作家，他正派的品行和追求真理的批判精神深远地影响了韩东。北岛被韩东视为自己的文学之父，北岛的不合作精神、追求文学的独立和自由的精神对韩东有着深远的影响。韩东以《今天》诗歌的模仿诗作博得诗名，又以反叛《今天》诗歌美学的作品奠定了自己在当代诗歌史上的“先行者”地位，还通过模仿北岛结社办刊奠定了自己在同代诗人中的领袖地位。

其次，韩东的诗歌创作及诗歌理论在群体性的诗歌活动中直接影响了同代诗人、伊沙和另一些在体制边缘或体制外的诗人。1980 年代初，韩东在山东大学与诗友一起改组“云帆”诗社、传阅《今天》，受批判后又在全国范围内掀起了反叛《今天》诗歌的美学革命；不久在西安自办民刊《老家》影响了部分同代诗人的创作；1985 年与诗歌美学同道创办民刊《他们》，在彼此的相互扶持和学习中，韩东逐渐成为“他们”的灵魂人物，与同仁奉献了一批标志性的诗歌文本，形成了具有革命意味、流派特色的诗歌理论，共同影响了当代诗歌的潮流走向。在世纪之交的“断裂”行为和诗学论争生活中，韩东也以其带有论战或论争色彩的文论、诗论引起了文坛和诗坛的巨震，并积极带动、提携休制边缘或休制外的年轻诗人和作家群体的成长和壮大，推动了日常生活诗、口语化的诗歌、网络诗歌的繁荣，影响了当代诗歌的发展格局和文化生态。

鉴于诗人韩东与当代诗歌史的如上密切关系，本研究要解决的主要问题就是：诗人韩东的诗歌及诗歌理论是在怎样的背景下产生的，有哪些思想内涵和美学特色，历史价值和时代启示。

为解决上述问题，我们将研究对象确定为韩东的诗歌创作背景、创作文本和创作理论。韩东的诗歌创作背景包括他的童年、少年生活和对当代诗歌产生了较大影响的结社办刊活动、“断裂”行为以及世纪之交的诗学论争活动。韩东诗歌创作的研究对象为韩东的七本诗集（《白色的石头》《爸爸在天上看我》《来自大连的电话》《重新做人》《韩东的诗》《你见过大海》《他们》），文学期刊杂志上未收入韩东诗集的诗歌，“某人韩东”的新浪博客、新浪微博上贴出的未发表的诗歌。韩东诗歌理论的研究对象为韩东所有的诗论言说，包括诗论文章、韩东访谈录、格言摘编、作品自释等。

引 言

目　　录

第一章　韩东诗歌创作研究综述……1

第一节　韩东诗歌创作研究……1
第二节　韩东诗歌理论研究……9
第三节　其他研究……16
第四节　研究的不足……21

第二章　韩东诗歌创作背景研究……23

第一节　成长生境与韩东的精神构成……23
第二节　《今天》、“云帆”和《他们》……36
第三节　从“断裂”行为到“诗学论争”……50

第三章　韩东诗歌创作主题研究……77

第一节　“人与自然”主题……77
第二节　“人与人的情感”主题……90
第三节　“人与社会”主题……110

第四章　韩东诗歌创作艺术研究……126

第一节　韩东诗歌创作与小说艺术……126
第二节　韩东诗歌创作与绘画艺术……132
第三节　韩东诗歌创作与影视艺术……135

第五章　韩东诗歌创作理论研究……141

第一节　诗歌创作论：“灵感”来源说和艺术“多元”论……142
第二节　诗歌本质论：以“本体”为根的诗歌观念……152

结语　韩东诗歌创作及理论的价值和启示……171

第一节　韩东诗歌的价值和启示……171
第二节　韩东诗歌理论的价值和启示……175

韩东生平和创作年表……179

参考文献……186

第一章　韩东诗歌创作研究综述

自20世纪80年代中期开始，关于韩东诗歌生活、创作及诗歌理论研究的研究便呈现出开阔与多元的态势，取得了丰硕的研究成果，但研究中的许多盲点、观点重复和误置现象仍需要深入探讨和予以厘清。我们必须返回学术研究的原点和现场，给予一一观察和重现。总的来看，近几十年学者们既力求从整体上把握韩东诗歌的流派与代际特征、创作历程与分类特色、主题意蕴与艺术特征，又致力于从细读角度品味韩东成名作的艺术魅力；既围绕韩东提出的"诗到语言为止"和"民间"诗歌理论展开了长久地讨论，又聚焦于韩东诗歌理论的流派或代际共性以及个性等进行整体梳理、深度阐释和平行比较；还有不少学者对韩东群体性的诗歌生活表现出了一定的兴趣。尽管以上的研究成果丰富，但在研究对象和方法方面还有许多可以提升的空间。

第一节　韩东诗歌创作研究

近四十年，韩东诗歌的传播总体经历了由分散到集中的转变过程。20世纪80年代，韩东的诗主要散见于全国约三百家报刊和四十余种诗歌选本中。虽然他曾自费出版过个人诗集《吉祥的老虎》以及与朱文的诗合集《诗选（之二）》，但因为数量和传播度有限，所以未引起诗界的注意，对这一时期韩东诗歌的研究因此也大多汇入了流派和代际研究中，以新时期第一本诗歌思潮流派专著《新时期诗潮论》为显著代表。1992年后，韩东的七本诗集陆续问世，对韩东诗歌创作的研究也开始走向多元，不仅与韩东相关的流派和代际研究取得了长足进展，而且先后出现了分期研究、主题研究、比较研究、名作研究等。不少文章论断精辟，创见迭出，显示了作品研究所能达到的水准和高度。

一、流派和代际视野中的韩东诗歌研究

自"中国诗坛1986现代诗群体大展"后，韩东隶属的"他们""新生代/第三代"诗，便成为流派和代际研究中的显学（这里仅概述论及韩东诗歌较多的

论著和论文的观点）。韩东对“他们”诗歌观念及诗歌理论方向的阐释和概括，为研究者提供了第一手资料。沈奇首次把韩东、于坚等“他们”诗人称为“客观派诗人”，初步概述了韩东诗歌有别于《今天》诗歌的特色，肯定了韩东在“刺激新诗潮崛起”时的作用[①]。沈泽宜一方面视韩东为新生代中“有创作实力的骨干诗人”[②]，肯定了《你的手》等诗善于“从日常体验中发现意义”的独特性，另一方面也认为韩东是创作“最平淡的”诗的代表，并批评了“诗到语言为止”的“逃避现实”和“纯形式”倾向[③]。孙基林从“感觉的过程”层面认知“第三代诗”的“客观性”和“生命意识”，认为“诗到语言为止”是强调诗应该回到富有生命体味的感觉性、体验性语言。[④]他还从诗潮艺术范式嬗变的角度分析了“第三代诗”发生的诗歌理论语境和社会文化背景，认为“非文化”是“第三代”诗歌理论革命“最灿烂的标识”和出发点，而“非崇高”是“消解文化的美学形态”，“非意象”是“消解文化的艺术方式”。韩东的《有关大雁塔》和《你见过大海》便是以“非意象”来消解“意象”“文化”和“崇高”的方式来呈现事物“原生样态”[⑤]的最佳范本；韩东的诗不仅重现了世界和人的本来面目，重建了诗歌本体，而且表现出“注重描述现时的感觉过程”“语词和语象”“单纯”的特征，其独特价值正是客观呈现了物与生命存在的真实性。[⑥]孙基林的研究为“第三代”与韩东诗歌整体研究的开启起到了奠基性的作用，韩东 20 世纪 80 年代诗歌的代际特征和先锋意义由此得以显明。

20 世纪 90 年代之后，“第三代诗”“他们”诗歌与西方后现代主义的关系问题开始受到诗界瞩目。一些学者对此做出了令人信服的考察。比如孙基林便被认为是“中国较早对后现代主义语境与文学界域的跨历史范畴，做出策略性分界的后现代思论的标志性学者”，被誉为“20 世纪 90 年代中国‘诗歌理论后现代主义’主旨的奠基人”[⑦]。他认为：在诗质层面，《有关大雁塔》等“第三代诗”与后现代主义艺术表现出了相似的“重感受、重体验，反解释、反文化”的倾向；而在诗质后的诗歌理论和哲学指涉层面，第三代诗歌理论表现出一种“注重‘此在性’的过程意识和生命本体论观念”，这与西方存在主义的生命过程论哲学和生命本体论诗歌理论达成一致，而存在主义正是“后现代主义思想”的最初源头。由此可

---

① 沈奇：《过渡的诗坛》，《文学家》，1986 年第 5 期。

② 沈泽宜：《论“南方生活流”诗（上）》，《探索》1987 年第 3 期。

③ 沈泽宜：《得到的与失去的——谈新生代诗》，《文学评论》1989 年第 3 期。

④ 孙基林：《感觉的过程与感觉的还原》，《黄河诗报》1988 年第 8 期。

⑤ 孙基林：《文化的消解：第三代诗的意义》，《青年思想家》1990 年第 4 期。

⑥ 开晋、耿建华、孙基林：《新时期诗潮论》，济南出版社，1991 年，第 219-222 页。

⑦ 陈亚平、王晓华：《新世纪后先锋文学编年史（2000-2013）》，中国戏剧出版社，2013 年，第 69 页。

认为以韩东为代表的那类第三代诗表现出了“揭示或呈现存在的后现代倾向”[①]。此后，王宁、陈旭光、罗振亚、刘波等也先后从不同角度对“诗歌理论后现代主义”作出论述和拓展。与此不同的是，胡友峰等试图将“第三代”中的《他们》诗歌纳入“新诗现代化进程”中加以考察，以《他们》发展历程为经，分析了“他们”传承、重建、复兴诗歌“现代性”理念的过程，认为韩东等关注“个体”、注重语言、强调日常的叙述立场为八十年代诗歌确立了“平民化视角”，使诗摆脱了政治、历史、文化的束缚，呈现出“现代性”思索的先锋精神；其诗展示人真实的生存状态，不断实验的语言为新诗带来了更纯粹的写法；而体现自由民主观念的“断裂”行为则为继续维护诗人的自律原则做出了努力；但“他们”诗歌网络版以游戏文化的姿态扭曲了诗歌“现代性”的本来面目。所以《他们》是“一种未完成的现代性”。[②]这里有关诗歌“现代性”的理念缺少清晰的学理界定，作为一种观察视角表达了个人的一些独特见解。

吴思敬致力于阐释《他们》在20世纪80年代中后期产生并脱颖而出的原因。他认为《今天》疏离、反叛主流诗歌理论的态度，对“诗歌独特审美特征的追求”和民刊的运作方式直接影响了韩东等人，而发表和出版空间的逼仄进一步催生了《他们》；韩东、于坚等人诗歌理论主张的广泛影响以及“一批有特色的诗作和诗人群体”的呈献，是“他们”最终能够脱颖而出的原因。[③]他的研究对了解韩东诗歌风格的成因、韩东的诗歌实践活动对当代诗歌生态的贡献颇具启发意义。罗振亚从自然生态、诗人经历角度来解释“他们”诗群的写作立场、策略和态度，对“他们”诗歌理论理论和韩东诗歌的特征、嬗变、不足的把握较为全面。值得一提的是，他认为“他们”为了“与世俗化的观照对象应和”，“承惠于歌德的客观化思想”，在抒情策略上选择了还原法，直接呈现事物，既作观察者又作研究家。他还指出韩东诗歌的世俗化不彻底，“常选择与传统诗意相去不远的对象加以关照”。[④]他的这些判断有其独到之处。另有吴培显以阐释韩东的《山民》《我们的朋友》《有关大雁塔》《你见过大海》等诗为例，试图证明“第三代诗”以“走向平民”“走向内心”为起点的“解放人”的价值目标，以“凡俗的人”和“本真的人”为认识自我和艺术观照的基点建构取向，必然促使当代诗歌艺术观念以及诗歌自身特征都发生变化，这些变化恰恰是韩东等“第三代”诗人试图“重建当代诗歌秩序的艺术理想”的结晶。[⑤]此文视角独特，对于理解韩东诗歌观和诗歌特征的成因和表现具有启发意义。

---

① 孙基林：《中国第三代诗歌后现代倾向的考察》，《文史哲》1994年第02期。
② 胡友峰、余海艳：《〈他们〉：未完成的诗歌“现代性”》，《当代作家评论》2016年第01期。
③ 吴思敬：《叶硬经霜绿，花肥映雪红——〈他们〉述评》，《贵州社会科学》2002年第04期。
④ 罗振亚：《返回本体与语感实验——“他们”诗群论》，《创作评谭》2004年第12期。
⑤ 吴培显：《“解放人”：第三代诗的内在精神追求及其建构意义》，《扬子江评论》2007年第02期。

二、韩东诗歌创作分期研究

对1980年代的韩东诗歌做了较早的阶段性概括的是孙生民和吴毓生[①]。他们认为，韩东的诗宁静、淡泊、温馨、自然，具有突出的古典精神，语词形式朴素单纯；坚持在日常生活的灰色氛围里创造幸福和温情，也批判荒诞的现实世界场景，平民式的态度中隐藏着高贵的灵魂；1985年以前的诗多致力于破坏旧形式，以后着力于新形式的重建，且强调个人的深度抒情与意境的渲染，但有些诗因过于“客观化”而类似静物写生。他们因此担心韩东的诗会堕入语言游戏以及非理性、感觉泛滥的氛围中，力求生命本真的感悟却缺乏人类的普遍经验，面对现代生活会陷入盲目和狭隘的乐观中。此文对韩东20世纪80年代诗歌的语言、风格、形式、主题和精神内涵的把握较为准确，对韩东诗歌不足的担忧也有合理性和前瞻性，韩东后期的诗作便致力于对这些不足的克服。

诗人小海的《关于韩东》和《韩东诗歌论》引用率较高，后文是对前文观点的深化，补充了对1996－2014年韩东诗歌的评析。小海将韩东诗歌分为模仿、转型、成熟和新世纪四个阶段，认为模仿期韩东受北岛们的影响，转型期旨在清除诗歌之上的文化、历史的魔咒，在语言、文体、抒情范式等方面都完成了对《今天》诗歌和自身的超越，但形式上也走了极端。南京成熟期的诗开始强烈关注日常生活的神圣性和自我的生存状态，确立了个人精神，找到了自我的神祇，个人信息保存在诗中契合了时代要求，对当代诗歌走向起了导向和示范作用。韩东转向的原因是他认识到重建诗歌原则比反抗现存秩序更重要，也更依赖于个人。但韩东诗歌大多关注自我、个人情感体验的局限性和排他性也使其诗缺乏应有的历史纵深感，当然这与韩东的诗观有关。新世纪后韩东诗歌更加简明，主题多样，小说笔法入诗，语言越发随性，偶然性不断增加的同时也含蕴着丰瞻的能动性；这些特征的形成与韩东重长篇小说创作而“诗是妙手偶得”有关。小海对韩东诗歌创作的艺术分期较为符合实际，他着重肯定了韩东的艺术独创精神、对20世纪80年代诗歌的转捩之功以及为新世纪提供的新的美学经验方面。这些论述层次稍欠清晰，对韩东诗歌不足的评断有合理之处，但此时小海的诗观已与韩东有很大不同。常立把韩东诗歌分为“模仿”“开创”“平稳”“沉寂”“延续”五个阶段，特别关注了韩东开创和沉寂期的创作，认为其他时期韩东的诗数量多、质量均，最能体现其诗歌理论理念。不过常立的分期标准不太统一，前三个阶段以“诗艺”为据，后两个阶段以“有诗无诗”为据。[②]

---

① 潘振宇：《江苏青年作家论》，江苏文艺出版社，1991年，第300-311页。

② 常立：《“他们”作家研究：韩东、鲁羊、朱文》，复旦大学博士学位论文2004年，第29页。

三、韩东诗歌创作主题研究

自20世纪90年代中期起，关于韩东诗歌的主题，学者们达成了某种共识。李振声开启了韩东诗歌主题分类研究的先河。他认为韩东对“实存世界”总采取观望的姿态，诗中“一切经验皆平淡如水”，语言懒散放任、明净平淡，体现了韩东“哲学式的明悟和出于根性的抑郁和放不开”。在精神质地上，其诗有两大类，一类是“没说出与说出来的东西构成影射、消解关系”的诗，一类是“诉说对底层生活者平凡生活的熟知程度，表现年深日久的温暖感情”的诗。1987年后韩东的诗多“给人一种寓意的印象”。韩东诗歌外观恒定的原因是他意识到了行动近于无效后放弃了问题，以避免痛苦。[①]常立的主题研究在承续李振声观点的基础上，将韩东诗歌主题分为“还原（消解）诗”“现象诗”“哲思诗”“情感诗”四类，并强调它们在开创期（1982－1984）就已形成，并且他对韩东哲思诗的阐发较有深度。[②]诗人胡桑的《韩东论》从创作角度揭示了韩东诗歌的秘密：语感与生命体验同构；各种共时性体验和历时性体验能在一瞬间融合而抵达诗歌的纯度，前者“显在”，后者“隐在”。“显在”的两个主题是情感主题（爱情、童年和父爱）和真实主题（记录和还原），记录了韩东最微妙深邃的生命体验，展现了生命和事物的诗意关系；“显在”主题之后的“隐在”部分是抽象、死亡意识、放弃自我和超自然观念。韩东的出色之处就在于描摹本真的生命体验时自觉面向超自然。[③]诗人沈浩波分析了韩东写得最好的三类诗：一是纯粹用语言构筑起神秘澄明的内在世界的诗，二是八九十年代表达对“人生、世界、亲人和爱人”的温暖与忧伤感情的诗，三是新世纪以来“情感和精神更加抽象”的诗[④]。他的阐释虽侧重韩东诗作的语言与神韵美，但也突出了韩东诗歌的情感和哲思主题。孙基林和王茜的《生命与空间》[⑤]一文引次较高，以“后现代主义文化与美学”为理论视角，从空间的“间性”概念入手，分析了韩东诗中生命存在与展开的两种方式：“游走”与人际“关系”，认为生命从此地到彼地无意义的游走状态体现了无处安放、孤独、迷惘的后现代生命体验，这是个体生命放逐意义后的自在展开方式；人际关系网络的搭建与溃散过程，也表达了独立的生命个体孤独、彷徨、无依的感受以及攀附性的角色悲剧。生命的“虚无”体验在诗中的显现逻辑是：以生命结局来反观现在，以匍匐在地的姿态和平静节制的语流来讲述生命中的幻灭感。这种解读视角和观点都很

---

① 李振声：《诗意：放逐与收复》，《文学评论》1995年第5期。
② 常立：《“他们”作家研究：韩东、鲁羊、朱文》，复旦大学博士学位论文2004年，第35页。
③ 胡桑：《韩东论》，《赶路诗刊》2006年第4期。
④ 沈浩波：《韩东：把歌声送上去》，《诗潮》2015年第4期。
⑤ 孙基林、王茜：《生命与空间：韩东诗的另一种解读》，《山东大学学报（哲社版）》2009年第6期。

独特且富有新意。与以上研究者不同，陈超侧重从韩东诗歌的语言特色和韩东的精神气质角度来把握其诗歌的主旨。他认为韩东“慵倦枯淡”的诗语里虽表现了“阴沉的绝望感”，貌似体现出“生存的无意义”的诗旨，但是骨子里实际是“坚信生存有意义且有待于不断创构”的。[①]韩东这种寻求“超越”和“意义”的精神倾向在他新近诗歌中体现得更加明显。赵东也认为韩东近期欧化的诗语里有着寻根问道的执着：“注重心性修炼的过程”，“善于化解矛盾冲突”，最后走向“诗意的迷离”[②]。他的观点相对准确，不过多感性的描述而少成因的探析。

四、韩东诗歌创作比较研究

鉴于韩东诗歌的先锋性、世界性以及和同代诗人创作的密切联系，不少研究者喜欢放眼中外，在平行比较的视野中把握韩东诗歌的个性特色、价值或不足。影响最大的首推柏桦与余夏云的论文。他们在“中国文学的世界性因素”的理论视域中比较了韩东与菲利普·拉金诗歌的写作背景和诗歌文本，认为两人都以“互文性诗人的身份”“闲谈的叙述口吻”书写“日常生活”主题，语言纯洁，技巧机智，因此两人诗歌作为普遍现象应放在国际反现代主义运动中来理解，作为特殊现象应放在英中两国具体的历史背景下考察，“同写平凡”的“世界性因素”既“发端于英国”，也“始于中国”。[③]这就首次发掘出了韩东诗中的“世界性因素”，确立了它在“世界”文学图景中的地位和价值，但不足在于除韩东反叛《今天》诗歌的名作外，他后来作品中的“世界性因素”未得到应有发掘。柏桦指导的张芳的硕士学位论文大大拓宽了对拉金、韩东诗歌平行比较的范围，但张芳致力于两人诗歌差异的比较而非“世界性因素”的发掘。谭五昌聚焦韩东与于坚诗歌的异同比较，他认为两人的人生态度、价值取向相似，但是诗歌艺术风格和精神气质有异，韩东带有普通人的健康、朴素乃至温馨的心态与情绪，而于坚相对带有更多市民化的世俗气息；诗艺方面，两人都用口语写作，结构自由散漫，重视“语感”并视其为有意味的生命形式；不同在于韩东的“语感”平淡克制、充满少年老成式的成熟气息，爱用短句，节奏轻捷跳跃，善从日常场景中捕捉诗意，语言和生命的诗意呈现同构共生关系，诗多表现生命的智慧或悟性；于坚的语调表面平静冷峻实则骚动不安，形势和情感之间构成较大张力，爱用长句，语速较快，对词语具有突出的想象力，诗意具有刻意的玄思色彩。他认为从创作的能力、追求、风格等方面综合来看，韩东开风气但未深入下去，后期诗有自我重复之嫌；

---

① 陈超：《韩东：精神肖像和潜对话之二》，《诗潮》2008 年第 02 期。

② 赵东：《韩东诗歌的智性特征》，《诗歌月刊》2017 年第 12 期。

③ 柏桦、余夏云：《同写平凡的“世界性因素”》，《文艺研究》2007 年第 09 期。

于坚不断开拓诗的内容和形式，形式试验方面有更激进的行为和表现。[①]谭五昌对二人诗艺特征的异同把握准确，但对两人价值取向和诗歌理论观差异之处的比较尚嫌不足。

五、韩东诗歌创作跨文体现象研究

自20世纪90年代中期起，对韩东小说中诗歌的研究就成为韩东诗歌研究的一个新的增长点。较早注意到这一跨文体现象的是小说评论家吴义勤。他敏感地认识到诗歌进入韩东小说，“对于小说和诗本身的双重革命和颠覆具有意味深长的启示性”[②]，但他并未具体说明这种启示意义的内容。李建立分析了诗歌在韩东小说中的两种存在形态和功能：作为“卷首语”的诗歌，有复写小说主题、隐喻故事情节的功能，也有暗示叙述者的超拔视角或提供进入故事入口的功能；作为“文中诗”的诗，则具有与小说叙述语言形成互文、丰富小说情感蕴含、暗示故事结局或人物命运以凸显小说主题、意义扩散等功能。他的解读立足作品细读，结论可信，不过显然以小说为本位，而诗歌被看作小说的一种修辞手段。[③]段晨则突破小说本位立场的限制，使用比较法分析了韩东诗歌与小说的创作理念、语言风格等的互通或相似之处，在认同诗歌对小说意指作用的同时，也较早指出小说赋予了诗歌以新的意义[④]。吴昊则在“自身互文”这一文艺研究新视野中考察了韩东文学世界中的三种互文现象：诗歌进入小说，诗歌、小说、散文“同题异体”以及诗歌的“一题多作”。她援引了李建平的部分观点，又指出同题文本之间彼此互文，思想内容互通互补，体现出韩东文学体系的完整性以及他重视“关系/主体间性”与“个人经验”的写作理念，表达了他对存在、人性等的持久关注与思考[⑤]。她的立论以韩东的文学体系而非诗歌或小说为本，首次全面描述了韩东作品“自身互文”现象的表现并解释了成因，这为读者从“自身互文”角度理解和阐释韩东的诗歌创作提供了有益借鉴。

六、韩东诗歌名作研究

《山民》《有关大雁塔》《你见过大海》三首诗歌在韩东诗歌创作中具有典型

---

① 谭五昌：《诗意的放逐与重建》，昆仑出版社2013年版，第179页。

② 吴义勤：《与诗同行——韩东小说论》，《当代作家评论》1996年第5期。

③ 李建立：《“交叉跑动”的经验》，《理论与创作》2004年第6期。

④ 段晨：《韩东诗歌对小说的进入》，《文学教育（上）》2012年第10期。

⑤ 吴昊：《论韩东诗歌创作中的“自身互文”现象》，《文艺争鸣》2015年第11期。

性，相关的研究也比较集中且富有高度、深度，在韩东诗歌创作研究中比较突出。

《山民》发表于 1982 年，后被广泛收入各种诗歌选本，2000 年左右还进入高中语文教材选读篇目，堪称韩东流传较早并且最广的诗。迄今为止对该诗的研究角度主要有生命与时间观、社会心理、文化心理三种。孙基林认为《山民》较早表露了“新生代”诗的“生命”母题和“现在意识”[①]，诗人以“类乎寓言的叙述方式”，消解了“某些观念和过分理想主义的未来叙事”，将人还原到了“生存的当下情状”与“生命本身”，开启了当代诗歌“口语化的风气”[②]，堪称第三代诗人的开山之作。他的观点较早确立了《山民》的诗史地位和价值。刘斌、龙熙银认为《山民》表现了改革开放初期中国社会由封闭走向开放时普通人憧憬、无奈、躁动不安的心态。陈超、徐润润分别认为它表达了诗人对“封闭”“保守”“愚昧”[③]或者“苟且偷安”“不思进取”[④]的传统文化心理的批判。也有研究者从人性的角度对“小山民”进行了道德批判。

《有关大雁塔》写于 1983 年，最早发表在《中国》上，后被选入各种诗歌选本，因在文学史中被看作是“第三代诗”的典型文本，所以三十余年间被后人反复研读。有价值的解读思路主要有：一是在文化的隐喻和消解层面与杨炼的《大雁塔》进行比较，认为《有关大雁塔》的意义在于解构了英雄、权威、崇高、深度、历史和文化或者用口语呈现了实际生活的本原和生命本真体验。如孙基林在 1990 年的《文化的消解：第三代诗的意义》中就对此做过精彩的阐释。卜松山（Karl-Heinz Pohl）、朱思昊、陈大为等学者此后也发表了相近的见解。二是立足文本进行细读。比如蒋济永、黄志生认为这首诗在文本层面折射了“当代人对历史文化的无知和浅薄”，在社会层面“批判了当代旅游文化现象”。[⑤]这种观点虽未考虑韩东的创作背景和初衷，但解读却翻出了新意。还有研究者运用后现代主义文论解析这首诗，就其结论而言，观点与前人并无二致。

学界对《你见过大海》的解读主要也有三种。一是通过“诗歌方式的比较”来突显此诗的美学革新意义，以阐明此诗回到事物本身的方法和价值指向。如孙基林认为此诗是“第三代诗”描述生命原初“感觉的过程”这一新的诗歌方式的代表，它有别于《今天》诗歌“感觉的还原”方式，“大海”失去了“深度象征”，体现出“单纯性、表象性”的特征，只是“生命节律的抑扬顿挫的呈现”[⑥]。二是

---

① 吴开晋、耿建华、孙基林：《新时期诗潮论》，济南出版社，1991 年版，第 197、220 页。
② 黄万华等：《经典解码：20 世纪中国文学与电影》，北京大学出版社，2012 年版，第 164 页。
③ 陈超、韩东：《山民　韩东》，《阅读与鉴赏 · 高中》，2002 年第 05 期。
④ 徐润润：《山民的遗憾——韩东的〈山民〉鉴赏》，《名作欣赏》，2003 年第 11 期。
⑤ 蒋济永、黄志生：《韩东〈有关大雁塔〉的文本意义与文化意义》，《名作欣赏》，2012 年第 33 期。
⑥ 孙基林：《感觉的过程和感觉的还原》，《黄河诗报》，1988 年第 8 期。

通过比较古典、现代文学史中“海”的文学形象来判断此诗的多重意义。如王一川认为此诗具有“拆解现代大海的形象模式乃至现代性正统话语模式”“呼唤文学向日常生活开放”、预示“新写实”小说的兴起，“拆解现实主义主流模式”等多重意义。[①]三是立足文本进行细读。如杨志学从语言、结构、诗句排列形式三方面分析了此诗的艺术特色，感受到了“文化人的睿智与超然”[②]；还有学者认为它揭示了“日常所见与文化想象”之间的“反差”，以及我们与世界“真实联系的空缺”。[③]另有研究者视《你见过大海》为意象诗，颇有新意。

此外，韩一宇、王耀文致力于从文化地理学角度阐释上述三首名作中“山”“海”意象的内涵关联，认为三首诗以实验形式预演了1990年代初思想史领域从“现代”到“后现代”的思想转变。[④]这种解读有一定新意，但也有忽视中国语境以西方思想演进历程衡量韩东诗歌创作转向的倾向。其他备受研究者关注的韩东诗歌还有《你的手》《甲乙》《这些年》等。总之，韩东早期成名作的经典性建构业已完成，甚至有阐释过度的嫌疑，这从一个侧面可以见出各种诗歌选本和诗歌史、文学史对于学者研究的巨大导向作用，某种程度上对韩东后来更为优秀的诗作构成了遮蔽。

在韩东诗歌的美学影响、诗歌传播理念、作品整体研究方面，值得一提的还有西渡的《凝聚的火焰》和《当代诗歌的日常化运动》。他认为韩东的诗作和主张为1980年代“第三代诗歌运动”提供了契机、动力和基本立场，而韩东在1990年代的影响主要表现在引起较多注意的年轻诗人朱朱、朱文、杨健、余弦等人身上。杨志学与薛亚康比较了郭小川、北岛、韩东的诗歌传播理念，认为郭小川的诗作力求达到万人响应的传播效果，到北岛等人时已有了动摇，韩东则意图通过捍卫诗歌艺术的纯粹性使作品更能传之久远。还有不少硕士学位论文如《韩东与新时期文学》的第二章、《转型期中国新诗之石头意象研究》的第四章第二节、《当代经验的当代表达》等分别考察了韩东诗歌与新时期文学的“后现代转向”之间的共生关系，“石头”意象的类型和内涵，诗歌创作中的“当代性”特征、表现及意义。

第二节　韩东诗歌理论研究

韩东被公认为“第三代”诗人中具有较高理论素养和自觉对话意识的诗人。

---

① 王一川：《从“大海”回到“海”》，《诗探索》，1997年第1期。

② 杨志学：《韩东是个好厨师》，《名作欣赏》，2001年第1期。

③ 龙泉明编：《中国新诗名作导读》，长江文艺出版社，2003年，第466-468页。

④ 韩一宇、王耀文：《由“山”到“海”的跋涉》，《文艺争鸣》，2009年第8期。

他的“诗到语言为止”几乎成了尽诗人皆知的口头禅，不仅对1980年代的诗歌讨论产生过冲击性的影响，而且波及20世纪90年代的诗歌理论话语建构。学界对他诗歌理论的研究，主要集中在“诗到语言为止”“民间”诗歌理论和整体性研究三个方面。

一、关于“诗到语言为止”的研究

“诗到语言为止”的原始出处已不可考，在《中国当代实验诗选》《自传与诗见》等文中，韩东一再强调“诗到语言为止”的“排斥”意向，它要求诗人只负“审美”责任，而不能利用诗达到“政治”“社会”“道德”或其他“价值判断”方面的目的，要求诗人们具有平衡抒情内容和语言形式的能力[①]，它的其他提法是“形式主义”和“回到诗歌本身”[②]。从中可以看出他为这一口号引发的诸多争议和质疑而作的多次澄清和努力。

较早对这一口号做出正面回应并持续保持着阐释和建构热情的是诗歌理论家孙基林。他认为在“第三代”诗人的理解中，诗就是生命的原初感觉过程的描述，而这个原初感觉又必然是通过语言呈现的，所以“诗到语言为止”即“诗到感觉为止”、诗到“语感”为止[③]。它与杨黎所谓“诗从语言开始”的提法“看似矛盾”“实则本质同一”，最完满的表述应是“诗从语言开始，至语言为止”[④]。韩东的诗歌理论观本质上“摒弃了传统的语言工具论”，提出了“语言本体论”；这一理论认定“生命或事物与语言是同构的”，所以“诗到语言为止”也即“诗到事物为止”“诗到生命为止”[⑤]。孙基林结合西方现代语言哲学对“诗到语言为止”内涵的上述阐发可以说颇具系统性、明确指向与现代意义，较为贴近韩东诗歌理论主张的原义，又对其内涵、价值和意义做了充实、完善和提升。这对化解误解、推进当代诗歌语言诗歌理论建设具有积极的意义。

“他们”诗人中的贺奕和小海也先后撰文为此主张辩护或做进一步的阐释。贺奕认为韩东的本意是想强调诗人在写作中必须不断摒弃文化、习惯、常识、心情等非诗的因素，使自己具体而深刻的生命体验在对母语的创造性理解和运用中得到凝结，从而营构起自身的价值体系[⑥]。小海则认为它的真实信息和实际操作意义是“诗从语言开始”，使新一代诗人们认识到语言的革命性，使诗摆脱概念语言

---

① 韩东、朱文：《古闸笔谈》，《作家》，1993年第4期。
② 韩东：《〈他们〉略说》，《诗探索》，1994年第1期。
③ 孙基林：《感觉的过程和感觉的还原》，《黄河诗报》，1988年第8期。
④ 吴开晋、耿建华、孙基林：《新时期诗潮论》，济南出版社1991年版，第210页。
⑤ 孙基林：《作为“事件”的“他们”》，《作家报》，1998年10月8日。
⑥ 贺奕：《“诗到语言为止”一辨》，《诗探索》，1994年第1期。

回到表情达意的本真状态[①]。敬文东把它理解为韩东把诗从认识论和伦理学中解放出来的策略，认为它包含“用语言窥测灵魂”的意思，诗就是“把灵魂翻译成语言”[②]。薛世昌和张学敏从语义学角度分析了“止”字的三种含义，认为这一口号的基本能指是：反对工具化的语言，诗应以恰当的文字与具体的情怀血肉来熔铸[③]。朱周斌认为其实际含义是“诗到语言结束、从语言开始”，即在质疑和摆脱语言工具论后，诗歌语言开始回到语言自身，语言变成能动性的、生产性的河流；诗歌写作被还原为一种语言游戏，主体的“想象力”借助于语言自身的实体性和任意性不断地跨越时空界线，创造出曾经存在的那些世界；韩东诗歌的秘密就在于在反对语言工具论的基础上尊重、顺从并获得了语言自身的力量，将各种看似矛盾的因素集于一体，成为过往时代的一个象征[④]。

上述学者力求阐释的是“诗到语言为止”的语境含义、初衷、合理性或意义，由于韩东对这一口号做过多次不同角度的阐释，因而诗人和学者们可能由于掌握的资料不同，而造成了各自的理解有不同的侧重，但总体来看丰富了这一口号的内涵。还有不少学者在语言诗歌理论建设和诗歌实践层面指明了它的“极端”。如徐志伟认为，从语言哲学、常识、语言自身的角度看，诗应是“从语言开始”而非“到语言为止”；此外，它忽略了语言意义承载的社会属性，是“消极的唯形式主义论”；“语言是变动不居的存在的家”，诗歌新的存在必须由此在的语言开始去破坏、去除一切近于无生命状态的存在，进而建构二律背反或多元的语言存在，这样才能消解人类的“自我先验”“固定的形而上学”；他强调“诗到语言为止”对诗人创作产生了不良的影响，在此观念下的写作的佳作有限[⑤]。他的论述逻辑严密，有理有据，有自己对诗歌语言的独特理解，但对韩东口号的原义有脱离语境理解之嫌。张清华的理解较为结合实际，表达也较为和缓，他认为“诗到语言为止”是“一个具有多面性的思想”，“韩东过早地、也过于简化地叙述了这个结论”；诗歌语言必须和意义同时到位，诗歌在抵达语言的时候也必须同时产生意义；诗人“对于世界和单个人的命运的理解”对于诗歌来说才是“最为根本的”；“语言必须包含了诗人的生命与人格实践或者包含了诗人对存在本身的荒谬性的指认”；而当这语言“显示着苍白和虚浮的时候”，这样一个“终点”还是“过于虚妄了些”[⑥]。其实，韩东“诗到语言为止”的本义与张清华对诗歌语言的理解是基本一致的。

---

① 小海：《诗到语言为止吗》，《诗探索》，1998 年第 2 期。

② 敬文东：《诗歌：在生活与虚构之间》，《文艺评论》2000 年第 02 期。

③ 薛世昌、张学敏：《再探“诗到语言为止”命题的语意能指》，《当代文坛》2013 年第 02 期。

④ 朱周斌：《温柔的语言暴力革命：韩东诗歌中的秘密》，《红岩》2015 年第 03 期。

⑤ 徐志伟：《言的窘迫：“后朦胧诗”语言观症候批评》，《天津社会科学》2002 年第 05 期。

⑥ 张清华：《必然的终点和或然的起点——关于〈他们〉的过时言谈》，《上海文学》2005 年第 05 期。

除了上述两位学者对“诗到语言为止”的不足进行翔实论述外，还有不少诗人、学者把韩东的“诗到语言为止”和于坚的“拒绝隐喻”、杨黎的“取消语义”等所谓“极端”的主张联系起来考察，认为第三代诗人过于强调语言本体，流露出与罗兰·巴特的“不及物写作”观念相近的诗歌理论倾向，且在诗歌实践层面也不具有实际的可操作性，不仅使倡导者自身的主张和创作相背离，而且致使诗歌疏离了历史、社会、文化、现实乃至人的精神和灵魂，故而不少诗人在进入 1990 年代后逐渐有针对性地提出了“叙事性”“及物性”“历史性”等写作策略，遂逐渐形成了日后的“知识分子写作”一脉。

其实，“诗到语言为止”的语境含义即反对语言工具论和强调诗歌的生命和语言的同构性和本体性，韩东在 21 世纪初还对这一主张做了重大的更正，但可惜未引起研究者们的注意。此外，这一口号毕竟是青年韩东在《今天》诗歌写作范式流行的时代思考诗歌理论问题的初步成果，不该以“一般性的真理”的标准来苛求。它只是当代诗歌语言观念转向的一个起点，而非完善的终点。

二、“民间”诗歌理论研究

在韩东的诗论文章中，最受学者关注的是韩东在参与世纪之交的诗学论争活动中写就的《论民间》一文。《论民间》发表后，在学术界引起了广泛关注，有近百余位学者的论文或论著引用了这篇文章。关于它的价值和意义，学界存在三种不同看法。

一种是总体肯定它的价值，认为它是“二十世纪中国最具革命性的诗歌理论文献”，其意义“已经超出了文学与诗歌”，韩东把“真正的民间”那种“自在自由”“惟尊创造”的精神阐释得“精确细密，明晰可辨”。[①]它的“强大生命力与非凡意义”在于“作为一种仍未完成其使命的写作立场与文学精神”，以及一个“自足的、本质的、绝对的概念”，仍然可贵地保持了“对于权力的消解精神”与“对于艺术的自我寻找”这双重的指向。[②]

第二种是总体上否定它的诗歌理论价值和现实意义。主要理由是韩东对“民间”的阐释忽视了“民间”本身所具有的“开放性、包容性、历史性”，这致使他的定义行为本身“可能是无效的”。[③]而十年之后再反观“民间”概念，会发现它“只不过是寄托反抗性、创新性话语的一个理想化的概念”，现实中“根本就不存

---

① 陈祖君：《两岸诗人论》，广西人民出版社，2004 年，第 195 页。

② 张大为：《当代诗学的观念空间》，社会科学文献出版社，2015 年，第 75-79 页。

③ 陈扬：《20 世纪 90 年代“知识分子写作”与“民间写作”论争研究》，南大硕士论文 2012 年，第 37 页。

在”，“作为诗歌理论乌托邦也几乎没有实现的可能”；并且“民间写作”群体带有表演性质的“反抗”姿态，也会轻易“消解反抗的意义”，而“它在互渗性、混杂性后面隐藏的险境”是“非意义”。[①]

第三种评价较为辩证，认为韩东用语言照亮了作为“基本的存在”事实的“民间”和“民间立场”，并赋予它们以“意义和价值”，这对于“某种依附于庞然大物的不自由的写作”和依赖知识和炫技的“知识分子写作”不啻是一种警醒；但是韩东对“民间的生成”“民间和民间立场”互相生发的关系和事实缺少“理论的梳理”，民间场域中“各个要素的相互关系”也缺少深入的讨论；而“民间立场”也不能成为“一种写作伦理上的道德优势，同时也不能成为产生好诗的充要条件”。[②]

总体来看，学者们结论不一的主要原因是各自对“民间”这一众说纷纭的概念的理解有异，并且各自展开评析的现实语境和评价标准有别，但上述评价总体上指明了《论民间》的意义所在和诗歌理论局限。在“知识分子写作”与“民间写作”的论争告一段落后，2001 年“民间写作”阵营内部爆发了几次大的网上诗学论争，其中韩东参与的有“沈韩之争”“杨萧徐韩之争”“韩于之争”。学术界普遍认为这几次诗学论争虽然开始时涉及诗歌理论问题，但后来多演变为意气之争。至于转变原因，谭五昌认为“沈韩之争”是由于“双方存在严重的对立”与“敌视”情绪，致使论争很快“演变”成一场“话语权力“的争夺行为。[③]而陈仲义认为除此之外网络论坛“太自由”“缺乏起码的自律和游戏规则”也是论争频发的原因，网络论争应该“在游戏规则下，求同存异”，“多一些诗意的平等对话”，“少一些本可以避免的冲突”。[④]在诗歌网站刚刚勃兴、诗人们在论坛上交流情绪高昂的情况下，只可惜当时鲜有这样的反思。

三、诗歌理论整体研究

韩东诗歌理论研究主要有代际或流派视野中的韩东诗歌理论研究和韩东诗歌理论专论两种类型。

首先，代际或流派视野中的韩东诗歌理论研究。孙基林较早把“他们”诗歌理论提炼为三点：“返回诗本和人本”，“注重感觉、体验和本能的力量”，“追求世界的客观性和真实性”；也较早对“语感”范畴进行了界定，即是指“语言自动呈

---

①何同彬：《边界互渗的生机与险境》，《当代作家评论》，2011 年第 4 期。

② 陈振波：《“中国新诗年鉴”（1998-2010）的诗学脉络》，西南大学硕士学位论文，2013 年，第 25 页。

③ 谭五昌：《1999～2002 中国新诗状况述评》，《海南师范学院学报（社会科学版）》，2003 年第 4 期。

④ 陈仲义：《新“罗马斗兽场”——十年网络诗歌论争缩略》，《文艺争鸣》，2009 年第 12 期。

现的一种生命的感觉状态或者说生命自动呈现的一种语言状态”，具体表现为“语音和语象所生成的语境”，这种语境“构成了诗人生命的存在形式”[①]。他还将“语感”提升为与“意象”相对立的诗歌理论范畴，指出“语感描述”的结果便是“新鲜语句的诞生”[②]。他的研究开创了“他们”诗歌理论研究的先河，后来研究者对“他们”诗歌理论的认知与其多有相近之处。与孙基林的“语感”认知构成呼应关系的是陈仲义，他认为韩东“以客观语义或超语义为代表的整体语境语感”整整影响了一代人，推动了口语化诗歌的流行，也造成了口语化的泛滥，但韩东后来有意加入了很多主观情思和评判性的东西，克服了语感滑向浅白[③]。韩东的语感实践产生的美学效应由此可见一斑。张清华反思了“他们”诗歌理论和诗歌的历史意义，肯定了韩东的诗歌理论在整个当代诗歌理论史、诗歌史上的影响力和重要地位：“当代中国诗歌具有‘哲学深度’的观念变革”是从“他们”开始的，“他们”终结了诗歌的“意识形态的神话”“历史和文化”的想象、种种脆弱的情感故事和成人的“习惯性撒娇”；韩东最具“观念终结者”的能力，《三个世俗角色》的划时代意义在于“诗歌的写作主体”转为“作为单个生存者的我”；“他们”“为诗歌找到了当代的现实起点”，“但却未必能够保证路途的延续”[④]。张清华对“他们”诗歌理论的认知与孙基林的“返回诗本和人本”等见解其实是一体两面的。孙基林随后还结合韩东、于坚、蓝马等的诗歌理论言说，高屋建瓴地概括了“第三代”诗歌理论的基本特征：“回到生命或事物本身”是其“思想基础”；“类乎现象学的还原”是其“基本方法”；柏格森、胡塞尔以及海德格尔的哲学是其借鉴的思想资源或表现出的类似倾向；而将生命或事物现象作为直觉、感觉、经验和描述的对象这一思想出发点，决定了“第三代诗”大都呈现的是生命或事物的平凡样态，只能以口语化的形式来显现，并在时间维度上表现出“现在意识”和“过程意识”[⑤]。孙基林以其深厚的西方哲学养首次将碎片化的、零散的第三代诗歌理论言说理论化、系统化了，在此过程中韩东关于“诗人身份”“诗到语言为止”“第一次抒情”“不是什么”的思想方法、口语观、时间观等的言说也获得了内在的逻辑关联和外在的思想形态。杨汤琛认为第三代“抛弃未来”“聚焦此刻”的时间诗歌理论改变了诗歌的意识形态、语言及意象，并以韩东诗中的时间书写为例，说明韩东们正是从线性时间和未来乌托邦观念中清醒，目光才转向此时此刻的，抒

① 吴开晋、耿建华、孙基林：《新时期诗潮论》，济南出版社 1991 年版，第 219 页。
② 吴开晋、耿建华、孙基林：《新时期诗潮论》，济南出版社，1991 年，第 212 页。
③ 陈仲义：《抵达本真几近自动的言说——“第三代诗歌”的语感诗歌理论》，《诗探索》，1995 年第 4 期。
④ 张清华：《必然的终点和或然的起点》，《上海文学》，2005 年第 5 期。
⑤ 孙基林：《“第三代”诗歌理论的思想形态》，《诗探索》，1998 年第 3 期。

情姿态也转为“凝视此刻”，并寻求“存在主义哲学层面的物我合一”[①]。杨汤琛的时间诗歌理论研究为读者理解韩东的诗歌理论和作品提供了一个时间维度。就其思想实质而言，其实和孙基林所说的“现在意识”“过程意识”大体类似。

其次，诗歌理论研究专论。除了常立等人致力于对韩东的诗歌理论进行平面梳理之外，许多学者都倾向于采取创作衍生式和外援阐发式两种方法来研究韩东的诗歌理论。

创作衍生式是指研究者从细读韩东诗作出发，结合其诗歌主张来勾勒他诗歌理论演进的轨迹。如陈祖君把韩东20世纪80年代的诗歌理论提炼为“诗到语言为止”和“语感”两个关键词，20世纪90年代则为“零度叙事”“走向真理”“话说民间”，认为韩东诗歌理论革命的第一步是反思传统文化、批判国民性，提倡“口语”“诗到语言为止”“语感”，以还原语言、事物和生命本身；第二步是将温柔蕴藉的“关怀”转变为“零度叙事”，增强叙事成分和小说质素，目的是为“纯洁诗歌，走向真理”；第三步是明确“民间”立场并明确阐述“民间”的精神内涵[②]。陈祖君对韩东20世纪90年代的诗歌理论把握不够准确，这一时段恰恰是韩东诗歌中抒情比重加重的时期，虽也有叙事成分增多的迹象，但概括为“零度叙事”有失偏颇；另外对韩东的《论民间》一文的价值评估过高，而未发现其不足。荷兰学者柯雷与国内学者张晓红分析了韩东“怀疑”精神的特质在1982－2001年诗论、诗歌中的体现，认为中国当代文学史和诗评界将韩东早期抵制《今天》诗歌的作品经典化的做法使韩东千面的诗作遭到贬低，且存在严重曲解。韩东的诗是独树一帜且富有影响力的，主要有两种类型：一类书写庸常主题，真实性和个体经验是诗人衡量万物的尺度，诗艺特征相应是“刻意的浅显描写、口语、文学元意识”；另一类包含“解构英雄”和“对人类的接触和交流的怀疑主义”两种主题，体现出韩东不相信“感情”和“个体经验”之外任何事物的态度，艺术特征是“压制成规性解读，拒绝文学语言”，把“陌生化”当作基本的文本态度；经过作品分析，柯雷最后将韩东的诗歌理论概括为“原创性”的“存在主义式”的“怀疑诗歌理论”[③]。柯雷对韩东诗作的核心思想和精神内涵的把握较为准确，但不足在于解读的文本不够全面，得出的诗歌理论结论观点虽新但过简。

外援阐发或比较式是指研究者多援引西方文论来阐释或比较研究韩东诗歌理论的内涵。如朵渔结合海德格尔的真理观，分析了韩东创作的两个根本问题“诗到语言为止”和“写作与真理的关系”之间的逻辑关联，认为“诗到语言为止”可理解为诗在抵达真理之境时语言仍是其所是，自行存在于“敞开域”中，“诗到

① 杨汤琛：《从时间的方向看——论第三代诗歌的时间诗歌理论》，《当代作家评论》，2016年第3期。

② 陈祖君：《两岸诗人论》，广西人民出版社，2004年，第183-195页。

③ 柯雷、张晓红：《真实的怀疑：韩东》，《北方论丛》，2014年第1期。

语言为止”，语言到澄明为止，澄明即真理，因此它们可结合为“诗到真理为止”。但因韩东对真理能否抵达似乎越来越虚无，这样写作就演变成一个面向真理/虚无的过程或姿势，许多诗作也因此呈现出真理性的特征。他还比较了罗兰·巴特的“零度写作”与韩东诗歌理论观与作品的神似和差异之处，认为韩东圣徒般的写作形象与薇依极为相似[①]。朵渔的分析具有较强的整合性和创新性，首次揭示了韩东不同的诗歌写作理念之间的内在逻辑关联，但主观性较强，属于平行研究，不属于有事实论据的影响研究。刘昭与迟明珠[②]也以海德格尔的存在论作为解读韩东诸种诗歌理论论说的方法论，认为“诗到语言为止”是海氏“语言是存在的家”的另一种表述方式。“民间立场”达到了海氏存在论中的“解蔽”状态，对“写作与真理的关系”的理解与朵渔无二，这种平行研究发掘出了韩东诗歌理论所蕴含的与海氏文艺思想的一致之处，深刻而富有启发性。姜飞以胡塞尔现象学还原理论为依据分析了韩东的诗观和诗歌特征。他认为韩东的诗观可命名为诗的现象学，而韩东的“本意是要从诗的现象学出发，写出现象学的诗——本质的诗”。但“如胡塞尔的理论之路从本质还原走向了先验还原”一样，韩东后来主张“放弃自我”，“更进一步把真切的、直接的经验也放到括号里去，进入纯粹的诗”，“即先验的诗”。不过诗即便戴上先验的帽子，经验的血脉仍会奔涌，这表明韩东诗歌虽有主要倾向和特征，但也不乏例外[③]。显然，姜飞遵循了从哲学理论到诗歌理论观再到诗歌作品的分析思路，虽把握了韩东诗论诗歌的某种倾向和特征，但是论证逻辑带有较强的理论先行、诗歌理论优先于创作的色彩，这与“韩东的诗论言说多是诗歌创作经验的总结”有相违之处。至于许多现象学哲学概念未经区别就直接用于诗评，难免也容易造成理解上的歧义和困难。

第三节 其他研究

一、“断裂”行为研究

在韩东的诗歌生活研究中，最受学者关注的是韩东与朱文发起的“断裂”行为。“断裂”行为主要指一份列有13个与文学体制有关的问卷调查活动及“断裂丛书”，虽然这些问题多属于文学的外部问题，“断裂”丛书也是两辑小说作品集，但是由

---

① 朵渔：《面向真理的姿势　重论韩东》，《上海文化》，2010年第3期。
② 刘昭、迟明珠：《论韩东的写作观与海德格尔的存在主义》，《学术交流》，2011年第7期。
③ 姜飞：《韩东：诗的现象学和现象学的诗》，《现代语文（文学研究）》，2010年第11期。

于问题也涉及诗歌领域，答题者中有 13 个诗人，发起者也兼诗人身份，因此也可将其视为韩东的诗歌生活之一种。1998 年，朱文的《“断裂”：一份问卷和五十六份答卷》和韩东的《备忘：有关“断裂”问题的回答》公开发表后，在很长的时间范围内褒贬之声不绝如缕。20 年来，有百余位学者在学术论文或著作中提及这一事件，有代表性的学术论文或论著章节约有三四十篇。总体来看，学者们的研究焦点集中于“断裂”问答卷本身和“断裂”作家作品两个方面，试图阐明的是行为主体的动机、言行性质、“行为”意义以及“断裂”作家作品的文学史价值。

就“断裂”行为本身而言，学者们的探讨围绕行为主体和问卷本身展开。最初不少学者从韩东们“偏激”的言行中发现了他们“二元对立”式的[①]思维逻辑，指出他们“没有摆脱传统的伦理－政治中心语境的制约”[②]；另有学者认为此乃外界压力之下的“义气”之举[③]，韩东的言说无“推理”“过程”，只有“结论”“判决”[④]；还有学者认为“断裂”是“行为艺术”[⑤]，或者其“出位”言行是为“博取知名度”“进入文学场”而采取的“策略”和“隐喻”，虽是对“时代专制主义和庸俗精神”的反抗，却无意间成为“更大的同谋”[⑥]。也有不少学者很早便对“断裂”作家们的言行与精神表示理解和赞赏，认为“断裂”行为不仅可以理解，而且还是难得的“文学拯救”[⑦]行为，韩东们的“独立精神”“批判意识”与“反叛”精神[⑧]以及“公开自己对文坛的态度”[⑨]的勇气值得赞赏，亦有学者对这种“独立”“自由”精神的历史文化渊源从江南地域文化角度进行了考察[⑩]。

与上述学者对“断裂”行为主体的言行特征和精神品格予以关注不同，更多的学者考察的是“断裂”问答卷本身的价值。最初，於可训、赵寻、陈骏涛认为问卷设计很“随意”“有许多陷阱”，部分答卷回答“不诚实”，“断裂”行为本质上乃是“游戏的陷阱”，在揭示文坛真相方面意义有限[⑪]。而曲春景、摩罗认为韩东们的“断裂”立场和行为只涉及文学外部问题，难以胜任“真正意义上的与传统决裂的使命”[⑫]；吴秀明认为它根本不具有以“继承”为基础的“革新与进步”

---

① 於可训、陈骏涛等：《游戏的陷阱》，《太原日报・双塔文学周刊》，1998 年 12 月 21、28 日。
② 王晓华：《在现代和后现代之间　文学艺术的转型》，黑龙江人民出版社，2006 年，第 73 页。
③ 杜素娟：《断裂．传媒．商业化叙事》，《小说评论》，2001 年，第 2 期。
④ 刘湛秋：《断裂与清醒》，长江文艺出版社，2000 年，第 260 页。
⑤ 夏之放等：《当代中西审美文化研究》，山东教育出版社，2005 年，第 165-166 页。
⑥ 梁鸿：《暧昧的“民间”：“断裂问卷”与 90 年代文学的转向》，《文艺争鸣》，2009 年第 6 期。
⑦ 张钧：《走向自觉的精神嬗变》，《长江文艺》，1999 年，第 5 期。
⑧ 汪继芳：《断裂：世纪末的文学事故》，江苏文艺出版社，2000 年，前言。
⑨ 中国文学年鉴编辑委员会：《1999-2000 中国文学年鉴》，作家出版社，2002 年，第 30 页。
⑩ 吴秀明编：《江南文化与跨世纪当代文学思潮研究》，浙江大学出版社，2009 年，第 15-26 页。
⑪ 於可训、陈骏涛等：《游戏的陷阱》，《太原日报・双塔文学周刊》，1998 年 12 月 21 日、28 日。
⑫ 摩罗：《自由的歌谣》，文化艺术出版社，1999 年，第 171 页。

的性质等[13]。然而，张钧、陈晓明、摩罗、唐欣等学者则依凭自己对现实文学场域的切身感受与了解，总体上对“断裂”问答卷揭示真相的价值表示认可。还有更多的学者对问卷具体问题及统计结果展开了辨析。总的来看，举凡问卷涉及的文学外部问题，大多数学者认为韩东们的“否定”和“批判”有理。比如罗执廷、黄发有分别从文学的“传播”“评价”“生产”[1]等角度发现“审美趣味”和“倾向”正统、落后的《小说月报》《小说选刊》在发掘和引导作家、助推文学思潮、影响官方评奖、促进文坛代际演替方面发挥着“消极”的影响作用[2]。明飞龙认为茅盾文学奖和鲁迅文学奖“评选规则”和“评选过程”不公平、“太随意”[3]，黄发有进一步揭示了“不公平”的表现和原因，认为两奖已经无法胜任“彰显被忽略和被遮蔽的文学价值，有效地引导作家的创作，间接调节文学生产”的重任。[4]而举凡问卷涉及的文学内部问题，多数学者对韩东们抨击当代文学批评研究、否定文学传统和思想文化权威等的偏激行为能够予以客观地评论。几乎所有学者都承认批评界存在的不正之风应该批评。如杨守森认为“当代文学批评缺乏真知灼见”[5]，高迎刚认为“文艺理论”和“文艺实践”之间“断裂”的状况在“断裂”问卷十年后几乎没有多少改变，这说明“加强文论研究对文艺实践的针对性”非常必要[6]。

不过还有许多学者力图对韩东等作家对文学批评的错误认识予以矫正。如吴义勤分析了90年代作家和批评家的关系变得“紧张”“激化”的原因，阐明了文学批评的“方式”“职能”和“特性”[7]，试图化解作家和批评家之间的误解，改善双方关系。而关于韩东等在答卷中否定文学传统和思想文化权威等的行为，多数研究者持质疑和否定态度。袁盛勇称韩东在“断裂”中对鲁迅的评价是世纪末“贬损鲁迅之滥觞”，韩东以及葛红兵、王朔等的言说有“切中肯綮”之处，但“也存在很大误读，甚至自觉步入了言说的歧途”[8]。赵寻认为韩东们仍在标榜的与传统的“断裂”，是80、90年代文学实践中最主要的一个误区。於可训明确强调“传统”为“发展”创造了“前提”，“积淀”和“创新”在文学领域里一样必要。“把

---

[13] 吴秀明：《当代文学六十年》，浙江文艺出版社，2009年，第167页。

[1] 罗执廷：《文选运作与中国当代文学的发展》，《文学评论》，2013年，第2期。

[2] 王尧、林建法：《中国当代文学批评大系1949-2009卷6》，苏州大学出版社，2012年，第60页。

[3] 明飞龙：《诗歌的一种演义》，九州出版社，2010年，第131-132页。

[4] 黄发有：《文学传媒与文学传播研究》，南京大学出版社，2013年，第207-213页。

[5] 夏之放，孙书文：《文艺学元问题的多维审视》，齐鲁书社，2005年，第19页。

[6] 高迎刚：《马克思主义文论中国化进程的回顾与反思》，《西北师大学报（社会科学版）》，2009年，第2期。

[7] 吴义勤：《是冤家，就要碰头》，《纸上的火光》，山东友谊出版社，2008年，第89-93页。

[8] 袁盛勇：《二十世纪末“贬鲁”现象的回顾与反思》，《海南广播电视大学学报》，2003年，第2期。

过去的东西一概砸烂”，“不是真正的反传统。”[①]以上学者的看法对“断裂”作家们反传统的偏激言行不啻为一种有益的提醒。

就“断裂”作家作品而言，无论在“断裂”行为发酵期还是时隔多年以后，学者们对韩东、朱文们的“断裂”宣言和写作是否有别于传统写作，始终有两种不同的声音。比较多的学者认为“断裂”事件和相关作家的创作具有预示或显示文学“转型”或有限的“革命”意义；而另一些学者则认为“断裂”作家们的写作不具有“革命”意义。吴炫、唐欣多是在问卷“反叛传统”的“意图”层面和韩东们重视“个人欲望”和认同“个人化”文学与价值观念方面，预见到“断裂”行为及韩东们的作品可能具有文学“转型”的意义[②]；陈晓明、郜元宝、吴励生、李扬、高耀丽、赵黎波等人通过大量文学作品分析最终得出他们的写作具有“有限”的革命意义的结论。如认为韩东、朱文们的“片面性写作”和“反本质主义式的叙事”对日趋平庸的文坛不失为“一剂猛药”，是“有限的革命”[③]；他们的作品都具有“区别于传统”的写作特色[④]；都告别了“启蒙文学的宏大叙事”，回复到“个人”本位，重视作家的“个人生命体验”[⑤]；都展示了“个体性觉醒了”的作家们以“解放了的欲望”为武器“面对传统”展开“精神突围”的过程等[⑥]；“断裂”只是一种姿态，韩东们的小说其实具有“承前启后”的文学史意义，即一方面吸收、调和了“新写实”和“先锋派”的特质和优点，另一方面又在“民间写作立场和欲望写实的叙事法则”方面影响了 90 年代后“新新人类的创作”等[⑦]。当然，这些作家也温和地指出了韩东们作品的不足，比如忽视理性的作用、以形式来表达抽象理念（主要指韩东的小说）等。与上述学者的观点不同的是，李万武、洪治纲等通过文本分析认为“断裂”作家们的创作并无文学“革命”意义。前者认为“断裂”答卷是文学个人主义的“文化宣言”，展现了“绝大多数”答题者“狂放的进攻性格与封闭的文化视野”，而他们的作品则被“表现自我”和“个人化写作”所束缚，让人沉浸在“即时性欲望”的享用之中，压根儿不属于具有“超越性、沟通性”的“审美”[⑧]；“断裂”事件其实是“一些 60 年代出生的作家们极端情绪的集体宣泄”[⑨]。

综上可知，尽管“断裂”行为在发起之初曾因韩东们言行的偏激招致各方抨

---

① 於可训等：《游戏的陷阱》，《太原日报・双塔文学周刊》，1998 年 12 月 21、28 日。

② 吴炫：《关于“断裂”的几句话》，《武汉晚报》，1999 年 1 月 20 日。

③ 陈晓明：《异类的尖叫》，《大家》，1999 年，第 5 期。

④ 郜元宝：《在“断裂”作家“没意思的故事”背后》，《当代作家评论》，2001 年，第 1 期。

⑤ 李扬：《中国当代文学思潮史》，上海社会科学院出版社，2005 年，第 213 页。

⑥ 谢春池：《九十年代文学论》，国际文化出版公司，2001 年，第 211-214 页。

⑦ 赵黎波：《新时期小说的叙事特征及文化阐释》，新华出版社，2015 年，第 28 页。

⑧ 李万武：《论文学个人主义文化情绪》，《文艺理论与批评》，1999 年，第 6 期。

⑨ 洪治纲：《中国六十年代出生作家群研究》，江苏文艺出版社，2009 年，第 241-248 页。

击和围剿，但是事过境迁之后，学者们对他们在揭示现有文学秩序的弊端、革新文学观念和创作方面的意义还是给予了基本的肯定，而对于韩东们在二元对立的思维定式、人文视野狭隘、偏激的“反叛”姿态、作品的局限等问题也予以善意的提醒。当然，由于“断裂”事件本身的复杂性、暧昧性和后续发酵，学者们对事实情况的掌握程度不同，对作品的分析角度和深浅有别，因而上述不少观点也程度不同地存在值得商榷之处。

二、世纪之交的诗学论争研究

韩东并未参加上世纪末的“盘峰诗会”和“龙脉诗会”，仅在会后写了《附庸风雅的时代》和《论民间》参与“知识分子写作”和“民间写作”的论争。刘继林结合韩东的诗歌理论，把韩东反叛《今天》诗歌、对峙知识分子写作、发起“断裂”问卷调查等联系起来考察，认为其内涵就是“怀疑－否定－反叛”，这说明“韩东反对一切与其诗歌理论主张相悖的东西”，但其诗作不足以支撑其诗歌理论主张，韩东“对诗坛现状也没有提出多少建设性的意见”，“断裂”行为隐含着重建文学秩序和想当“父亲”的愿望。韩东只忙于话语权的争夺而忽视了艺术本体的探索，最终造成了“自身言论初衷与视听效果相背离”。[①]

编选《韩东研究资料》的何同彬认为刘继林的观点“不无以偏概全的嫌疑”，“忽视了诗歌生态衍变的客观现实，但也切中了韩东诗歌观念、诗歌理论策略的某种‘要害’”。他把韩东的系列诗歌行为纳入更大的韩东文学实践整体中考察，认为韩东成就于也受困于 20 世纪 80 年代的文学“深梦”，无法摆脱反抗者悖谬的宿命。在论及韩东诗歌、诗论的部分，他认为韩东作为一代诗人反抗的象征，在文学大变局时代具有转捩之功，自身也付出了政治代价和美学代价，暴露出了他新的主体想象中先天的片面性。他的诗歌理论主张、宣言与其创作、主体实践之间的断裂无法避免，那些空中楼阁般的观念构筑在一个消费社会、极端世俗化的社会几乎是无法完整呈现的。韩东的价值和意义已经消耗殆尽，其“示范意义和导引作用”只能局限在一个旨趣相近的“圈子”和利益共同体内。韩东及其作品的经典化在新世纪前后已经基本完成，此后他的成功或失败都委身于这一经典化的光环或阴影之下。他认为也许韩东从一开始就是错误的：把文学作为反抗的起因和目标，在其构筑的迷人幻境中坠入“深梦”。[②]何同彬敏感捕捉到了韩东文学形象的突出特征“反抗”“个人独特性”和“理想主义”，对这些特征的种种表现、成因探析以及价值评说可谓睿智而不乏犀利。然而，韩东的诗歌、诗论和行为实

① 刘继林：《在话语的反叛与突围中断裂》，《学术探索》，2005 年，第 5 期。

② 何同彬：《文学的深梦与反抗者的悖谬——韩东论》，《文艺争鸣》，2016 年第 11 期。

践是“断裂”的论断却缺少充分的论据支撑，韩东在诗歌、诗论、诗歌行为中的复杂形象也绝非上述三个标签可以概括。考虑到韩东仍在坚持诗歌创作且精神境界已与过去判然有别，认为韩东的价值和意义已消耗殆尽之类的论断似嫌尚早。

在史料发掘方面，孙基林的《韩东剪影》《新诗潮场景或镜像：另一种喧嚣与裂变》《青秋拾痕（后记）》和常立的《关于“他们”及其他》，对韩东在山东大学的诗歌实践活动、改组“云帆诗社”、在西安创办《老家》、在南京创办《他们》的来龙去脉以及作者群的构成、社团性质、美学观、理论意义和社会影响等做了相对全面的描述。诗人刘春的《飞蛾已经出生，巨著总会完成》简述了韩东的生活、创作和办刊经历，与于坚的交往史，参与发起“断裂”事件的某些细节，自己与韩东交往的回忆等。李小杰的博士论文《九十年代南京青年作家群论》中附录的“韩东访谈”介绍了韩东参与编辑《芙蓉》的相关经历。汪继芳的《写作者、战士——韩东访谈录》、《“断裂”：世纪末的文学事故》对韩东和朱文发起的“断裂”事件有相对全面的叙述。诗人杨黎《灿烂》一书中对韩东的访谈则主要涉及韩东的生平以及“他们”群体的离散等情况，沈奇的《诗性生命历程的初稿》追忆了韩东在西安的诗歌创作活动、交往活动以及对后来西安诗人的深远影响等。姜红伟的《80 年代大学生诗歌运动》介绍了小海参与《老家》《他们》创办的细节，小海与韩东等游历西安、成都、重庆以及韩东在南京参加的各种诗歌活动等。上述史料对于再现韩东详细的生平经历、诗歌创作和活动实践的历史功不可没，但由于作者各自展开叙述的目的和角度不同，因而关于韩东的生平和诗歌活动的内容还是显得比较分散。

第四节　研究的不足

韩东的诗歌、诗歌理论及诗歌生活研究虽已取得了一定的成果，但还远未尽善尽美，还存在许多可以开拓的空间。

就诗歌研究而言，代际视野中的韩东诗歌研究致力于提取一代诗人作品的思想和艺术共性，较早地捕捉到了韩东诗歌“非文化”“重体验”“求真”“非意象”“非崇高”“单纯”等思想和美学特征，但由于这类研究侧重分析的多是韩东 1980 年代的诗歌，因而不可避免地会忽视韩东近 40 年诗歌的整体复杂性和个性；韩东诗歌的分期研究、主题类型研究基本取得了共识，大多认为韩东的诗歌艺术大致经历了模仿、转型、成熟、新世纪四个阶段（小海语）；有现象诗（包括消解或还原诗）、哲思诗（包括寓意诗）和情感诗三种类型，集中表达真实和情感两大主题（胡桑语）；孙基林、王茜、陈超敏锐地发现了韩东诗中的“生存”母题，赵东意识到了他新近诗中寻求“超越和意义”的精神倾向。不过上述主题研究大多具有阶段性的特征，总体上看韩东诗歌的思想和精神演变轨迹未能得到完整而清晰地呈现。

就韩东诗歌理论研究而言，“诗到语言为止”备受重视，但是不少研究不仅有选题重复、脱离语境之嫌，而且忽视了韩东后来对这一主张所做的多次阐释以及重大更正；韩东的《论民间》广泛关注，但对韩东的“民间”诗歌理论与他以往诗歌理论主张的内在关联较少细致的分析。诗群和代际视野中的韩东诗歌理论研究重在提取韩东与同代诗人的诗歌理论共性，且仅涉及韩东20世纪的诗歌理论，在自始至终忽视他诗歌理论个性的同时，也不可避免地未能考察韩东21世纪后提出的众多新的诗歌理论主张。韩东诗歌理论研究专论大多带有阶段性的特征，创作衍生式研究有重视韩东的诗歌创作而轻视他的诗论文章的倾向，并且体系性和学理性尚待加强；外援阐发式或比较式研究有丰富深化韩东诗歌理论内涵之功，但也有削弱其本土性、原创性的倾向。实际上，韩东的诸多诗歌理论主张都不能脱离其产生的特殊复杂的历史、现实和诗歌理论语境，也与他的个人学艺经历、与前辈以及同代诗人的诗歌理论对话、接受的思想艺术资源有着复杂的关联；此外，韩东的诗歌理论前后相继，有自身发展的历史轨迹，尤其是近些年对自己及一代人的诗歌创作实践和活动实践有了深入的反思。因此，有必要对近四十年韩东的诗论、谈诗语录、访谈等展开历史性的整体研究，客观呈现出他诗歌理论的独特内涵、生成过程和演变轨迹。

其他研究中，个别学者将韩东的诗歌、诗歌理论和韩东的部分诗歌生活联系起来作整体考察得出了三者断裂的结论，但忽视了韩东其他重要的诗歌生活对韩东诗歌创作、诗歌理论产生的促动作用。因此，有必要对韩东的诗歌生活进行重新定义并进行历史视角下的整体关照。

第二章　韩东诗歌创作背景研究

人是宇宙间的一种特殊存在物，既是自然存在物、社会存在物、文化存在物，又是历史存在物。任何诗人的诗歌创作和诗歌理论的产生都与他童年、少年时代在特殊生存境域中孕育的精神质素有着密切的关系，也与他步入诗坛之后经历的诗歌生活有着千丝万缕的联系。作为作家方之之子、“他们”诗群的灵魂人物、“第三代”诗人中领袖一般的标志性诗人，韩东的诗歌及诗歌理论的生成更是与他的个人生存和诗歌生活交融在一起。本章将在生态文艺学的视野中描述和呈现韩东独特精神质素的生成过程及其对韩东诗歌生活、创作及诗歌理论的影响。并在此基础上，进一步考察韩东标志性的诗歌文本和诗歌理论与其诗歌生活之间的互动与生成关系，旨在通过历史现场的还原揭示出诗人韩东的诗歌创作、诗歌理论与时代、社会的复杂关系。

第一节　成长生境与韩东的精神构成

在生态学中，“生境”即“栖息地”，指“生物个体或种群所处的特定环境，比一般所说的环境要具体”；从心理学的意义上讲，童年经验不仅对人的个性形成发挥着极大作用，而且会持久地影响文学艺术家的“审美兴趣、审美情致和审美理想”[①]。因此，欲要理解韩东的诗歌创作和诗歌观念生成的历史与心理动因，有必要结合生态文艺学、传记研究、心理研究的方法，从考察韩东的经历、精神构成和其诗歌生活、创作、诗歌理论间的复杂关系着手展开研究。

以生态文艺学中的生态位理论为参照考察文学艺术家的成长生境，会发现影响他们成长的因素主要有：“自然风物景观、时代精神氛围、社会政治状况、文化传统习俗和基本的物质条件”[②]。

由于韩东出生于南京市的一个知识分子家庭，父母亲人都有稳定的收入，所以他在童年、少年时代极少感受到物质贫穷的压迫。就地方文化习俗而言，无论是韩东幼年时生活了八年的南京市，还是此后生活了九年的洪泽县及其下属的黄

---

① 鲁枢元：《生态文艺学》，陕西人民教育出版社 2000 年版，第 210 页。
② 鲁枢元：《生态文艺学》，陕西人民教育出版社 2000 年版，第 210 页。

集公社、涧南大队，韩东对它们都没有故乡的感情。“前南京”对他而言就像是模糊记忆中的“古代”或者“旧社会”[①]；洪泽县及其下属的黄集公社、涧南大队，对他而言则是被抛之所，所以当地的文化习俗对他影响不大。因此，对韩东的精神构成产生了较大影响的因素主要有：1961－1978年的社会状况、文化状况和自然状况。具体到韩东独特的成长境域，则分别对应于他生存的社会境域、文化境域和自然境域。正是在各种社会、文化、自然因素的综合影响下，韩东形成了自己独特的精神质素，这种精神质素又影响了他成年后的诗歌生活、诗歌创作和诗歌理论。

一、社会境域与韩东的个性、思维和童心

所谓“社会境域”指的是“人的不断为人所调整或重构着的相互间的社会历史关系的境域”[②]。诚如马克思所说，人的本质就是人在实践中所形成的一切社会关系的总和。每个人在生存实践中都要调整或重构自己和家人、同学、朋友、爱人、陌生人等的各种关系，以这种种关系为对象，人才成为社会存在物。

韩东对人与人关系的感受与他从南京到苏北乡村、公社、县城的所见所闻密切相关，一方面，人与人之间的对立斗争关系使他印象深刻，强化了他敏感、怯弱、孤僻、好斗、易幻想、多情、温柔的生命个性以及二元对立思维的形成，也增强了他成长中的孤独感、隔膜感和自我意识；另一方面，家庭内部的亲情温暖着他的心灵，保护、培育了他的童蒙之心。

首先，南京时期的经历。韩东出生那一年（1961）正值中国大饥荒问题突出时期，当时全国范围内粮食果蔬短缺，营养不足导致他的体质自幼羸弱，个性多少受此影响，天生敏感且怯弱。特殊年代的动荡不安使他从小在忽略中成长，生命的初年便有过一段终生难忘、陌生、恐惧而又无助的全托时光（诗《全托记忆》）。到了上小学的年纪，他有一次还在自己就读的南京东风小学附近目睹了“一辆卡车押送着一个身披白布的反革命分子参加武斗，这个人被一圈红卫兵包围着，还有一圈银光凛冽的长矛大刀，一块石头从楼上的窗口扔下来，紧接着那个窗口又被人砸碎了”[③]。这些场景令儿时的韩东感到非常恐惧，甚至时隔三四十年时光仍难以忘怀（诗《浴缸——武斗现场记》）。韩东还终生难忘小姨骑着电车载着自己被愤怒的人群袭击的经历，如诗歌《电车奇遇》：

---

① 韩东：《一条叫旺财的狗》，重庆大学出版社，2011年，第16-17页。

② 黄克剑编：《问道 第1辑》，福建教育出版社，2007年，第7页。

③ 洪鹄、刘雅静：《“大话”知青韩东》，《南都周刊》，2010年，第19期。

突然，传来了可怕的震动，
电车停下，电杆被拉脱，
就像小姨的大辫子向下牵拉。
她的扁平脸鼓凸起来，
我的鱼眼塌陷，变回了人眼。
愤怒的人潮掀翻了电车，
橘红色的火焰窜起
……
小姨和我是两只受惊的野兔，
在荒凉的陆地上赛跑。

这种动荡、令人惊恐不安的经历强化了韩东敏感、怯弱的生命天性和不安、荒诞的人生感受。

其次，除了南京时期的经历影响了韩东的生命感受和个性生成之外，韩东在洪泽县时期的小学、中学读书时，与同学之间的对立或隔膜关系也刺激了他对人际关系的持续敏感，促进了他孤僻、易幻想、多情、愤世嫉俗的个性和二元对立思维方式的生成，并持续强化着他心中的孤独感、隔膜感、不安感和自我意识。早在南京时期，韩东就因为父母的原因而“被同学们拿石头砸”[①]。到洪泽县后，韩东原本以为涧南大队是个美好的所在，谁知“进村的一瞬间失落、失望以及恐惧就降临了”[②]。那里的寒冷、贫穷、饥饿和野蛮完全超出了他的想象，村里的孩子只知道玩泥巴，相互砸来砸去，文弱的韩东很不习惯，与他们根本玩不来。最让他畏惧的是上学。涧南大队只有一所小学、两个年级、一个老师，韩东插班读二年级，老师是个较为严厉的转业军人。班里学生的平均年龄都在十三岁以上，九岁的韩东在这群大孩子中虽然很快学会了洪泽方言，可以和同学们交谈，但是他知识分子子女的身份、物质和文化上的优越、白皙瘦小的形象以及戴眼镜的习惯等使他这个异乡人无法完全融入这个群体。同学中还有人高马大的，特别喜欢欺生的，上学路上还有凶猛异常的恶狗威胁。从小学到中学，男女同学之间的敌意由来已久、弥漫不散，这与韩东幼时在南京很喜欢和邻居家的六个小姐妹玩儿的情形截然相反（诗《叙事》）。“男孩们态度凶狠，不惜使用各种粗言秽语”，“毫无理由地指着女生叫‘破鞋’‘母猴子’‘黑鱼精’，同时带着掩饰不住的兴奋”；

---

① 汪继芳：《一个值得纪念的作家——方之夫人的回忆》，https：//www.douban.com/group/topic/7458396/

② 凤凰网、韩东：《历史是恐龙，文学是一只活鸡》。http：//book.ifeng.com/shupingzhoukan/duyao07/wendang/detail_2010_06/11/1612165_0.shtml

在这种环境中，韩东再也“没有和同龄的女生说过话。不仅是他，所有男生都没有。”[①]就中学男生的日常交往而言，文弱的韩东最初常受班里人的捉弄，后来由于有好友梁奇伟的保护，才免于后续受辱。上述韩东在搬家转学过程中的遭遇、与男女同学不合群或隔膜的经历，在刺激了韩东愤世嫉俗的个性以及敏感怯弱天性的同时，进一步强化了韩东主观的、幻想的、想象的思维方式，使韩东慢慢形成了易于幻想、多情的个性，韩东内心的“异类感”“孤独感”“隔膜感”和“自我意识”也在不断地增强，而在动荡不安的环境中，韩东也逐渐习惯于以一种二元对立的思维方式来理解自己的现实生存处境。

最后，和谐温暖的亲情关系保护、培育了韩东的温柔个性和童蒙之心。虽然韩东的父亲愤世嫉俗，但是韩东的母亲性格开朗温柔，所以韩东的父母在顺逆处境中从未吵过一次嘴。韩东的外公外婆也很疼爱韩东。一家六口人深处异乡，社会地位一落千丈，但是比起城市里的恐惧不安来说，乡村的家庭生活在韩东的印象中还是温暖而又和煦的。多年以后，当四个老人都去世之后，这段水乡生活反复以“唯一的家”的形态出现在韩东的睡梦中（诗《梦中一家人》），足见韩东对这段岁月的难忘。韩东的家人总是善于为他遮风挡雨、尽可能地满足他的物质和情感需求、保护他的“童蒙之心”。

所谓“童蒙之心”指的是“儿童所具有的天真纯朴、敏于感受、率性任情、不谙世事的心态”。它的心理特点主要是知觉与感情欲求的统一以及以表象为中心的记忆、想象和幻想活动的活跃。这两种心理特点决定了儿童往往富含感情地看待事物，把自然事物人格化或情感化[②]。古今中外的许多文学艺术家都认为，具有“童蒙之心”的文学艺术家往往都有极强的创造力。韩东离开了南京到异乡生活后，心灵较之以前更加单纯、自由、率性和轻松了。温暖和谐的亲情关系也给了他很大的自信心，使他个性中温柔的一面和童心得到培育和生长。正因如此，韩东一直十分眷恋家庭的温暖亲情，并在此后的生命旅途中一直很珍视和渴望人与人之间的温暖感情，这在很大程度上也决定了他后来对“人与人的情感”问题的浓厚兴趣和持久关注。

二、自然境域与韩东的性情、美感和艺趣

这里的“自然境域”并非单指纯客观意义上的原生的自然界如宇宙景象，也包括人的生存环境中已经人化了的自然，包括各种植物动物、水土气候等。人作为一种高级动物，当以“我”与自然物的关系为存在对象时，就成为自然存在物。

---

① 洪鹄、刘雅静：《“大话”知青韩东》，《南都周刊》，2010 年，第 19 期。

② 唐晓敏：《精神创伤与艺术创作》，百花文艺出版社，1991 年，第 65 页。

南京有着源远流长的"偏安文化""悲情文化"传统和陶渊明"适意自然、追求自由"的思想传统[①]。这种文化思想传统深深地影响了方之。方之在洞南大队第一生产队时，开始着手打造一家人的"田园"居所。这"田园"居所和水乡优美的自然风景、奇幻秀美的万千气象和宇宙景象滋润了韩东的童心，使他从此与大地、自然建立起深厚的感情，培养了他单纯、淳朴、善良的生命性情，也激发、培育了他的自然美感和艺术趣味。

在中国古代史、近代史中，南京虽然贵为六朝古都和民国旧都所在地，但是自古以来总是充满着浓郁的亡国气息和悲情气氛。在这种历史和现实感受的驱使下，南京的文人历来或沉沦于灯红酒绿、纸醉金迷，或信奉"穷则独善其身"、以学术为依归，还有不少文人名士受隐逸诗人陶渊明的影响而选择归隐山林、纵情诗文。方之始终怀有严肃的文学理想，到达水乡之后受南京"适意自然、追求自由"传统的影响，开始着手打造田园般的居所。在韩东的小说《扎根》和许多散文中，他都描述了这个田园般的居所。这个居所首先是指方之亲手建造的泥墙瓦顶房（村民家是泥墙草顶）和全村"独一无二"的两个"青砖门楼"[②]；其次是指屋后婷立着的青青竹林，临河边舞动着的婀娜杨柳，近路边生长着的黄色向日葵，旁边篱笆内正吃食的活泼鸡群，周围散布着的鲜亮菜地，以及不时窜动着的洞南草狗。正如一位学者所说，"对于'写了一辈子的小说'的老陶（方之是其原型，笔者注)来讲不可避免地会有着传统文人田园情结的历史积淀或集体无意识。"[③]这样安逸优美的田园居所，可以说是韩东一家人心灵的避难所和理想的栖息地，这恐怕也是这段生活反复出现在韩东梦中的又一重要原因。韩东不仅喜爱父亲亲自打造的田园居所，而且尤为喜爱家中常年饲养的或黑或白的洞南草狗。《在狗会守候主人》一诗中，我们可以感受到狗儿的陪伴在消减寂寞方面对于童年韩东的重要意义：

> 狗会守候主人，
> 小孩会等待妈妈。
> 他领着一条狗走出去很远。
> 那时辰天地像是空的。
> 田里没有人，收工的喧哗已过，
> 他并不感到寂寞。

---

① 吴秀明编：《江南文化与跨世纪当代文学思潮研究》，浙江大学出版社，2009 年，第 22、21 页。

② 韩东：《夜行人》，重庆大学出版社 2011 年版，第 9-10 页。

③ 赵冬梅：《从"田园牧歌"到"繁管急弦"》，海南师范大学学报（社会科学版），2008 年，21 卷第 6 期。

一路看着西天，路却是往北的。
有一段时间他被晚霞吸引，
忘记了自己的目的。
就像妈妈把他和小白留在了世界上，
他并不感到寂寞。
我守候的人已经故去，跟随我的狗换了好几条。
这里多么拥挤而且喧闹。
在那块空空如也的土地上妈妈回来了，
推着她的自行车。
我听见了铃铛声。
接着天就完全黑了。

韩东对狗等小动物的深厚感情的确维持了他的一生，这种对动物的深厚感情也发掘、滋养了他单纯、善良的本性。

除了田园居所、小动物外，韩东还曾为水乡的自然风景、万千气象以及宇宙景象所深深吸引和陶醉。对大自然的热爱，也培育了他单纯、善良的生命性情，并激发、培养了他的自然美感、艺术趣味。比如韩东随父母进村的第一个早晨就令他终生难忘，因为那新鲜欲滴的树木、河流、田野和村庄都是韩东“从未见过的”，让他感到“太不可思议了”[①]。40多年后韩东写的诗歌《新世界》对这个早晨印象也有过动情地描述：

我有一个新世界，
在陈旧的记忆中。
有一个凛冽的清晨，在老镜头里。
我有一只牛蹄印，里面盛着一汪水，
像孩子的眼睛。
雾气从小河边升起，
后面没有任何东西。

我从故乡旅行到异乡，
夜里进去，早晨醒来。
走出晨光中的草屋，
看地瓜藤上霜花闪闪发亮。

---

① 韩东：《幸福之道》，重庆大学出版社2011年版，第227页。

就像眼睛和眼睛的对视。

我想看，也有的看。
我要看出去，然后搬进来。
当我站着不动，一切就会自动。
我奔跑起来了，农田开始汹涌。
几声鸟叫被我误判为喧嚣。

我有一个新世界，
在陈旧的记忆里。
一些新印象，在古老的经验中。
当时我在命运的源头，
看上去那么老然而那么新。

这种来自新世界的惊奇感、新鲜感在韩东以后的农村生活中持续了很长时间。他逐渐发现这里还有更多令他感到惊奇的东西，比如纵横的河网中那不计其数的鱼虾、螃蟹、水蛇和青蛙，还有那水灵灵、密麻麻的各类水生植物。韩东还和农村男孩子们一起投身于大自然，下河摸鱼、割草（诗《割草记》），并和爸爸学习游泳，冬天则和哥哥在冰河上恣意地玩耍[①]。与大自然的肌肤之亲更加深了韩东对自然事物的喜爱之情。进入中学以后，在农忙时节，韩东还曾和同学们一起参加过秋收（诗《少年》《农村分校》），体验过辛苦而又充实的农民生活，从此对大地有了更深切的生命感受。由于洪泽县属于苏北平原地区，四季分明，夏季湿热多雨，所以韩东从小也对季节和多变的气象十分敏感。他不仅爱四个季节（诗《季节颂》），而且“喜欢下雨”，此后甚至每到雨天他都觉得有诗可写[②]；他也爱上了闪电，因为闪电是“那样的强烈、多变、迅疾，那样的美。”[③]韩东甚至对日出、清晨（诗《给初升的太阳》）、黄昏、晚霞、明月（诗《少年的情怀被月光打开》）也十分着迷，尤为喜爱“无垠、无用”也“无对象”的“星空之美”（诗《咏月及星辰三章》）。[④]正如韩东自己所说，“这段生活对我……十分宝贵……人是自然之子。农村生活给我的最大帮助就是使我与自然、与大地之间建立起了一种直接的了解和交流。特别是这件事发生在我的少年时代，

[①] 韩东：《夜行人》，重庆大学出版，2011 年，第 21 页。
[②] 韩东：《幸福之道》，重庆大学出版社，2011 年，第 219 页。
[③] 韩东：《幸福之道》，重庆大学出版社，2011 年，第 224 页。
[④] 韩东：《都是星空惹的祸》，《语文教学与研究（学生版）》，2008 年，第 1 期。

伴随我的成长，因而更为重要。”[①]其实，与大自然、大地建立起直接的精神交流的重要意义就在于大自然培养了儿时韩东的联想力和想象力，而联想力、想象力以及与之伴生的激情就是美育的起点，也是开拓艺术美学与艺术情感的必由之路，当然某种意义上这种与大地、自然的深厚感情也消减了童年韩东不合群带来的寂寞和孤独。因此可以说，亲和大地和自然是韩东精神生活的需要，也是他精神生命的家园、艺术生命和灵感的源泉。

三、文化境域与韩东的品性、思想和哲心

文化境域是为人所创设并构成人的对象性存在的复杂精神场域；它与人的自然境域、社会境域构成一体关系，不仅“形之于物，见之于人的物化和物的人化的方式”，也“渗透在交际中的人的行为上或立为章程、法度、准则或楷模的典籍中”，还包括人所创设的“语言、神话、宗教、科学、艺术、哲学等”存在对象[②]。人以文化为存在对象，就成为文化存在物。

从地域的角度来看，韩东童年和少年时代所置身的生活空间经历了从南京到涧南大队第一生产队、黄集公社、洪泽县城的转变。而不同地域的文化因素对于韩东精神生命的影响和渗透总体来看主要通过家庭教育、学校教育和社会教育这三种途径。家庭教育方面，作家方之的学识、品行和教育理念对韩东的品格陶冶、个性形成、知识获得以及能力培养等都发挥了至关重要的作用。学校教育方面对韩东的思想、精神、个性等也产生了重要影响。社会教育方面，1961－1978年的南京市、涧南大队第一生产队、黄集公社和洪泽县城的社会文化状况（含报纸、广播、电影等携带的文化因素）对韩东解构式思维的形成以及哲心的孕育产生了较大的影响。可以说，正是在家庭教育、学校教育和社会教育的综合影响下，韩东逐渐形成了自身的独特文化质素。

首先，在家庭教育方面，方之热情、诚恳、正义、勤奋、强烈的责任感等品格陶冶着韩东，为他树立了人格的榜样；方之渊博的学识、顺应儿子的个性和兴趣的自然发展教育观和多样化的教育方式，培养了韩东正派的品行、多思的个性以及文学、政治、美术、科学方面的知识、素养和能力。在韩东的心目中，方之是一位好父亲。他不仅为人作风正派、“坦然、热诚”，“很爱家人和朋友”，而且“工作努力，厌恶平庸”，内心有着“强烈的正义感”和“责任心”[③]；作为一个

---

① 韩东：《韩东散文》，中国广播电视出版社，1998年，第277页。

② 黄克剑编：《问道 第1辑》，福建教育出版社，2007年，第6、7页。

③ 韩东：《“低处不胜寒”》，“某人韩东”新浪博客：http: //blog.sina.com.cn/s/blog_4fe5482201007rar.html

作家，韩东认为父亲工作起来非常刻苦、勤奋，即使在下放期间，都全力以赴、“日以继夜地观察生活”，搜集“乡村俚语”和“民间故事”，并做了几十个笔记本[①]。方之的上述人格品行和工作态度一直是韩东学习的榜样。

在教育韩东方面，方之不仅关心他的身体健康、性情品行的养成，而且注意顺应韩东的兴趣为其创造好的学习条件。韩东自小身体瘦弱，方之在使家庭饮食丰盛的同时，还常常带着他和李潮下河游泳，但是韩东在“被呛了几次水之后，就再也不愿意下水了”[②]，方之也不训斥或勉强。他对韩东的学习也从不要求，“对职业要求不高，但性情品格却经常过问”，若韩东做错事情他也会“该出手时就出手”，但“打得极少极关键”；在家里，他则对孩子“平等以待”，从不培养孩子的自我中心意识，也不当众夸奖孩子[③]。正是在方之的人格陶冶和严爱相济教育方式的影响下，韩东后来也成为一个“既尖锐又温暖”，既诚实又勤奋，既“对文学中腐朽的、虚假的、平庸的东西深恶痛绝”，又“对朋友非常好”的人[④]。

在文化知识和能力培养方面，方之则秉持一种尊重韩东的兴趣爱好、让其自然发展的教育理念，这主要表现在日常生活中的聊天、文学书籍的阅读、画书画报的购买和为韩东请素描名师等方面。日常生活中，方之喜欢带着孩子们玩儿，寓教于乐。比如朋友们来访，他和朋友天南海北、海阔天空的聊天，从不赶走孩子，而是随孩子自便。韩东也说，“我小时候喜欢跟着我父亲跑，父亲和几个写作的人聊天，谈论文学、民间故事、有趣的事情，他们的那种视角、快乐、谈话的氛围吸引了我，我当时搬个小凳在旁边认真地、很投入地听，这个东西对我肯定是很有影响的。而我父亲有一些书，如《在人间》《我的大学》《静静的顿河》我都看过，这些东西对我可能是有影响的，至于他的文学观念对我是没有任何影响的。”[⑤]方之和朋友们信息量丰富的聊天方式其实也可以看作是一种寓教于乐、寓教于生活的方式。正是在这种聊天熏陶中，韩东逐渐养成了多思的个性。方之也发现了韩东听大人说话时专注、爱思考的个性，还给他起了个外号“三歪子”，即“歪头、歪眼、歪点子多”，“歪头”“歪眼”都是韩东集中注意力的表现，“歪点子”自然是指韩东从小就很聪明，主意多[⑥]。而

---

① 杨黎：《灿烂》，中华工商联合出版社，2014 年，第 263 页。

② 韩东：《夜行人》，重庆大学出版社，2011 年，第 22 页。

③ 韩东：《幸福之道》，重庆大学出版社，2011 年，第 152-153 页。

④ 汪继芳：《写作者、战士——韩东访谈录》，“诗生活”网：http://www.poemlife.com/libshow-439.html

⑤ 杨黎：《灿烂》，中国工商联合出版社，2013 年，第 266 页。

⑥ 韩东：《一条叫旺财的狗》，重庆大学出版社，2011 年，第 34 页。

苏俄高尔基和肖洛霍夫的上述名著就是韩东“初探文学世界的启蒙读物”①，不仅使他此后像父亲一样偏爱读现实主义文学作品，而且提高了他观察和认识现实生活的能力以及语言表达能力。除了文学之外，方之和朋友们聊天的另一个重要内容是政治时局。在洞南大队生活时，知青们就很喜欢上方之家玩，询问方之和李艾华一些“关于‘上头’的传言”，或者和“韩东的哥哥李潮交流美国之音里偷听来的消息”②。在这种时时关心政治的家庭氛围中，韩东也自童年时代起就对政治颇为敏感，并且对政治怀有很高的热情。

就韩东的画画兴趣而言，也得益于父亲方之的“无心插柳柳成荫”。由于方之不愿意韩东像他一样从事文学创作，所以他有次去文化馆看到一本素描就不管三七二十一带回了家。韩东一看就很感兴趣，天天拿笔画上面的人体骨骼。后来也“画院子里的泡桐树”，而且“给打盹的野狗画速写，临摹《芥子园画谱》”③。方之为了拓宽韩东的美术知识和科学知识视野，还给他买了很多科普画书、画报。其中就有《从猿到人》科普画册等。由于韩东小时候“一向对原始事物很着迷”，所以很爱读《从猿到人》之类的书”。④这类书主要普及的是达尔文运用科学实验的方法阐明的生物进化和人类起源的理论、赫胥黎系统地普及达尔文学说的“人猿同祖”理论以及恩格斯运用辩证唯物主义和历史唯物主义的观点解释“古猿怎样变成人”和人类发展过程的理论。对这些科普画书的阅读增强了韩东对史前文明的热衷以及对成熟文明的不满，也使他思考任何问题时总喜欢探究其起源。后来，方之夫妇搬迁到洪泽县城，韩东则没事就跑到父亲的好友刘冬家里去玩儿。刘冬是个被流放到县文化馆的老干部，与方之在文学艺术和政治方面有许多共同语言，彼此常来常往。而在少年韩东的眼中，刘冬就是自己见到的“第一位洒脱不拘的艺术家”。他的小房间不仅放有大量的画册，而且到处摆满了绘画工具和油画、水彩、水墨、版画等作品。韩东觉得那儿简直就是“艺术的神圣殿堂”，也是在那里他接受了“最初的艺术熏陶”⑤。后来，方之看到韩东那么迷恋画画很高兴，为了他将来能有一技傍身，不再务农，于是帮韩东正式请了一个叫戴鸣的画画知青做老师。戴鸣的素描水平“在知青中无人可及”，“名声甚至远播周围的四五个县”；韩东“正式拜他为师，跟他学画”⑥。由于“文革”时期的基础美术教学都偏重写实主义美术，因而韩东跟随戴鸣学画的

① 黄培昭：《中国作家走英伦 诗人韩东作品翻译研讨会伦敦举行》，人民网：http: //news2.jschina.com.cn/system/2015/04/24/024490451.shtml

② 洪鹄 刘雅静：《“大话”知青韩东》，《南都周刊》，2010 年，第 19 期。

③ 洪鹄 刘雅静：《“大话”知青韩东》，《南都周刊》，2010 年，第 19 期。

④ 韩东：《大地上——新诗亲历记七》，“楚尘文化”微信公众号，2015 年 8 月 20 日。

⑤ 韩东：《一条叫旺财的狗》，重庆大学出版社，2011 年，第 14-15 页。

⑥韩东：《幸福之道》，重庆大学出版社，2011 年，第 23-25 页。

过程也培养了他的写实主义美学趣味。韩东甚至在高二时就参加过美术学院的考试，并且过了初试。由于当年参加美术考试的知青过多，因而韩东未能进入复试。

由上可知，方之的人品、学识、家庭教育理念和教育方式对韩东个性、品格的形成以及政治、文学、科学、美术方面知识、素养和能力的培养，都起到了十分重要的作用。

其次，在学校教育方面，全国中小学掀起了基础教育课程“革命”，这种课程“革命”在促进了韩东人性的自由发展，增强他的政治热情、理想情怀、集体意识和叛逆精神的同时，也使他在科学文化基础知识方面先天不足。当时，各地中小学先后在教材、课程实施和评价方面进行了多方面的“革命”。

韩东学习和准备不仅表现在他酷爱读艾青、贺敬之等人的政治抒情诗方面，而且体现在他的高考成绩中政治考分最高。为确保录取，他填报了山东大学哲学专业。

最后，在社会教育方面，1961－1978 年韩东置身的语言文化环境经历了从南京、涧南大队第一生产队、黄集公社到洪泽县城的转变；受各地语言文化以及报纸、广播、电影等大众传播文化的影响，韩东提升了自己对各类语言的感受力和把握力，也逐渐形成了解构式的思维方式，并发展了自己的客观、现实、理性的逻辑思维，孕育了自己的“哲心”。在南京时期，韩东曾去电影院看过《地道战》《地雷战》等电影，跟戴老师学画时他还经常临摹家中《大众电影》上面的剧照。这些电影文化的内容多带有极强的战争或政治色彩，对韩东审视现实的二元对立思维方式起到了某种强化作用。

而从语言层面看，人就是一种语言存在物。从南京话到苏北方言，从报纸、广播、电影中的政治宣传语言到现实生活中的方言俚语，从现实语言到文学语言，语言文化的不断改变也强烈刺激了韩东对各类语言的敏感，在提升他对语言的感受力和把握力的同时，也使他开始意识到语言符号的能指和所指之间的差别或矛盾。比如真正的“农民”并不是如新闻报道中所宣传的“农民”概念那样，“要么说他们是善良、淳朴的，要么就说是粗俗、卑贱的”，真实的农民根本不是那么回事[①]。与此类似，那些生活在韩东周围的下放干部、知青、下放户、地主等各色人等也完全不像政治宣传语言所定义的那样。这种现实生活中不断涌现的语言概念和所指的矛盾促使韩东逐渐形成了一种立足现实、质疑消解各种既有概念、观念的解构式思维。

此外，上述形形色色的人物都携带着不同的价值观念，经历着各不相同、充满戏剧性的命运，他们的价值观念和命运等也不断地刺激、挑战着韩东旧有的思

---

① 王巧玲：《韩东：天才是历史的运气》，《新世纪周刊》2008 年第 10 期。

想观念，使他的大脑一次次地被迫解构和重组。由于韩东从小很自信，面对问题时不习惯于自我否定和人云亦云，所以他面对任何价值观念都表现出怀疑的态度，并试图对人性和现实做出自己的评价，在此过程中他多思的个性得到了强化，独立思考能力有所提升，而从父亲那里学习到的观察生活的视角以及现实主义文学培养的认知现实能力也发展了他客观的、现实的、理性的“逻辑思维”。久而久之，韩东孕育了自己的“哲心”。所谓“哲心”是指“善于沉思、世事洞明、以问题为中心”①的心态。韩东对语言的敏锐感受力和把握力、解构式的思维、逻辑思维和“哲心”激励着他此后对各种现实问题的认知和探求。

四、韩东的精神质素与其诗歌生活、创作和诗歌理论

人除了是自然存在物、社会存在物和文化存在物之外，人还是历史存在物。当人以人与人的关系、人与物的关系和各类文化的延续与革新为存在对象时，人就是历史存在物。韩东在“文革”时期的自然境域、社会境域和文化境域的综合影响下所形成的众多精神质素在进入新的历史时期后，当他以新的人与人的关系、人与物的关系和各类文化为存在对象时，他的精神质素也会有相应地延续和革新。这里重点探讨的是韩东精神质素中有哪些因素得到了延续，影响了他成年后的生存选择、诗歌生活、诗歌创作和诗歌理论思考。

由此前叙述和分析可知，在特殊的年代，受社会、自然、文化因素的综合影响，17 岁考入大学以前的韩东形成了自己独特的生命个性、品格、思维、感受、学识和能力。在生命个性方面，韩东呈现出显隐双重个性，显性层面的敏感、怯弱、孤僻、好斗和隐性层面的温柔、易幻想、多情和多思。就品格而言，韩东是一个单纯、善良、诚实、勤奋、热情、正派、有着强烈的责任感和道德心的人。在思维层面，韩东的主观、幻想、多情的原逻辑思维和客观、现实、理性的逻辑思维都很发达，并习惯于以一种解构式的思维方式质疑一些传统概念和观念，以理想观念和二元对立的思维模式来审视和理解现实生活。从生命感受的角度来看，源自社会生活的孤独感、隔膜感、荒诞感和源自家庭生活与大自然的和谐感、温馨感构成了他心灵生活的两极，这种体验使人与人的关系、人与自然的关系成为他终生感兴趣的两个焦点问题。若从知识能力的层面看，韩东对文学、美术、科学的热爱和对政治的热情并行不悖。

如果说 17 岁的韩东的主要精神质素就由上述内容组成的话，那么可以说童心是他精神生命的核心，此童心天然地与自然、亲人相亲和谐；哲心则以童心为起点，在应对现实生存、汲取和创造文化因素的过程中不断生长成熟，但仍以童心

① 唐晓敏：《精神创伤和艺术创作》，百花文艺出版社 1991 年版，第 74 页。

为其核心。自古以来，凡是同时拥有童心和哲心的人，往往容易成为最具创造活力和潜力的文学艺术家。韩东所具备的上述精神质素使他进入新时期后，受文学热、诗歌热和西学热的影响，能轻易地疏远马哲专业而投入诗歌创作，也使他能始终对文学忠诚如初，并率先超越同代诗人而在诗歌创作和诗歌理论观念两个方面都开了风气之先，并以自己影响极大的诗歌活动，成为一位具有超强创造能力、“‘观念终结者’的能力”[①]和时代影响力的诗人。

由于韩东的诗歌创作、诗歌理论观念与他的诗歌生活密不可分地联系在一起，一些作品尤其是经典作品和诗歌理论主张的产生也主要得益于他从诗歌生活中汲取的营养，并且他的诗歌生活深远地影响了当代诗歌、当代文学发展的历史。因此，这里将论述韩东延续下来的精神质素与他的诗歌生活、诗歌创作和诗歌理论观念三个方面的历史联系。

首先，就韩东的精神质素与其诗歌生活的关系而言，他对文学艺术的热爱、对政治的热情、对个性自由的向往决定了他在大学时代会喜爱、痴迷、传阅、模仿北岛等人政治对抗式的《今天》诗歌。从改组山大“云帆”诗社到创办《老家》《他们》再到发起世纪之交的“断裂”问卷调查、参与诗学论争，这一系列诗歌活动都演绎了韩东为捍卫文学理想、争取创作自由从诗歌到小说一步步与传统文学或主流文学观念“断裂”的过程。但受他二元对立的思维方式、愤世嫉俗和内向单纯的个性所囿，韩东的一些诗歌行为也不可避免地带有某种主观化、情绪化的色彩，深远地影响了文坛、诗界乃至他个人的思想、诗歌及诗歌理论转向。

其次，就韩东的精神质素与诗歌创作的关系而言，他在小说、绘画、科学方面积淀的学识、艺术素养以及解构式的思维方式，使他能率先超越同代人而在创作层面完成对《今天》诗歌写作范式的颠覆和反叛。而他对人与自然、人与人的情感问题的持久兴趣、困惑和思索，也影响了他此后在漫长岁月中对人与自然、人与人的情感主题的诗性书写。韩东发达的原逻辑思维和逻辑思维，也决定了他的诗歌面貌的丰富性，现象诗、抒情诗、哲思诗等不一而足。

最后，就韩东的精神质素与其诗歌理论的关系而言，韩东对《从猿到人》之类科普画书的阅读、解构式的思维方式，使他在反叛《今天》诗歌意象诗歌理论的过程中，展开了对诗歌、生命和语言的起源问题的思考，并在解构传统诗歌理论观念的基础上，形成了自己非文化非历史的独特诗歌理论观念，提出了回到生活、回到生命、回到诗歌本身的诗歌理论主张。

总之，韩东正是于 1978 年考入山东大学后，结束了身后的“田园”和一段终生难忘的往昔，携带着文革时代特殊的社会境域、自然境域和文化境域在他单纯、

[①] 张清华：《必然的终点和或然的起点》，《上海文学》，2005 年，第 0 5 期。

善良的童心上打上的深刻精神印记，迎接着改革开放的时代春风，接受着欧风美雨自由思潮的洗礼，开启了自己漫长而又坎坷的诗歌生涯。

第二节 《今天》、“云帆”和《他们》

“文革”结束以后，政治层面开始平反冤假错案，为“四类分子”摘帽，“黑五类”和众多“可以教育好的子女”开始告别残酷的血统论阴影，“在入学、招工、参军、入团、入党和分配工作等方面根据本人的政治表现”[①]可以获得平等的权利。

当时的思想文化领域，也开启了与国家目标一致的思想解放运动。在文艺领域，第四次全国文代会推动了文艺界思想解放的进程，放弃了“文艺为政治服务”的口号，明确了尊重和保护创作自由的重要性，也开始了“拨乱反正”的活动；“百花齐放，百家争鸣”的文艺方针重启，外国文学、文化书籍逐步解禁，文艺作品发表和出版领域重新恢复秩序，文学期刊进入发展的“黄金时期”。而以人道主义为思想资源的新潮诗歌通过民刊《今天》在地下广为流传，“伤痕文学”“反思文学”如火如荼……

总之，新时期伊始，人们的文学欲望空前高涨，写诗的人“趋之若鹜，工厂里面、大学里面文学社团无处不在，文学青年无处不在。”[②]正是在思想解放、“西学热”“文学热”、《今天》广为流传的社会文化氛围中，山大学子韩东的人生命运开始慢慢转轨。

一、结缘《今天》，改组“云帆”诗社；反叛《今天》，开启诗美新风

如前所述，南京长期以来属于政治上的偏安之地，经济、文化繁荣，文人们自古以来就崇尚适意自然、自由散淡的生活。这种文化传统深深地影响了作家方之。方之曾弃官从文、参与创办《探求者》，追求文学的批判品格、特殊性以及作家的思想自由、精神独立、创作个性。1979 年方之平反，在病逝以前仍在积极筹办《青春》杂志。后来受其影响和培养的长子李潮调入《青春》工作。李潮也如

---

① 人民网：《关于地主、富农分子摘帽问题和地、富子女成分问题的决定》http://cpc.people.com.cn/GB/64162/64165/76621/76633/index.html

② 汪继芳：《写作者、战士——韩东访谈录》，http://www.poemlife.com/index.php?mod=libshow&id=439

父亲一样是一个崇尚自由的文学青年，曾与方之好友叶至诚之子叶兆言、徐乃建、顾晓虎等创办了一份小说民刊《人间》，只出了一期就因故停办。但《人间》为韩东后来创办民刊起了启发和示范的作用。后来，叶兆言从北京带回了民刊《今天》，1979 年底读大二的韩东回南京在哥哥那里接触到了《今天》，一读之下便心身俱震，爱之良久。民刊《今天》对韩东的启蒙可以说是直接、全方位的：不仅影响了他早期的诗歌创作和诗歌理论主张，而且影响了他此后的结社办刊生活。具体地说，韩东以《今天》诗歌的模仿作而成名，又以反叛《今天》诗歌的代表作《山民》《有关大雁塔》等而成为“第三代”诗人中的先行者和最具标志性的诗人，开启了“非文化”“非意象”“非崇高”的口语化的新诗美学新风尚[①]；《今天》诗人展现出来的标举独立身份和思想自由的精神，影响了韩东改组“云帆”诗社、创办民刊《老家》和《他们》的诗歌活动。

首先，结缘《今天》，开启诗人生涯，永守“独立自由”的写作立场。韩东之爱《今天》诗歌，是因为这些诗歌与他爱读的艾青、贺敬之等人的政治抒情诗完全不同，无论是政治方面还是美学方面都具有革命性的意义[②]。韩东最为喜爱北岛、芒克、多多等人的“个人主义的、反抗的、诗意的”[③]诗歌，心中压抑已久的叛逆之情和自我标榜的渴望也被唤醒。这种力量又与他青春期对情感的渴望相结合，构成了韩东写诗的最初动力。然而，一落笔那就是自觉的模仿，模仿北岛们对意象的经营以及表达的语气方式。由于李潮是《青春》的编辑，所以韩东最初的作品如《湖夜》等便发表在年发行量 70 万份的《青春》上。到 1981 年，韩东已经因为在《青春》《诗刊》《北京文学》上发表了很多《今天》式的诗歌而成为一颗冉冉升起的校园新星。而北岛在给李潮的某次回信中也提到：“韩东的诗不错，很有前途……”这来自文学偶像的肯定和鼓励对韩东的刺激和震动非常之大，从此他便走上了诗歌写作的道路。不仅模仿北岛们写诗，还模仿他们以不合作的方式“结社、筹办民刊……”[④]而在多年以后，提及北岛和《今天》时，韩东仍然满怀激情，念念不忘它曾带给自己的启示，即“独立身份以及思想自由的必要”[⑤]。他坚定地认为《今天》不仅是“当代民间”的开端，而且是“当代文学的开端”；“不仅是一本文学刊物”，“一群写作的人以及某种文学风貌”，“更是一种强硬的文学精神。”[⑥]这种对独立身份以及思想自由的坚守，可以说贯穿了韩东此后一生的创

---

① 吴开晋、耿建华、孙基林：《新时期诗潮论》，济南出版社，1991 年，第 199、201、208 页。

② 木叶：《韩东：仅仅先锋还远不够》，http：//bbs.tianya.cn/post-books-105027-1.shtml.

③ 韩东：《你见过大海——〈三十年河东狮吼〉二》，http：//blog.sina.com.cn/s/blog_4fe548220102vp9u.html

④ 韩东：《我听见杯子——韩东新诗亲历记 5》，“楚尘文化”：http：//chuansong.me/n/1693466

⑤ 韩东：《写于〈今天〉创刊三十周年》，http：//blog.sina.com.cn/s/blog_4fe548220100azrq.html

⑥ 韩东：《论民间》，《芙蓉》，2000 年，第 1 期。

作生涯。

其次，改组“云帆”，传阅《今天》受审，开启诗歌美学新风。韩东于1978—1982年就读山东大学哲学专业。当时的山大汇聚了大量人才，这些人才感应着思想解放和文艺复兴的脉搏，在校园内成立了许多学术、文艺团体，创办了很多期刊，掀起了一场场学术和文艺创新的热潮。由山大校学生会主办的文学刊物《沃野》便是其中之一。从1979年起，《沃野》倾向于刊发关怀和批判现实的文学作品，历史系1978级的杨争光和王川平、中文系1977级的吴滨都是《沃野》的重要作者。韩东正是在由校学生会召开的某次学生座谈会上，与王川平、杨争光和吴滨结识了。由于他们四人都喜欢《今天》，也写作《今天》诗歌，因而经历、思想、美学趣味的相近使他们很快成了铁哥们，并常常相聚在济南吴滨家里过夜谈诗论文……然而好景不长，《沃野》于1980年底停刊，相关师生受到了严厉的批判。次年4月以后，山大校园早中晚反复播送“《解放军报》的文章《坚持和维护四项基本原则》”，严厉批评文艺界“违反四项基本原则的现象”和“资产阶级自由化的倾向”。

正是在这样紧张、严峻的政治文化氛围中，崇尚自由、喜爱诗歌的韩东和王川平、杨争光、吴滨萌生了自办一个文学社的想法。由于这样做是非法的，于是1981年国庆节前后，在得到中文系团委老师的许可后，他们改组了该系的“云帆”诗社，在新、旧两个校区招聘，报名地点是在韩东宿舍，共吸引了70余名诗歌爱好者。当时王川平因为年龄最大、社会阅历丰富成为文学社实际的核心人物，杨争光被推选为首任社长。文学社成立后，在韩东的提议下举行了一次夜晚集体郊游以及开展日常性的诗歌交流活动比如“班车”，即有一个公共的笔记本，第一个人写一首诗，然后递交给下一个人，依次跨校区流动了大概十几个人，以方便社员间相互切磋诗艺。第三个活动由集体决议，即在文史楼前海报栏上张贴庆祝国庆节的诗歌专刊，但因覆盖了一期宣传国共两党合作的墙报而给诗社带来了“灭顶之灾”。活动当场就引起了众人围观，不仅被拍照，而且惊动了校领导，校宣传部随后介入调查，最后整个诗社被勒令解散。而这期诗歌专刊中王川平的《推石碾的小女孩》、韩东的《孔林的夜晚》等诗因所谓的“思想情调低沉、消极受到批判，诗社骨干成员都被要求写检查[①]。韩东和王川平的名字后来甚至“上了《光明日报》的内刊”[②]。一个朋友最终为拒不写检查的韩东写了检查。到1981年底，校方又“大动干戈，开始彻查包括《今天》在内的一些非正式出版物的来源”。当时1977级已经开始毕业分配工作，对于王川平、杨争光、吴滨、韩东来说，实际上进入了等待组织进行政治鉴定的最后阶段，而政治鉴定评语要写入学生档案，

---

① 孙基林：《崛起与喧嚣》，国际文化出版公司，2004年，第51-52页。

② 杨黎：《灿烂：第三代人的写作和生活》，中华工商联合出版社，2014年，第269页。

直接影响毕业分配。为了应对政治审查，王川平与其他三人最初“订立攻守同盟”，建议让已经毕业、北京派遣证已到手的吴滨承担起责任，谎称《今天》是给《沃野》编辑部的寄赠礼物，时任《沃野》诗歌散文编辑的吴滨在值班时收到邮件，就发给大家看了[①]。这样的建议最初是为了保护尚未毕业的学弟韩东。但被从火车站追回来的吴滨在被关三天三夜、审讯长达八小时、毕业证被扣的情况下后终于崩溃，被迫交代《今天》来自韩东。王川平听闻后先于校方找到杨争光和韩东，认为两人必须牺牲一人来承担全部责任，后果严重到可能要开除。因为《今天》确由韩东带来，韩东又是“城市户口”“文学才能大于争光”，即使“被开除也能通过写作混出来”，而杨争光的父亲还在狱中，又“是农村户口，如果被开除只能回家种地了”，所以王川平说服韩东承认《今天》系自己带来，一人承担起全部责任。出于某种被充分刺激起的“虚荣心”和“同情心”，韩东答应了，而杨争光被迫作证，《今天》确实是由韩东带来；哲学系为此组织了专案组，“系党总支书记挂帅，两位七七级留校的学长做笔录”，每天提审韩东；到了这一年寒假，韩东被学校勒令不准回家过年，“专案组”还派一个同学监视他，担心他自杀。其他三人因为各种原因都回家了[②]。而到了毕业分配之际，王川平由于得到“历史系辅导员张知寒教授和系主任王仲荦教授”的极力保护，所以毕业分配没有受到太多影响[③]；杨争光最初被分配到天津，后调入西安八一电影制片厂；早半年毕业的中文系的吴滨被分配到了不对口的北京中国人民银行，后来靠自己的努力调入北岛所在的《中国》杂志社，算是正式进入了当时青年诗人梦寐以求的诗歌圈；只有韩东毕业前夕在寡母求人找校领导说情后，才勉强没有被开除，被分配到陕西财经学院。与同学们大都被分配到天津、南京、上海、北京相比，韩东的工作可以称之为“发配”边疆。而朋友们的星散离去，也令年仅 20 岁的韩东一度很失落、痛心。他那时热烈地崇拜着宁死不屈的张志新、诗歌英雄北岛，而这次政治考验中他亲眼所见的人性的复杂、晦暗、脆弱，无疑令血气方刚、涉世不深的他一时之间心意难平，一种挥之不去的孤独感、被抛感、痛苦感在他发表于 1982 年 1 月的诗歌《一种黎明》中留下了真实的印记：

天空缠满了纱布
殷红的血液
从那看不见的伤口中
慢慢地漾出

---

① 汪继芳：《写作者、战士——韩东访谈录》，http：//www.poemlife.com/libshow-439.htm

② 韩东：《我听见杯子——新诗亲历记 5》。https：//www.china-7.net/view-213184.html

③ 贺立华：《翻垦荒芜的山大〈沃野〉》，《历史学家茶座》，山东人民出版社，2010 年，第四辑。https：//www.xzbu.com/4/view-10426589.html

请不要悲伤
不要恐怖
血液不总是代表死亡
有时也预示着生命的重复

让黎明上升
熔化你的孤独
让太阳照亮你的脸庞
照亮习惯于黑暗的痛苦
……

这次政治审查事件无疑使韩东深深地认识到了《今天》诗歌的政治对抗性、英雄主义、理想主义和崇高感的虚妄。自此以后他开始反思《今天》诗歌的不足，某种反英雄、反崇高、反理想主义的意识开始萌生。

韩东和诗友们在有所增长的独立意识、反叛意识的驱使下开始感受到了北岛们的诗歌带给他们的美学压力。大家渐渐对《今天》诗歌语言的“雕琢、唯美、晦涩”[1]产生反感情绪，开始交流着如何才能找到突破的新路。1982 年初，韩东写出了《山民》《老渔夫》等诗歌。《山民》的灵感来源于韩东某次夜晚登泰山的经历。当时信步走在泰山山顶，但见周围峰峦叠嶂，黑暗无边，不免感到分外压抑。突然，山影中一点微弱而遥远的灯光吸引了他的视线，他想：“什么样的人生活在这群山的阻隔中呢？又是怎样的一种贫穷而坚韧的生活？”[2]眼前山景和这点灯光照耀的山民“生活”，也许使他想起了文革时期初中语文课本中学习过的《愚公移山》。经过新启蒙思潮洗礼的韩东面临着如何处理这家喻户晓的题材问题。他最终选择以儿童视角来解构“愚公移山”故事蕴含的正统政治文化内涵。通过肯定孩童天性以及正常的生命渴求，韩东解构了民族宏大叙事。这首诗也因为彰显了新一代诗人生命意识和现在意识的觉醒，较早地流露出口语化的叙事倾向，因而诗评家孙基林先生认为《山民》堪称“第三代诗的开篇”之作[3]；而他与后期云帆诗社的其他主要成员郑训佐、庞立波的诗合集《青秋拾痕》也为 1981－1982 年“云帆”成员诗艺的“蜕变之路”保留了珍贵的探索印记。从中可以看到当时的“云帆”诗人普遍“不再追求高蹈的修辞，繁复、飘逸或华丽的语式，也不再

---

[1] 韩东：《夜行人》，重庆大学出版社，2011 年，第 79 页。

[2] 韩东：《幸福之道》，重庆大学出版社，2011 年，第 235 页。

[3] 孙基林：《诗歌叙述与叙述的诗歌性》，新时期与新世纪文学国际学术研讨会论文，2010 年，第 117 页。

故作深沉或忧愤状，而是尽可能地从绚烂走向素朴，从复杂返回单纯，从热情归于沉静。”因此，“云帆”诗社可以说是韩东诗歌的内容和形式都开始走向反叛《今天》诗歌道路的起点，也是《今天》诗歌后“第三代诗歌重要的出发地和成长的原点”。[①]

二、自办《老家》，呈现先锋文本；创办《他们》，形成新的诗派

1982 年秋，受新启蒙思潮和新诗潮洗礼的韩东抵达西安陕西财经学院。虽说政治审查对他的工作分配和精神震动影响很大，但韩东并没有放弃诗歌美学革命的想法，也没有放弃像北岛和诗友们那样办刊的意愿。1982－1984 年，韩东在西安创办了几期《老家》。

《老家》的创办与当时官办文学期刊数量虽多但美学观念保守、年轻诗人诗歌发表困难的诗歌生态有关，也源于韩东与“云帆”诗友们交流艺术革新经验的需要。1978 年 5 月全国文联三届三次扩大会议召开后，文学期刊的数量虽在此后的几年便呈现井喷态势，仅省、地市级的文学期刊就达六百余种，但是官办文学期刊作为党的思想文化阵地和重要的舆论工具，美学倾向和思想观念仍然十分保守。多数诗刊版面都留给了诗艺难以出新的“归来”诗人以及各大期刊编辑的交换诗稿。《今天》诗歌的艺术经验在被过早地经典化后，又被其继承者即新一代诗人视为需要超越的对象。而新一代诗人的诗歌创作却普遍处于艰难的探索时期。比如韩东在与“云帆”诗友分开后，创作就进入了艰难的艺术实验期。由于一切推倒重来，所以要摆脱《今天》诗歌的影响遇到的困难和干扰就特别多，因而 1982－1984 年韩东写的诗歌数量极为有限，即使写出一些新作，也只有《山民》《老渔夫》发表到了《青春》和《延河》上。因为不再有许多诗歌见诸杂志报纸，所以韩东诗歌的读者也逐渐流失。而在西安市，韩东也没有进入当地文学社团活动的渠道，即使认识了陕西财经学院几位写诗的朋友比如沈奇等，但诗观却并不很投合。直到结识与自己年龄相仿的丁当后，那种反叛《今天》诗歌的念头才显著增长起来。对于分散在各地的“云帆”成员来说，他们的创作和发表情况与韩东类似或者还不及韩东。除了王川平的《沉寂的基塔林》发表于《青年诗坛》外，其他“云帆”诗社成员这一时期几无诗歌发表在官办刊物上。这种艺术革新探索艰难、诗歌发表困难的情况，使韩东着手自办民刊《老家》。

① 孙基林：《青秋拾痕（后记）》，山东友谊出版社，2009 年，第 121-122 页。

《老家》的创办过程和先锋文本的呈现。《老家》的作者群主要是韩东和“云帆”诗友“王川平、杨争光、小君、吴冬培、郑训佐”以及大学时代通过信的《青春》小作者、高中生小海等[①]。由于物质条件和人手所限，韩东主编《老家》只是把他们的诗稿拿来，然后到一家打印社印出，外观比较粗陋。不仅刊登了诗歌，而且还印了“读后感之类的言论”和“大家的通信摘录”[②]，以方便大家进行诗歌艺术革新实验方面的交流。每期印数只有五十本左右，每本二十多个页码，共印了三期。其中便有韩东旨在消解意象语言、重建诗歌语言方式的《有关大雁塔》和《你见过大海》。据韩东回忆，《有关大雁塔》的创作很偶然。陕西财经学院就在大雁塔附近，韩东每日抬头都能看见它简朴的身影。由于韩东自幼对史前文明很感兴趣，对成熟精致的文明一向心存狐疑，且对历史文化传统也一向持虚无态度，因而他每次和朋友们登塔或对大雁塔远眺时，并不能产生像杨炼《大雁塔》一诗中所表现来的对于民族历史文化的责任感、自豪感和痛苦感等感受。于是一种渴望消解历史、文化、英雄、崇高和摆脱意象语言束缚的念头便朦朦胧胧地产生了。在一次排队买大白菜的过程中，韩东心中油然而生出《有关大雁塔》中的诗句。而这首诗的初版本中有两节，第二节的内容与韩东当时的小说情结有着密切的关系，只是为了确定某种新的诗歌写作方式，韩东果断删除了那充满了历史文化想象和拟人手法的第二节，而第一节则以“非意象”“非文化”和“非崇高”的方式呈现了大雁塔的“原生样态”，书写了自己对古建筑的真实生命感受，因此被视为“第三代诗”的标志性文本[③]。《你见过大海》写于这首诗之后的几个月，创作过程可谓一气呵成，也是一首旨在更进一步地消解意象语言方式、剔除过多的想象和抒情成分、回到生命感受本身的先锋之作。《老家》刊出上述两首诗后，韩东把一部分寄给了“云帆”诗友和小海等，另一些则分发给了西安的朋友们。据诗评家沈奇回忆，虽说西安的一些朋友当时还不能完全认同和接受这种语言方式，但是后来通过诗歌交流和传播活动，韩东先锋诗歌的影响力还是慢慢在“西安的大学校园诗人”以及“社会上的新潮诗人”中蔓延开来，并且实际上“成了陕西大学生诗歌和先锋诗歌运动真正的灵魂人物”，而韩东开创的传统后来“影响到 80 年代末回陕的伊沙等人”[④]。伊沙自己也说韩东曾是他“诗歌上的师傅”，因为“韩东建树了口语诗最早的一套规则”，这套规则使他“在 1988 年的 6 月一夜之间进入了口语化的写作”[⑤]。

韩东在陕西财院工作期间的诗歌交流活动，其实不限于“云帆”诗友和西安

---

① 韩东：《〈他们〉或“他们”》，《作品》，2018 年，第 07 期。

② 姜红伟：《80 年代大学生诗歌运动：文学乌托邦意义的诗潮》，《山花》2015 年，第 12 期。

③ 孙基林：《文化的消解：第三代诗的意义》，《青年思想家》，1990 年，第 4 期。

④ 沈奇：《诗性生命历程的初稿》，《诗探索（理论卷）》，2015 年，第 2 期。

⑤ 伊沙：《伊沙自剥皮》，《芙蓉》，2001 年，第 3 期。

诗人。由于韩东还写了一些先锋诗歌在兰州封新成主编的、较有影响力的全国性民刊《同代》“我们这一代”栏目里发表，因而他在此栏目中发现了两位诗歌美学同道——于坚和王寅，通过与他们建立起通信联系，韩东的先锋诗歌观念得到了进一步的传播和丰富。在交流中，韩东得知“全国范围内写诗的年轻人”都在“力图摆脱北岛、江河他们的影响”。感受到生活的平庸和琐碎的大家普遍对繁复的“史诗”“责任感”“英雄主义”很反感，普遍想“让诗歌和现实生活”和“自己靠得更近一些”，语言方式上普遍“拒绝特别书面化的语言，倾向于口语化。”[①]这其实也是现代文化史诗盛行之际，又兴起热态生活诗和冷态生活诗潮流、“第三代”诗潮随后涌起的原因。而发表空间的有限，促使韩东希望将来“能有一个刊物将这些优秀的诗人诗歌集中在一起，共同呈现共同创作”。[②]这便是民刊《他们》创办的起源，《老家》正是《他们》的前身。1984 年 6 月，韩东这只引领先锋诗潮的孔雀离开了封闭保守的文化古城西安，以照顾单身母亲为由，回了南京。不久，他便开始着手联络同道诗人共同创办《他们》。《他们》诗群的产生、壮大与当时的文学“文化生态环境”有着密切的联系，当然也离不开韩东的一手打造和苦心经营。

《他们》诗群产生的文学文化生态环境。在文艺生态学中，“文化生态”与自然生态、社会生态共同组成文学生态系统，“文化生态”包括“显性的文艺政策和文化体制”，也包括“隐性的精神气候和文学思潮”[③]；从主体的角度看，文学的“文化生态环境”主要由各自都具有独立意志和自觉能动性的管理主体（政府调控）、传播主体（媒体）、接受主体（读者）、创作主体（作家）、批评主体（批评家或学者）构成。以文艺生态学的视角看，《他们》产生时的文学文化生态环境主要体现在如下四个方面。

首先，作家开始获得一定的创作自由权利，文学开始向自身回归。1984 年 12 月 29 日，全国作协第四次代表大会召开，中央书记处书记胡启立在致祝词时提出了“创作自由”的主张，强调作家“有选择题材、主题和艺术表现方法的充分自由，有抒发自己的感情、激情和表达自己思想的充分自由”。

其次，文学期刊的“断奶”政策激活了作家、艺术家和期刊编辑们的自主意识，与《他们》有关的“先锋文学”在各大期刊的助推下在 1985－1990 年代初达致鼎盛期。正是在 1984 年，全国地方出版工作会议召开，《国务院关于对期刊出版实行自负盈亏的通知》文件颁发。会议和文件都提出了出版和期刊事业单位向市场化转型的措施或规定。因此，1985 年中国文学期刊迎来了发展的高潮期。编

---

① 常立：《“他们”作家研究：韩东、鲁羊、朱文》，复旦大学博士毕业论文 2004 年，第 136 页。

② 姜红伟：《80 年代大学生诗歌运动：文学乌托邦意义的诗潮》，《山花》，2015 年，第 12 期。

③ 吴秀明：《新世纪文学现象与文化生态环境研究》，浙江工商大学出版社，2010 年，第 7 页。

辑的自主意识普遍开始增强，试图摆脱政治的影响，纷纷刊登一些文学性强的作品。到1985年，“先锋文学”作品开始由边缘刊物向中心刊物转移。如《西藏文学》1984年第8期和《上海文学》1985年第2期先后刊发了后来被视为“先锋小说”起点的马原的《拉萨河女神》和《冈底斯的诱惑》。1986年起，以《收获》为排头兵，《人民文学》《北京文学》等先后推波助澜，到90年代初期先锋文学在全国蔚为大观。《他们》1985年3月第一期上就发表了马原的《拉萨河女神》和苏童的《桑园留念》，两文堪称先锋文学的代表性作品，因此可以说《他们》从诞生之日起就参与了先锋文学的叙事革命。

再次，韩东等年轻诗人们普遍对在官办刊物发表诗歌、获得主流诗评界的认可不再抱有希望。面对困境，对诗歌怀有强烈的形式革新热情、诗歌本体意识、集体意识、自身建构意识的韩东等“第三代诗人只能自给自足”，“自办刊物”或者“自印（油印、打印）诗集”[①]并彼此串联走动、通信和互寄诗集。也因此，“1984年至1987年”成为“中国民间诗歌报刊历史”发展的“辉煌”阶段[②]。诗人办刊热潮的出现正体现了韩东等年轻诗人们不畏公开诗坛的无视和打压，热烈追求发表、传播和出版自主性的无畏和自由情怀。

最后，致力于形式革新的“新潮美术”于1985－1989年在全国蔚为大观。从1985年开始，美术领域在历经回归现实、反思历史之后开始逐渐兴起以青年艺术家为主体追求形式美、重视作品样式的“新潮美术”。该美术热潮的兴起也影响、助推了《他们》的产生和发展。《他们》正产生于1985年文学艺术领域普遍去政治化、艺术自主意识增强和民刊热潮勃发之际。

韩东筹办《他们》所处的资源生态位。在生物学中，资源生态位是指“生物体所依赖和利用的生活资源在广度和深度上所占有的位置”[③]，这里指韩东筹办和经营《他们》所依赖和拥有的条件。可以说，是南京丰富的教育资源、繁荣的文艺活动等使《他们》的诞生和此后的运行如虎添翼。南京不仅有声誉卓著的百年名校南京大学，而且有新中国最早建立的四所重点工学院之一的南京工学院（东南大学的前身）以及最早建立的艺术院校南京艺术学院等。其中南大、南艺、南师大的文学或美术学科在全国都位居前列，培养了无数文学、美术类的青年才俊。如若细细考察九期《他们》以及《诗选》之一、二的作者群，便会发现，稳定的作者除了于坚、吕德安、丁当、王寅和普珉是从外省各个高校走出的优秀大学生

---

① 罗执廷编：《文选运作与当代文学生产 以文学选刊与小说发展为中心》，暨南大学出版社，2012年，第311页。

② 姜红伟：《八十年代中国民间诗歌报刊创办历史备忘录》，“诗歌报”微信公众号，2018年5月28日。

③ 吴秀明编：《新世纪文学现象与文化生态环境研究》，浙江工商大学出版社，2010年，第7、8页。

外，大多都是南京本地或是在南京求学生活过或至少与南京有某种缘分的文学青年。比如顾前生活在南京，韩东在大学时代回南京度假时与他相识，之后认识了顾前广州的亲戚李苇。马原是南京《青春》杂志社的作者，通过哥哥李潮，韩东与他相识。苏童1984年毕业分配到南京艺术学院做辅导员，与韩东之前就通过封新成的介绍通信相识。小海本在苏北，原是《老家》的重要作者，1985年因卓越的诗才被南京大学免试录取，一入校便与同学成立南园文学社并担任社长；在他的介绍下，南大的同学贺奕、李冯（李劲松）、刘立杆（刘利民）先后与韩东相识，小海前后的几届南大校友海力洪、杜马兰（杜骏飞）、阿白（王青华）、张生（张永胜）、鲁羊等先后也都成为《他们》的作者。于小韦、任辉的父母都在南京工学院工作，两人因绘画、写作相熟，经在出版社工作的任辉父亲的介绍，他们与韩东相识。至于朱文、吴晨骏都是南工大学生，经常到本校建筑系教职工于小韦的宿舍玩，韩东通过于小韦认识了他们两人。如果说，前两期的《他们》得力于外省的“丁当、于坚”和南京的“小君、苏童、乃顾和小海”等的参与和大力支持的话，那么中期和后期《他们》的延续主要得益于南工的“于小韦、任辉、朱文、吴晨骏”和南大的“刘立杆”等人为刊物所做的大量编辑和事务性的工作。[①]此外，《他们》前两期封面的设计者都是南艺美术系教师丁方，内部的插图则是南京画家雷吉等的极具现代艺术风格的炭笔画或炭笔速写，第三、四期的封面肖像乃是出自南工画画的于小韦之手。现代美术元素的有机融入无疑使《他们》刊物的先锋性、前卫性、艺术性更加鲜明和突出。因此可以说是南大、南工大、南艺的出类拔萃的文艺青年协助韩东一起成就了《他们》。除此之外，南京丰富多彩的文艺交流活动滋养了“他们”诗人。1985年9月出刊的《他们》第二期的封面上赫然印着“国际青年1985年江苏青年艺术周”的字样。这是指南京艺术学院青年教师孙建军发起组织的“江苏青年艺术周·大型综合艺术展”。该展览是1985年全国最大的一次具有“现代”艺术倾向的展览，社会反响甚至波及整个江苏乃至浙江、上海、安徽和山东……正是“江苏青年艺术周”活动组委会为《他们》第二期提供了充足的经费，使《他们》破天荒地印了3000册（第一期因作者自筹1000元仅印2000册），大大拓展了《他们》的传播范围、交流广度和知名度。而第一、二期《他们》邮寄到全国各地后取得热烈的反响，显然与《他们》的封面、版面设计和作品的前卫艺术风格有关。此外，韩东还和小海等多次参加过南大、南师大等高校举办的诗歌朗诵会、诗歌讲座等活动。中后期《他们》中的南大、南工大的青年才俊当时也常在“没有电话预约”的情况下自然到韩东家碰头，韩东不在家他们就“傻等”或者“捅开门锁反客为主”。韩东也常和大伙儿一起带上诗稿

---

① 小海、杨克主编：《〈他们〉十年诗选（后记）》，漓江出版社，1998年，第246页。

到“鸡鸣寺、九华山茶馆审读”或者“海侃一天”……[①]此外，外地也有很多诗人到南京来，比如王寅、陆忆敏等与韩东谈诗也很畅欢。1986年暑假韩东还领着南大的小海、贺奕结伴游历西安、九寨沟、成都、重庆，见了丁当、杨黎、万夏、马松、石光华、宋渠、宋玮、王川平等一批“第三代”诗人。

总之，南京丰富的文艺人才资源和多彩的文艺活动以及诗人之间的友好交往滋养了“他们”诗人，大家相互启发、共同探索，助推着《他们》的发展壮大。此外需要强调的是，当支撑《他们》的上述文化生态和资源条件发生变化或者一一消失后，《他们》也随之变化或停刊。如1987年7月6日国务院发布了《关于严厉打击非法出版活动的通知》。此外1988年韩东和小君离婚，小君去美，韩东的个人生活一度陷入混乱。1989年小海、李冯、贺奕、刘立杆、朱文、吴晨骏等南大、南工大的大学生同时毕业，不少人被分配到其他城市，这恐怕是《他们》无以为继的很重要的现实原因。而进入1990年代，文化事业单位加快了企业化改革，文艺政策的松动使民刊的复苏成为可能。朱文、吴晨骏等人的诗稿当时已积压已久，有着“身份的焦虑”的他们接受韩东的建议先自办了两期《诗选》（各100本），也正是这些诗稿最终导致1993年韩东同意《他们》复刊[②]。复刊后的《他们》胸怀更加宽广，发表了伊沙、侯马、徐江以及其他70后、80后诗人的诸多作品，影响更加广泛的同时，流派特色也渐渐淡化。

韩东在《他们》作者群中发挥的功能。韩东不仅为《他们》设计了基本理念，联络、动员同代中的“天才”诗人一起为《他们》创作，而且和诗友们组织刊发了一些访谈、诗论和创作谈以及“他们”文学奖的评选活动，可以说韩东是“他们”诗人群公认的灵魂人物，带动着一个群体的成长、壮大。

在创刊之初，《他们》并无明确的办刊宗旨，只是韩东为刊物的命名“他们”无形中透露了这一刊物“针对主流诗坛的‘他者’意义”和追求自由创造的写作立场[③]，该立场就其实质而言也是《今天》独立自由立场的延续。不过奉行自由创造，也不意味着“他们”诗人没有大体一致的美学倾向。作为主编和成名较早的诗人，韩东的诗歌自觉意识和非文化的美学趣味对后来的南大和南工大“他们”成员有着不可忽视的影响力，但韩东自然随意、崇尚自由的个性也时常提醒他，要使具体的写作者在《他们》中呼吸到新鲜自由的空气；因此“求同存异”可以说是韩东的另一办刊理念。因而，《他们》不是一个有着固定组织、具体主张的文学团体，它最初只是远离主流文坛的一个“文学沙龙”，共同的美学倾向或流派特色是后来彼此激发的结果。

---

① 姜红伟：《80年代大学生诗歌运动：文学乌托邦意义的诗潮》，《山花》2015年，第12期。

② 朱文：《无负〈今天〉》，“诗生活”网：https://www.poemlife.com/index.php?mod=libshow& id=4130

③ 姜红伟：《80年代大学生诗歌运动：文学乌托邦意义的诗潮》，《山花》2015年，第12期。

由这样松散的群体支撑的《他们》能够产生并持续下去，自然离不开韩东的多方组织、动员、鼓动和筹措。如前所述，早在西安时期，韩东就已经与西安丁当、昆明于坚、上海王寅等建立起了密切的通信联系。而得知福建吕德安写诗很出色，可以追溯到更远的1981年前后。当时韩东读过吕德安在给小君的信中附带的大量诗歌，感觉他“不仅写得好，而且方式特别，完全另辟蹊径”。[①]及至1985年筹办《他们》第一期时，韩东毅然写信给这位“天才”诗人，称“我们诗刊现在拥有目前九个第一流的诗人，就差你一个。”[②]其他五个分别是苏北的小海、南京的小君、上海的陆忆敏和陈东东以及兰州的封新成，也就是通过这种跨省点将、鼓动煽情的方式，韩东组织起了同代中的诗歌“佼佼者”向《他们》投稿。也由于当时苏童、顾前等人的小说韩东都看过，且无处发表，再者刊物的版式也需要美术作品作为插图，所以韩东筹办的《他们》第一、二、四、九期也刊载了小说、绘画或剪纸作品。

为了方便大家在诗歌理论和创作方面的沟通，韩东和朱文、刘立杆们还组织刊发了一些诗论、创作谈、访谈等方面的稿件，如第四、七、八、九期的《他们》上刊有外省的普珉、伊沙、欧宁和南京的小海、刘立杆、杜骏飞、吴晨骏、朱朱和韩东本人的诗论、创作谈；第七、八期刊载了韩东、于坚、小海、丁当、于小韦的访谈录；第七、八、九期发表了沈奇、张柠、张永胜各自评女性诗歌、翟永明和小海诗歌的学术论文。《他们》作品类型的丰富化，显然与韩东、于小韦、朱文、吴晨骏等人的共同策划、参与有关。此外，韩东还和诗友们在1994年组织了首届《他们》文学奖的评选，“评委不局限在《他们》写作圈子的那些朋友，而是来自全国各地，具有很开阔的视野”，结果由“投票”产生，吕德安最终摘得桂冠，而这一活动本身的激励意义是不言自明的[③]。

从上述叙述可知，如果没有韩东居于中心地位的多方联络、协调、指导和推进，就不会有《他们》的产生和持续十年的发展。而韩东还以自身的诗歌创作和美学思想影响着其他的诗人。小海曾称韩东的审美判断很能“主宰一批人”，自己1980年代的诗受韩东影响很大[④]；于小韦说“我写东西是被韩东鼓噪出来的”，他早期的作品“对我是很有影响的”；[⑤]丁当的发掘更是被韩东视为自己在西安最重要的收获，而丁当的写作生命也与韩东办的《他们》共始终；于坚自从成为“他们”的创办人之一，创作便由高原诗转向了非文化的日常生活诗。可见，《他们》诗人共同美学倾向的形成也离不开韩东诗歌和诗歌理论的重要影响。

---

① 韩东：《〈他们〉或“他们”》，《作品》2018年第07期。

② 张耳：《吕德安谈诗》，网刊《橄榄树》。http：//blog.sina.com.cn/s/blog_929e943301011g4h.html

③ 叙灵：《一个叫吕德安的农民和他的树》，https：//www.douban.com/group/topic/83074491/

④ 杨黎：《灿烂》，中国工商联合出版社，2014年，第290页。

⑤ 杨黎：《灿烂》，中国工商联合出版社，2014年，第371、377页。

《他们》对于韩东、诗歌史、诗歌理论史和文学史的意义。对于处于诗坛边缘的韩东而言，《他们》的优质诗歌文本激发、滋养了他的诗歌创作，也为他提供了作品发表的最初空间和宝贵的精神支援。

对于诗歌史而言，《他们》成员相互交流学习，贡献了一批优秀的先锋文本，推动了当代诗歌的日常口语化运动走向深入。对于诗歌理论史而言，韩东和《他们》诗人之间的相似成长环境、社会人生体验、教育经历、诗艺渊源、诗歌理论语境、彼此的诗歌理论对话等共同孕育了他和诗友们大体一致的美学主张，表现出了与以往诗歌理论观念“断裂”的显著特征，开启了回到个人和诗歌本身的诗歌新时代。

对于文学史而言，由于韩东后来转向写小说，小说观与诗歌理论观一脉相承，并且一些《他们》诗人受他的影响也开始写小说，因此可以说《他们》诗歌理论影响了当代小说的类型和形态。“他们”诗群内部没有传统诗歌理论观念的羁绊，也无权力等庞然大物的压迫，它的松散为进入这个圈子的个性殊异的写作者提供了自由、开放、包容、充满竞争和变化的理想空间，也有效地驱逐了韩东和诗友们在开始诗歌形式实验初期面临的精神孤独，增强了大家的创作自信和抗击打能力。他也从同道诗友们的诗歌中汲取了远多于外国诗歌的有益营养和资源：“如果把洛尔迦和吕德安放在一起，也许吕德安对于我更有帮助。或者丁当对于我更有帮助。未必就是洛尔迦对我帮助更大，未必就是叶芝、史迪文斯更大。”[①]就诗歌史而言，《他们》由于是优质的青年诗人组成的群体，因而有助于在竞争的环境中激发创造热情，贡献出一首首具有先锋意味的诗歌。而第一、二期刊发的韩东的《有关大雁塔》、于坚的《尚义街六号》堪称具有“断裂”或“革命”意味的作品，1986 年经《中国》和《诗刊》分别转发后，它们的以直接朴素的口语来抒写日常体验的写法逐渐推广到全国，从此奠定了韩东和于坚在“第三代”诗人中的先锋和领袖地位。而《他们》十年间刊发的其他一大批优秀口语化的诗歌如吕德安的《父亲和我》、丁当的《房子》、小海的《必须弯腰拔草到午后》、于小韦的《火车》等也推进了当代诗歌的日常化、口语化运动走向深化，并完成了使诗歌返回真实的艺术使命。

在诗歌理论方面，韩东有着自觉的诗歌理论探索意识和对话意识，他后来和诗友们形成大体一致的诗歌理论主张与他们的诗歌理论对话以及相似的生长环境、成长经验、所受教育、诗艺渊源、置身的诗歌理论语境有着密切的联系。早在“中国诗坛 1986’现代诗群体大展”中，韩东便以理论代言人的身份简要概括了“他们”的基本主张，即“我们关心的是作为个人深入到这个世界中去的感受、

---

① 韩东：《问答——摘自〈韩东采访录〉》，《诗探索》，1996 年，第 3 期。

体会和经验”，而不是用各种观念来代替自己和世界、诗歌的关系[①]。除了进行诗歌理论总结，韩东还喜欢通过诗歌理论对话来促进自己对诗歌理论问题的思考。比如他和于坚的《现代诗歌二人谈》（1986）和《在太原的谈话》（1988）就达成了许多诗歌理论共识。他们都认同“非非”诗人杨黎提出的“语感”概念，强调“语感”的全部存在根据就是生命；都反对把文化、历史、哲学等当作诗本身，提出了回到诗本和人本的主张，认为诗就是“源于生命”并表现“独特的个人经验”的文学样式。也是在1988年，《他们》第四期发表了韩东与诗界展开对话、影响极大的诗论《三个世俗角色以后》。此文在他和于坚达成的诗歌理论共识的基础上，对当时流行的几种工具论诗歌理论观进行了解构，并明确指出当代诗人只有摆脱做“卓越的政治动物”“神秘的文化动物”“深刻的历史动物”这三个世俗角色，艺术的道路才能真正开始。

一般来说，“一个文学社不仅要以自己的文学创作实绩立足，而且还需要有人能够把自己社团的文学主张用理论的方式表达出来，将自己社团的代表性作家，以及新人新作，以评论的方式推介出去。”[②]韩东便是“他们”之中这样一个扮演着诗人、诗歌理论理论家乃至诗评家三重身份的人物。他还写过有关丁当、吕德安、翟永明、小海、于小韦等诗歌作品的精彩短评。正是因为韩东身兼三重身份，因此他很自然地成了“他们”诗人中的灵魂人物。到1993年，韩东、朱文的诗歌理论对话《古闸笔谈》又针对以“人民”和“人类”的名义抒情这一普遍创作现象，提出了摆脱文化观念的束缚、“第一次抒情”的说法，认为“回归大地的安全”是诗人的目标。1994年，韩东再次以诗群理论代言人身份将“他们”诗群的理论意义概括为“回到诗歌本身”和“回到个人”，并称“回到为自己或为艺术为上帝的写作”是使前两者可行的保证。而“他们”诗人诗歌理论共识的形成，与他们的成长经历、所受教育、接受的资源有关。比如韩东、于小韦、朱文、于坚、吕德安等多出生于普通的市民（下放干部或知识分子）或渔民家庭，很多人都在风景秀美的水乡、海港或山川环境中长大，也长期体验过底层普通人的生活，对自然事物、日常生活和口语可以说有着天然的亲近感情。“他们”诗人由于文化知识修养方面多先天亏空，所以普遍“不喜欢非常知识化、书面化、特文化和矫揉造作的东西，而是比较喜欢所谓的日常化、表白得比较直接、语言方式比较简单、比较有现实感的东西。”[③]再者，“他们”大多都读过并喜欢《洛尔伽诗钞》（1956）、《史蒂文斯的诗》（1977）、《叶赛宁抒情诗选》（1982）、《叶赛宁诗选》（1983）、《抒情诗人叶芝诗选》（1986）等，这些诗歌共同的美学倾向是以诗艺、美感为本，

---

① 韩东：《“他们”艺术自释》，《他们》，1986年，第3期。

② 泓 峻：《社团传播对中国早期马克思主义文论品格的影响》，《文史哲》，2019年，第2期。

③ 常立：《“他们”作家研究：韩东、鲁羊、朱文》，2004年复旦大学博士论文，第138页。

远离时代和政治，文体独立，情感单纯，形式精致，联想大胆且想象丰富。因如上种种原因，韩东和诗友们反感主旋律诗歌、文化史诗乃至1990年代成为主流的“知识分子”诗人的诗歌是必然的。

总之，正是韩东和“他们”诗人的诗歌理论主张开创了当代诗歌、诗歌理论新的发展方向，使新诗“真正返回诗本体和生命本体”[1]，开始回归真实。而在更广阔的文学史视野内，《他们》在创刊之初刊载的马原、苏童的小说也参与了先锋文学的叙事革命。此后随着韩东在1989年转向小说创作，在多年创作实践的基础上，韩东形成了与自己的诗歌理论观一脉相承的小说观：小说要回到日常生活，回到个体真实的生命体验，使用简洁干练的口语来叙述。他的小说创作告别了历史本质主义叙事、启蒙文学的宏大叙事，使小说开始回到个人，并注重艺术形式的探索革新。在他的影响下，不少“他们”诗人也开始纷纷写作小说。而为了扶植“他们”成员以及其他南京青年写作者的小说创作，韩东总是尽可能地帮助文友们往海外的《今天》投稿[2]，或者“给国内一些有交情的编辑推荐作品”，韩东推荐作品时总是“很认真，没有私心”[3]。到1995年，韩东、朱文、鲁羊三位“他们”成员已成为全国“新状态”小说的代表作家。因此可以说，韩东、朱文们的“新状态”小说及其小说观念就是“他们”诗歌“‘叙事性诗歌理论’在小说域内的别一种呈现方式，而诗人也成了别一类诗性叙述者。”[4]由上可知，《他们》无论对于韩东、诗歌史、诗歌理论史还是文学史而言都意义深远。

第三节 从“断裂”行为到“诗学论争”

1998—2002年间，文坛轰动一时、沸沸扬扬的文学事件当属朱文、韩东发起的“断裂”行为。诗坛引起巨震、轰动四方的热点当属“知识分子”诗人与“民间”诗人之间的诗学论争以及稍后“民间”诗人内部展开的网上诗歌理论论战。

两大热点中，挑战文学秩序、诗歌秩序的行为主体都有“他们”诗群的成员

---

[1] 孙基林：《崛起与喧嚣》，国际文化出版公司，1991年，第230页。

[2] 朱文：《无负今天》，“某人韩东”新浪微博，2018年9月8日。据朱文回忆，他的3篇小说处女作是韩东推荐发表在《今天》上的，而“美元”稿费给了朱文灵感，使他写出了成名作《我爱美元》。李冯、吴晨骏、张生、贺奕、顾前、刘立杆的小说处女作也基本都是经韩东推荐发表在《今天》上的。

[3] 李小杰：《九十年代南京青年作家群论》，复旦大学博士学位论文2010年，第229页。

[4] 孙基林：《内在的眼睛》，中国文联出版社，1999年，第189页。

或作者。前一事件中，诗人、小说家朱文、韩东是“断裂”问卷调查活动的发起者，“他们”诗人、小说家鲁羊、吴晨骏、刘立杆、楚尘参与了问卷问题的设置、讨论、发放、邮寄和答题，“他们”诗人或作者于坚、徐江、侯马、吕德安、翟永明、海力洪、朱朱等参与了答题。后一事件中，“民间”诗人一方的代表人物有于坚、韩东、杨克、伊沙、徐江、侯马，杨克也是《他们》的后期作者，除伊沙外上述诗人也多在“断裂”答卷中表达了对当代文学或诗歌秩序的不满。从文学文化生态环境的角度看，两大事件产生的历史、现实、文学语境大体相同，持续过程彼此交错，因而有必要将两大事件联系起来予以整体考察。韩东在“断裂”行为和“诗学论争”中，始终是举足轻重的焦点人物。在持续不断的发言或笔战中，韩东反复重申的是文学理想、独立自由的写作立场（“民间”立场）的重要。他针对文坛、诗坛现状写就的一系列杂文、檄文式的文章，对当时及以后的小说生态、诗歌生态和他本人的思想、诗歌创作及诗歌理论转向都产生了较大影响。

一、“断裂”行为和“诗学论争”的发生语境

1989 年以后，中国经济领域的改制步伐加快，改革开放的步伐不断向前迈进。伴随着社会现代化进程的加快，消费主义文化洪波涌起。文化领域，保守主义思潮盛极一时，但文化的市场化转轨也慢慢开启。面对文学日渐回归自身和多元的局面，文艺体制面临着被迫改制的风险。为了维护自身生存，文艺管理部门开始变换工作方式，在制定文艺政策、确立评价体系和建立相关的保护、奖惩和导向机制等方面都统一向体制内作家和诗人倾斜，从而加强对文艺的主导和支配力度。比如进入 20 世纪 90 年代，留在体制内的诗人、作家基本隶属于各级文联、作协、高校科研院所，这些单位大多都有住房、福利方面的保障，也拥有自己的文学报刊或学报、出版社，因而处于这些单位中的诗人、作家在作品发表、结集、传播、销售、批评方面便享有许多便利条件和资源。而体制外的作家、诗人比如韩东、朱文等如果不屈服于商业利益的魅惑，就会沦落到被体制、市场、海外汉学家同时忽视或遮蔽的边缘，生存条件也远远低于体制红人和市场红人。这种文艺政策导向的变化，引起了文学的生产、传播、批评和消费领域相应的变动或反应。

在创作主体方面，首先，大批文学新人在经历了作品在期刊发表、出版诗集和中短篇小说集的环节后，都以进入作协的专业创作组为最终目的。但隶属于作协编制后，作家、诗人不上班或长期不写作也能领工资，此外他们的思想和行为也会受到官方意识形态一定的影响和制约，因而一些作协作家自由创造的才华和拼搏的斗志也逐渐被体制抛出的钱权利益所侵蚀，后果便是很多平庸之作充斥文化市场，某种程度上败坏了文艺的风气。其次，大众文化兴起之后，很多诗人、

作家依赖于市场写作也红极一时，但服膺于商业利益同样会腐蚀诗人、作家的独立精神和自由创造品质。再次，社会主义市场经济体制建立之后，功利主义思潮在社会各领域蔓延开来，人文精神失落，公众道德滑坡，引起了整个知识界的警惕和忧虑。最后，伴随着外商的资本、技术同时涌入中国的还有大量受到追捧的西方思想文化权威们的著作。当时文学界、批评界主要推崇的是海德格尔、福柯、罗兰·巴特、法兰克福学派等思想权威、理论权威们的著作，诗歌界推崇的则是西方现代文学艺术作品。国内知识界则接连推出陈寅恪、顾准、海子、王小波等文化新偶像，这种对文化权威和新偶像的推崇和神化也有碍当代诗人、作家独立精神和自由创造品质的保持。显然，诗人、作家们在1990年代后期面临着思想意识领域的诸多困惑和艰难选择，写作立场和精神独立问题的重要性浮出水面。

从传播主体的角度看，出版单位的企业化改制导致一部分图书销售遇冷、文学期刊面临生存危机，官方选本、选刊、评奖在体制外或体制边缘的诗人、作家心目中的地位和权威性下降。1998年有30%的图书被迫下架，这种图书销售遇冷状况直接影响那些体制外面向市场写作的诗人、作家比如韩东、朱文们的生活。而文学期刊的“断奶”政策直接引发了1999年期刊改版热潮的到来。为了维持刊物的生存，文学报刊界开始热衷于制造、追踪、渲染文学热点，并格外重视本刊原创作品的转载率，这种情况也使得文坛、诗坛热点频出，而作为当代文学的一种“传播机制”“评价机制”和“生产引导机制”的文学选刊和选本的地位也迅速飙升[①]。但是选本、选刊如《小说月报》《小说选刊》老成持重的审美趣味和文化惰性误导了大批文学刊物、写作新人乃至文学奖的评选，因此与主旋律文学审美趣味迥然不同的写作便陷入发表困难的境地，选刊选本、茅盾文学奖和鲁迅文学奖在体制外或体制边缘的诗人、作家心目中的权威性开始下滑。

就批评主体而言，批评家队伍在1990年代开始分流，当代文学批评力量较之1980年代大大削弱，并且批评与创作脱节的现象非常严重，种种原因导致文学批评备受指责，批评家与作家之间的隔阂和矛盾日益激化。比如在小说界，王小波的死亡方式以及生前受批评界冷落、死后被批评界推崇的现象就激起了韩东等许多文学青年的不满。在他们眼中，批评家们在发掘有才能的作家方面是失职的，而王小波的不幸和幸运也使得“‘边缘写作’变得神圣，充满价值。”[②]而在诗歌界，后来被归入“知识分子写作”群体的诗人西川、王家新、欧阳江河、臧棣、西渡等大多都供职于高等院校或作协组织机构，身兼诗人、诗评家双重身份，同时拥有诗歌创作和批评领域的许多资源和条件，而他们的诗歌理论文章与他们的诗歌创作也关联密切，北京诗评界一些著名诗评家和诗史家也倾向于认同他们诗歌创

---

① 罗执廷：《文选运作与中国当代文学的发展》，《文学评论》，2013年第02期。

② 梁鸿：《暧昧的“民间”：“断裂问卷”与90年代文学转向》，《文艺争鸣》2009年第06期。

作和诗论文章的重要价值。通过高等教育体系和文化传播体系，“知识分子”诗人的诗歌理论主张和作品逐渐在北京乃至许多高校诗歌界及诗评界形成了一股潮流或风气。这种状况使得体制外或体制边缘持有不同美学倾向的诗人诗作自然处于被遮蔽或忽视的不利地位，因而引起了很多诗人的焦虑和不满。

就接受主体方面，城市经济体制转型中产生的腐败现象使社会公众普遍产生了消解权威的心理，文艺领域诗人、作家挑战现有文学秩序的行为及其作品容易唤起公众的关注热情和阅读兴趣。由于1990年代城市市场经济体制改革和社会财富（特别是国有资产）再分配的过程中频频出现腐败现象，因此公众普遍产生了消解政治权威和经济权威的心理。一部分诗人、作家“为避免引火烧身”，也只能把不满情绪发泄到“文化、思想权威”上去[①]。这种情况导致体制外或体制边缘的诗人、作家挑战文学秩序的“断裂”行为、挑战诗界秩序“诗学论争”很容易唤起社会公众的关注、兴趣和热情，并对“断裂”作家、“民间”诗人的作品产生浓厚的购买和阅读兴趣。

正是在上述文学的管理主体、创作主体、传播主体、批评主体、接受主体等多方的相互作用和影响之下，上个世纪末形成了既不公平也不够多元、混乱喧嚣的文化生态环境。这种环境状况迫使很多体制外或体制边缘的诗人和作家普遍开始焦虑写作立场问题以及小说、诗歌作品存在空间的拓展问题。而脱离了体制和商业的双重管制、一贯坚守独立身份和思想自由的韩东在1998年同样面临着自己的创作道路该何去何从、同道文友和诗友的作品生存空间该如何开拓等难题。

早在1982年马原就与韩东谈起了人生理想的问题，马原认为当今社会上第一、二等人分别是政治家、体育明星和影视歌星，他马原是不得已而求其次选择当一名作家，马原的这番话深深地震撼了韩东年少的心灵[②]，也许就是在那时韩东也产生了当一名作家的想法。虽然1983－1993年韩东在高校教马克思主义哲学长达十年，但这份工作对于他而言仅仅是维持生存的手段，他把生命的全部激情都投放在了诗歌和小说创作中。虽然1988年《他们》诗群解散，韩东的个人婚姻也宣告结束，但是韩东当时已成为“第三代”诗人中最具标志性的诗人，所以面向未来时他仍然怀有作品不朽的梦想和雄心，这从诗歌《二月一日》（1989）中可见一斑：

一天的终结就像一个时代
我还年轻，我愿意在星辰下怀有这样庄严的秘密

[①] 袁盛勇：《二十世纪末“贬鲁”现象的回顾与反思》，《海南广播电视大学学报 》，2003年，第02期。

[②] 韩东：《韩东散文》，中国广播电视出版社，1998年，第157页。

依然单纯和优秀，从桌椅之间走向自己
回答属于我的幼稚提问也拒绝死亡
在所有的事件以外和一座房子的内部
窗外那一片自然的水面
将是我塑像矗立的地方

韩东也曾产生了“想当中国的萨特”（见于坚《有朋自远方来》1985）的想法。正是受萨特“人的自由”思想观念的影响，自我抉择、自我行动、自我建构成为韩东追求文学梦想实现的路径：“谁的梦没有主人/谁就不再醒来（《十月》（1992））。1993 年，韩东用积攒的 9000 元——《今天》小说稿费，买了一台电脑，随后毅然辞去公职，决意作自己梦想的主人，把自己“变成了写作机器”[①]。虽然他在辞职之初就意识到“当社会的商业化程度不可避免地加大时，坚持严肃的写作会变得越来越荒诞”[②]，但是他未料到文学文化生态环境到世纪末竟会混乱若此。

到 1998 年韩东的小说和诗歌都已获得文学期刊和评论界的一定认可，可以说已具备进入作协编制与体制内作家共享名利盛宴的资格：1990－1998 年发表韩东的诗和小说的刊物有《作家》（8 篇作品）、《花城》（7 篇作品）、《山花》（7 篇作品）、《青年文学》（5 篇作品）、《天涯》（5 篇作品）、《收获》（5 篇作品）、《诗刊》（5 篇作品）、《钟山》（4 篇作品）、《大家》（4 篇作品）、《人民文学》（3 篇作品）、《上海文学》（2 篇作品）、《北京文学》（2 篇作品）、《小说月报》（1 篇作品）、《读书》（1 篇作品）等，发表韩东作品专论的学术刊物有《文艺争鸣》《南方文坛》《当代作家评论》《小说评论》《山花》《文艺评论》《诗探索》等，作者主要是晓华、汪政、吴义勤、林舟、谢有顺、小海等著名批评家和诗人。但是韩东崇尚创作自由、愤世嫉俗的个性以及在 20 世纪 80 年代孕育的文学理想以及自主选择、行动的生存态度驱使他选择保持独立的身份，同时，与体制内作家、商业作家相比，其作品有限的存在空间使他与朱文产生了挑战文学秩序的想法。

二、“断裂”行为中韩东文学行为考察

2018 年 7 月 10 日，应南京师范大学何平教授之邀，韩东写了回顾“断裂”行为的短文《断裂之意》。在这篇文章中，韩东强调，作为一次“预先设计、有目的的行为”，“断裂”的“气息和指向都只和发起者有关”，它非流派、学术之争，有关的是“写作的目的、方向、道路、所欲，是重新制定坐标，涉及主流之外的

---

① 韩东：《我认同的〈今天〉》，http: //dy.163.com/v2/article/detail/E0GB46MR052182LN.html

② 韩东、朱文：《古闸笔谈》，《作家》1993 年第 04 期。

空间想象”。也即“断裂”行为传达的只是体制外的朱文、韩东（而非一代人）有关写作的目的、方向和道路的思考，目的在于彰显自己这一路写作的存在，开拓体制外作家、诗人作品的存在空间。那么，“断裂”行为究竟指韩东、朱文的什么行为？这些行为的“断裂”性表现在什么方面？他们认为文学写作的目的是什么？作家应该走怎样的道路？他们为什么会选择“集体”行动的方式？他们的行为引起了怎样的反响？有何意义？由于韩东在“断裂”行为中实际处于中心地位，因而这里重点考察他的文学行为。

一般而言，学界理解的“断裂”行为主要是指1998年5月—7月韩东、朱文发起的有13省市56位诗人、作家、批评家、艺术家参与答题的“断裂”问卷调查事件和两辑“断裂丛书”（收10位作家的小说集）。

“断裂”问卷列有与当时文学秩序的代表性符号有关的13个问题。应答者以1960年代生的诗人、小说家为主，“身份存在”的“共同之处”即大多都是从体制“辞职”或“从未进入体制”，或为谋生而留在体制内的“边缘人”[①]。从答卷统计结果看，除了少数作家为明哲保身答题“小心翼翼”外，大多数诗人、作家、艺术家在答题时表达了自己对现有文学秩序的不满情绪，“他们”诗群的一些诗人、小说家的答卷尤其充满了攻击、嘲弄和讽刺意味。韩东在自己的答卷中认为《读书》《收获》所载作品都很平庸，《小说月报》《小说选刊》、茅盾文学奖、鲁迅文学奖在评选最差小说方面的权威性和公正性毋庸置疑；鲁迅的作品、1950—1980年代登上文坛的作家作品和学界推崇的西方思想权威海德格尔、罗兰·巴特、福柯、法兰克福学派等人的著作以及文坛推崇的陈寅恪、海子等新偶像的作品对今天的诗人、作家、艺术家创作也无太多教育意义；当代文学批评研究和汉学家的研究对诗人、作家、艺术家的创作无任何积极影响。从韩东否定一切的偏激答卷中可以看出，他想要表达的是自己对官方代表性的期刊、选刊、奖项和当代文学批评与研究的极度不满与蔑视情绪以及与当时文学体制“断裂”的意志，想要宣告的是自己的创作与现当代主流文学传统之间是一种“断裂”关系；韩东还反对一切把人神化、偶像化的做法，拒绝承认任何人任何思想的绝对权威性，他实际上是以否定的方式来强调精神独立、思想自由对于作家、诗人创作的极端重要性。

“断裂”问卷经《南方周末》《精品购物指南》《东方文化周刊》《深圳风采周刊》等大型报刊扼要报道后，引起舆论一片哗然。人们说韩东们这是“炒作”“弑父”“沽名钓誉”；也有人谴责他们作为“既得利益者”这么做是“忘恩负义”；北京一些“匿名”的文艺界知名人士对这一事件充满了疑问，要求韩东们做出回答……为此，1998年10月《北京文学》第十期全文发表了朱文的《断裂：一份问卷和五十六份答卷》、韩东的《备忘：有关“断裂”行为的问题回答》（以下简

[①] 梁鸿：《暧昧的“民间”：“断裂问卷”与90年代文学转向》，《文艺争鸣》，2009年，第06期。

称《断裂》和《备忘》)。《备忘》由八问八答组成，可以看作是韩东以道德视角和二元对立的思维方式审视历史和现实的典型文本。韩东认为文学的自由、真实、美和创造本质的实现必须在广阔自由的背景中展开；而现有文学秩序通过施与钱权利益和独立、个性的幻觉诱惑作家，实际上却在暗中取消了文学理想，阻碍了文学本质的实现。因此，从文学理想需要捍卫、文学体制需要被批判性地解构的价值立场出发，韩东认为当代文学史中存在两种完全对立的写作，即文学体制内的平庸的主流写作和文学体制外的优秀的真正的写作。对于同代写作的划分，韩东也认为凡与体制是“互惠互利的和谐关系”、与父辈主流写作构成继承关系，那就是“平庸有毒的写作”，凡是与之构成断裂关系，那就是“有理想热忱有其自身必要性的真正的写作”。韩东认为自己这一路的写作属于后一种。在他看来，当代诗人、作家对文学体制和主流文艺观念的亲疏程度也决定了他们对“断裂”行为的亲疏态度，而亲疏态度的对立本质上是以“自我”为中心、“责任感沦丧”和“自我牺牲”、承担责任之间的道德上的对立。[①]由上述分析可知，韩东认为文学的理想和目的就是文学的自由、真实、美和创造本质的实现，而现有文学体制与文学理想是水火不容的，因此为了确保文学理想的未来实现，诗人、作家们应该主动与体制及体制内的主流文学传统决裂，这才是真正的诗人、作家应该走的道路。韩东的目的是有一定的积极意义的，不过对于文学制度与文学创作对立关系的认知以及对“创作自由”的想象还是有简单、偏执之处的，他否认了体制和文学本质上的依存互惠关系的存在。从本章第一节也可知，韩东看问题的这种角度和思维方式是与他的文革成长经验有着密切联系的。

那韩东为什么会这么认识体制和文学的关系，为什么要以集体的名义来公开宣告与文学秩序以及主流文学的“断裂”呢？此外，即使要“断裂”为什么要在答卷中使用那么偏激、愤怒、略显恶毒的语言呢？

首先，父亲作家方之的经历、文学之父北岛去国的经历、哥哥李潮以及“云帆”诗友和韩东曾受批判的经历早已使得文学体制在他心中有着负面的价值预设，被视为会取消文学理想、限制写作自由的东西。如在1996年韩东自传式的中篇小说《小东的画书》中就有关于“方之”的墓志铭和叙述者“我”的一段话，墓志铭如下：“方之（韩建国），湖南湘潭人，中共党员，早岁献身革命，一九五七年转为专业作家。唯行直道，绝无媚骨；遭时屯邅，坎壈终身。其为人也，于群众则披肝沥胆，休戚同关。与奸佞则笔伐口诛，不假辞色。故其发而为文，是非判然，爱憎炽烈，浃骨入髓，力彻七轧。所撰《在泉边》《出山》暨《内奸》诸篇，蹊径独开，文坛蜚声，观其文者知其为人，知其人者益服其文之生于情也。晚而弥笃，炉火臻青；昊天不吊，遽丧菁英……”“我”的一段话如下：“作为一个后

① 韩东：《备忘：有关“断裂”行为的问题回答》，《北京文学》1998年第10期。

来的写作者我只想继承他的命运，他的隔绝和生硬，他的卑微，也许这些才是馈赠给我们的财富。”在接受杨黎采访时韩东也直言不讳地说，自己曾看了父亲下放时所写的几十本笔记，看后感叹又心酸。感叹是因为父亲的刻苦认真，辛酸是因为从笔记中找不到父亲“一丝一毫的个人的心迹”，并且“绝大部分都是群众语言”，父亲他们那代作家写出来的都是“别人逼的一些东西”，所以他觉得“写作自由很重要”，自己并非要主张写作的绝对自由，而是想强调写作自由的“下限”很重要[①]。还有北岛等《今天》诗人去国、哥哥李潮被批判和“云帆”诗友们遭受审查等等，都使韩东坚定地认为当代文学体制与写作自由是水火不容的，人们争取写作自由的努力与取得的写作实效应是成正比的。

其次，教马克思主义十年的韩东深受马克思主义思想的影响，认为艺术家的任务除了描绘世界还要改造世界，因而需要以集体的方式来行动。他曾写道：“马克思曾以如下惊人之语表明他的观点：哲学家不仅仅以不同的方式解释世界,他们真正的任务是要改造世界。艺术家们同样如此一，他的责任不仅在于描绘现实与想象的世界，同时在于改造和创造世界。”[②]他还信奉自觉的作家应该“知行合一”，应该将“文学的理想”不仅贯彻到“写作”中，而且贯彻到“更广大的行动”中，从而肩负起艺术家“改造和创造世界”的使命和责任[③]。韩东是从“第三代”诗歌运动中成长起来的诗人，因此这次“断裂”行动他自然也寻求以“集体”名义公开决裂的方式来试图作用于当时的文学秩序，实现重申“真实、创造、自由和艺术在文学实践中的绝对地位”、彰显自己这一路写作存在的目的。

再次，韩东们把“断裂”行为视为一次行为艺术，故而为追求现实功效而有意牺牲了真实并使用偏激的语言方式，以至于远离了美学正途。行为艺术是1970 年代在欧美兴起的一种“前卫艺术”类型，总是以反美学姿态使艺术进入到生活实用领域。因此“断裂”行为艺术为了实现一种刺激性的实际效果——如尖锐的一根刺扎入体制，所以也故意把“主流体制的符号或者代表”与“实质内容一概不加分别”[④]，并且故意使用了偏激的情绪化语言来表达自己年轻愤怒的情感态度。

最后，在“断裂”行为横空出世以前，韩东正深陷在爱情信仰幻灭的巨大痛苦之中，内心长期郁结的痛苦情感情绪，迫使他面对与自己的文学理想相悖的现实秩序时，不可避免地要使用情绪化的语言方式。正是在 1997 年，韩东受爱情信仰幻灭的打击一度丧失了写诗的状态和能力，甚至“不想再做人/不想再忙碌/不想再思想/不想理解需要理解的东西/也不试图转移……”（《进行曲》1997）韩东的思

---

① 杨黎：《灿烂》，中华工商联合出版社，2014 年，第 263-265 页。

② 韩东：《备忘：有关“断裂”行为的问题回答》，《北京文学》，1998 年第 10 期。

③ 韩东：《备忘：有关“断裂”行为的问题回答》，《北京文学》，1998 年第 10 期。

④ 韩东：《断裂之意》，https：//weibo.com/ttarticle/p/show?id=2309404260218153390007

考笔记《爱情力学》（1997 年初写）既理性又情绪化的语言方式以及不无偏执的观点可以与《备忘》以及答卷的语言方式形成某种对照。书中，韩东记录了自己在情爱观念多元化的时代遭受失恋毁灭性的打击后内心岩浆般的复杂情感状貌，呈现的是他充满了无边的爱恨情感、痛苦情绪并且被情感困惑所裹挟纠缠并试图凭借理性从中挣脱而出的自我剖析者形象。到了“断裂”行为，刚从深重的情殇中复活、从封闭的内心世界走向公众生活的韩东，看到体制写作和商业写作充斥文化市场，世纪末文化生态混乱喧嚣、腐败横生，以二元对立的思维方式冷静审视自己的现实文学处境，心中郁积已久的嗔恨情感被再度点燃，愤世嫉俗、不平则鸣、率性而为的个性被再度激发，以致写出了情绪化的檄文，留给世人一个扫荡一切的、富有攻击性的、勇敢无畏的反抗者形象，就是自然而然的了。

《断裂》和《备忘》发表后，再度引起各方关注、讨论或抨击。韩东在忙于应付笔战的同时，也“意外”地迎来了一次改变自己困顿处境和继续挑战文学秩序、彰显自己这一路写作存在的机会：他被聘为《芙蓉》的文学编辑，《芙蓉》为“断裂”行为的发酵和反响扩大起到了推波助澜的作用。自 1993 年韩东辞职后，坚持严肃写作的他便由于诗集和小说集的销量不好而长期陷入经济困顿之中。因此 1994 年“广东文学院招聘作家，没有任何附带条件，每个月发八百块钱”，韩东应聘了两年；1997 年韩东又接受了于小韦任艺术总监的深圳尼克艺术公司的资助，每月领“一千二”，领了“两年”[①]。即使有这些不多的收入，韩东也早已回到退休寡母那里吃住，午饭经常是用工作室的开水泡一泡从家里自带的盒饭。从 1999 年起，因“断裂”行为一时声名更盛的韩东被独自承包《芙蓉》而成为主编的萧元聘为湖南省文学刊物《芙蓉》的唯一文学编辑，韩东因此领了三年半的编辑费[②]。在此期间，萧元和韩东为了让《芙蓉》能在文学期刊改版热潮中“起死回生”，确立了如下改版方案：将读者、作者群都定位为青年，注意挖掘、培养、推出新的年轻作者；刊登四类文学体裁，小说领域长年创设“重塑 70 后”栏目，小说和评论兼发，另增青年读者感兴趣的出版与艺术内容；各版都要“突出感性的鲜活，注重作品的原创性”[③]。这些改版方案对保持“断裂”行为的“热度”起到了某种促进作用，同时韩东在《芙蓉》采编稿件方面自始至终关照“他们”“非非”文友、诗友的创作以及力推有实力无名的文学新人新作（如 70 后小说和诗歌新人）的做派也使他在 1999－2002 年成为体制外或体制边缘的作家、诗人、新人群体中举足轻重的焦点人物：据统计在 1999－2002 年，《芙蓉》共刊发“断裂”作家朱文、鲁羊、顾前、楚尘、刘立杆、金海曙的诗歌、小说等 27 篇作品，“他们”中

---

① 汪继芳：《写作者、战士——韩东访谈录》，http：//www.poemlife.com/libshow-439.htm

② 韩东、张庆国：《写小说是我的工作》，http：//blog.sina.com.cn/s/blog_4fe5482201009710.html

③ 萧元：《芙蓉 1999：改版为什么》，《中国出版》1999 年第 06 期。

的于小伟、李樯、于坚、杜马兰、蓝蓝、马铃薯兄弟的诗歌6次、散文4篇；“非非”的诗人杨黎、小安、何小竹、吉木狼格的诗歌4次，笔谈、小说22篇；伊沙和侯马、宋晓贤的诗歌3次，小说5篇；后来被称作“70后”诗人的沈浩波、尹丽川、李红旗、巫昂、盛兴、轩辕轼轲的诗歌6次，小说12篇，散文等7篇。

自1999年起《芙蓉》刊发了许多与“断裂”有关的内容。第二期刊登了韩东、朱文就“断裂”行为目的进行深入阐释的长篇对话《“断裂”面面观》和丛书出版预告《另类作家新动作——“断裂丛书”即将出版》。韩东主编“断裂丛书”，收入青年作家楚尘、吴晨骏、顾前、贺奕、金海曙、海力洪六部小说处女作，出版预告则称这些持“民间立场”的小说由于“长期处于被遮蔽的状态”，“在当代文学中所起的作用及其价值始终遭到忽略”，所以“有责任将其中有意义的部分呈现给大家。”[①]朱文、于坚、李小山、李冯、鲁羊等与“断裂”行为有关的作家、诗人和艺术家为丛书写了短评。第三期发表了“断裂”第二个行为《我仍这样说——南京艺术家谈马桥诉讼案》。“马桥诉讼案”是指韩少功起诉评论家王干说他抄袭《哈扎尔词典》并胜诉一事。王干说自己只说过《马桥词典》的“文体创新”并非“前无古人”，是编辑改稿导致误解。在《我仍这样说》一文中，十位青年艺术家毛焰、赵刚、朱文、黄梵、吴晨骏、楚尘、朱新建、顾前、鲁羊、韩东对韩少功依靠法庭权力否定批评者的批评权利的做法表示愤慨，在未必经过认真比对两本词典异同的情况下，每个人在一段发言结束都用黑体字反复强调：“我仍这样说，《马桥词典》完全照搬《哈扎尔词典》；我仍这样说，《马桥词典》尽管广告满天飞，但仍不入流品”。韩东认为“马桥诉讼案”在日光下的公然进行“使一代人蒙耻”，“一代文化精英”对这一事件的反应暴露出他们“各具形状的灵魂”，他们的外衣难掩“告状、依靠组织领导、投靠强权势力这些十分熟悉和普遍的生存主题”[②]。韩东对韩少功做法的强烈抗议意在维护文艺创作和批评的自由和独立性，表达的仍然是此前的文学独立自由的立场。第四期发表了韩东的《现实、立场、“纸样儿”和王小波》此文是对余杰《我们选择什么，我们承担什么？》一文的反驳，表达的是捍卫王小波写作的立场。由于“断裂丛书”出版后，有人攻击韩东们是“自我炒作”，说他们“没有写什么东西”，因此《芙蓉》第五期发表了朱文的《狗眼看人——从断裂丛书出版谈起》。此文痛批了文坛“老人/新人”有别、“中人/西人”有别、“体制内人/体制外人”有别、“死人/活人”有别的“乱”象，称他们才是精神独立、才华横溢的一代人。韩东在某次访谈中称是深圳海天出版社主动找他主编自己、朱文、鲁羊的书在先，丛书收入六部处女作意在去蔽，命名“断裂”纯

---

① 韦文：《断裂丛书即将出版》，《芙蓉》，1999年，第2期。

② 毛焰等：《我仍这样说》，《芙蓉》，1999年，第3期。该期同时刊有韩少功回复《芙蓉》主编萧元的简短信函，表示同意发表《我仍这样说》，韩少功还将此文推荐到《中华读书报》发表，意在“让更多读者对90年代的文化现实多一些宝贵的感觉和知识”。

属临时之想。第五期还发表了邓一光、葛红兵的《鲁迅——被误读的大师》，此文表达的是对“符号化”的鲁迅的批判态度，这种态度与“断裂”答卷对符号化的鲁迅的态度一致。《芙蓉》第六期和2000年第一期发表了葛红兵的《为二十世纪中国文学写一份悼词》《为二十世纪中国文艺理论批评写一份悼词》以及70后小说、诗歌新人伊丽川的《爱国、性压抑……与文学》，葛红兵的两文对二十世纪中国文学和文艺理论批评进行了全盘否定，这种“酷评”方式与“断裂”答卷的全盘否定态度一致。尹丽川的文章批判了葛红兵的观点，学术界此后也有十几篇反驳葛红兵的文章问世。2000年，原任教于南京师范大学的汪继芳的访谈录《断裂：世纪末的文学事故》出版。汪继芳在1990年代初为“京城四大自由撰稿人”，她在接受了韩东的建议即采访13位南京“断裂”作家的计划后，为及时完成采访主动辞职。期间韩东联络并说服多位作家接受采访。也是在2000年，楚尘主编的“断裂”丛书第二辑出版，收录了韩东的《我的柏拉图》、朱文的《人民到底需不需要桑拿》、张旻的《爱情与堕落》、鲁羊的《在北京奔跑》四本小说集。2001年《芙蓉》第一期发表了林舟的《“断裂丛书”第二辑出版》。另外，在三年半的时间里，韩东在《芙蓉》上还不定期地发表了“断裂”作家朱文、鲁羊、顾前、楚尘、刘立杆、金海曙的诗歌、小说等27篇作品。至2002年，萧元离开《芙蓉》，他和韩东的合作也至此结束。

“断裂”行为在1998－2002年引起了巨大、持久的反响，文艺管理部门、作家群体、文学批评界、文学期刊界对此聚讼纷纭。

首先，文艺管理部门并未直接干预这一事件，但对这一行为的间接否定倾向在《中华人民共和国年鉴1999》中有所流露：年鉴编辑概述了这一事件的过程、传媒反应和韩东对此事件的阐释，主要梳理了各种“负面”的批评观点，并强调它引起了文坛内外“一部分人的尖锐的批评和反对”，官方没有干预说明“社会正走向宽容和活跃”[①]。但其实1999年山西作家韩石山、艺评家栗宪廷、学者吴炫和张钧等对此事件持理解和包容态度。

其次，在作家群体内部，“断裂”行为引起的人事纷争较多。不仅被韩东们全面否定的一些父辈作家对这一事件颇有微词，而且当代的南京青年作家群内部也一分为二，作协作家和“断裂”作家自此之后不再一起踢球。此外，在参与问卷调查的作家内部，由于参与者“普遍”是在一种氛围的“裹挟”之下、在不知道答卷要公开发表的情况下参与答题，所以一些人的答卷用语轻率粗鲁，酿成一些于己不利的后果，比如于坚因为说鲁迅文学奖“并不是为文学设立的”险些错失一次得奖。个别艺术家对韩东、朱文未将答案“修改的需求和权利”留给他人的

[①] 年鉴编写组：《中华人民共和国年鉴1999》，中华人民共和国年鉴出版社，1999年，第1109页。

做法极度愤慨不平[①]。另有不少参与者因为发起者“欢迎”“加强”“利用”氛围的“裹挟”而对“断裂”事件持“保留态度”或者“拉开距离不愿再提”[②]。韩东1999年的诗《墙》集中描述了当时的人事纷争带给他的复杂感受：

我像一面毫无动作的墙
而且具有反弹的特性
只接受那些从水平的方向
飘落的东西

有人准备用巨大的马力撞击我
有人准备与我保持永恒的距离
有人化作斜落的雨，贴上我
有人如蹦跶的小球，不断从眼前跳开

只有阳光的方式与此不同
它发现了实的墙和虚的影
它使我成为一块驯服的平地
光明的响尾蛇嘶嘶滑过

再次，文学选刊与期刊，如《小说月报》《小说选刊》和《读书》《收获》等，对于韩东们激烈批评它们的文学趣味和选稿标准的行为反应不一。曾转载过韩东一次谈话的《读书》、选发过韩东一篇小说的《小说月报》、发表过韩东五篇小说的《收获》，在“断裂”事件后拒绝发表韩东的作品（《收获》时隔17年后才重发韩东之作）。《小说选刊》为从未刊发韩东的小说道歉，《长篇小说选刊》（6篇作品）、《微型小说选刊》（1篇作品）都积极发表韩东的作品，对朱文、张旻等的作品也是如此。

最后，在当代文学批评和研究领域，由于韩东和朱文为了实现更具刺激性的功利效果，而将主流体制的“符号”或者“代表”与其实质内容有意混淆并予以抨击，这种做法当时引起了很多批评家的反感情绪和情绪化的评论，不过事后十几年间更多的批评家、学者对“断裂”事件本身及其涉及的某些具体问题以及“断裂”作家的小说创作都给予了持久的关注和客观的评析，指出了韩东们做法的某种合理性、正当性、局限性和他们小说创作的文学史价值以及不足。

---

① 陈卫：《保护才能》，中国长安出版社，2012年，第48-49页。

② 韩东：《“断裂”之意》，https：//weibo.com/ttarticle/p/show?id=2309404260218153390007

在“断裂”事件发生之初，南京当代文学批评界反应最为激烈。在1998年的“新生代作家小说创作学术研讨会”上，韩东、朱文、鲁羊、吴晨骏等全盘否定鲁迅、文学传统、现存文学秩序的做法，令评论家们极为反感，双方展开了“一场火药味十足”的现场论争。评论家们认为新生代作家对自己“平平”的作品评估“过高”，“自我吹嘘”“相互吹捧”实在“太可笑”，与这些“狂人”简直“无法对话”[①]。而1995年将韩东、朱文、鲁羊集结于“新状态小说”旗帜下的批评家王干，因被误认为是“断裂分子”而在1998年11月23－26日开“青创会”时，遭遇房间门被贴小字报的厄运，他的办公室后来还着过一次火。

此外，武汉的於可训、济南的吴义勤等也都对韩东等人对文学批评方式和职能以及批评家与作家关系的无知或误解进行了理性的回击和辩说，还有陈晓明、杨守森、高迎刚、唐欣等学者，有的认为现行文化秩序和文学制度的权力实践有必要审视和反省，有的认为文学批评缺乏真知灼见，有的强调加强文论对文艺创作的针对性很有必要，高校的现当代文学研究的确存在问题。

黄发有、罗执廷等学者从学理层面研究了文学的期刊、选刊、选本以及奖项在当代文学的生产、传播、评介以及文学生态建构中的作用以及消极影响，肯定了韩东等人否定、抨击官方文学期刊、选刊和文学奖的某些合理之处。

关于文学创作与文化、文学传统的关系问题，学者们普遍认为韩东们忽视对传统的积淀限制了自身的人文视野和文学创作，也有的指出当代文学批评自1980年代起便过于强调“革新”以至于误导了韩东等作家对此也应付一定责任。关于韩东们否定鲁迅的言论，大多数学者撰文给予了批评，认为这是世纪末“贬鲁”思潮的滥觞。韩东《备忘》的“棒杀”式全盘否定批评模式以及《芙蓉》刊载的葛红兵的两篇“悼词”，都使得横扫一切的“酷评”形式开始在批评界成为一种新的风尚。不过葛红兵的“悼词”很快引起了学术界的公愤，自1999至2001年共有针锋相对反驳葛红兵的学术论文14篇先后问世。显然，这类“棒评”一定程度上激活了批评的活力，提出了一些学术话题，表达了个人的独立见解，但是很大程度上也扰乱了当代文学批评的秩序和理性批评风气，加剧了作家和批评家之间的矛盾和文学文化领域的价值迷乱。

对于韩东们的小说创作，少数学者认为毫无“革命”意义，较多的学者认为具有有限的“革命”意义，个别学者认为韩东们的小说上承“新写实”和“先锋文学”、下启“新新人类的创作”[②]。由于《他们》在创刊之初就刊有马原的先锋小说，《备忘》中韩东也承认自己这一路与马原的先锋小说之间是继承关系，从韩

[①] 见《南京日报》1998年11月20日头版《天才？狂人？——新生代作家与评论家在宁发生冲突》一文。

[②] 赵黎波：《新时期小说的叙事特征及文化阐释》，新华出版社，2015年，第28页。

东的《于八十岁自杀》《去年夏天》等小说中常用的“元叙述”手法来看，韩东重视叙事艺术革新的小说观念和某些叙事手法的使用的确与先锋文学传统存在继承关系。而韩东回到日常生活和个人真实的生命体验的小说观念，是从“他们”诗歌理论传统演化而来，并非继承了“新写实”的小说传统。由于韩东的小说创作的确有别于主流文学的历史本质主义叙事、启蒙文学的宏大叙事以及《心灵史》《九月寓言》这类理想主义叙事，因而确实具有一定的“断裂”意义。

三、“诗学论争”中韩东的论争文章评析

这里的“诗学论争”主要指1999－2000年“知识分子”诗人与“民间”诗人之间的诗学论争，2000－2001年“民间”诗人内部展开的网上诗歌理论论战，因诗歌理论意义有限故而略述。

“知识分子”诗人与“民间”诗人的称谓源自1999年4月“盘峰诗会”上主持人对与会双方的临时称谓“知识分子写作”和“民间写作”。前者指西川、王家新、臧棣、欧阳江河、张曙光、孙文波等诗人的诗歌，后者指于坚、韩东、伊沙、杨克等人的诗。双方诗歌理论观的分歧始自1980年代，因为进入1990年代后在时代思想文化氛围骤变、诗坛重新洗牌的过程中，双方的诗坛地位发生了更迭。在世纪末久被遮蔽的“民间”诗人针对诗评界存在的不公现象在“盘峰诗会”“龙脉诗会”的会上会下展开了与“知识分子”诗人之间的论争。韩东受邀但并未参会，只是在会下写了《附庸风雅的时代》《论民间》两文间接参与了论争，其中《论民间》在诗歌创作、批评界引起了较大的反响。

“知识分子”诗人与“民间”诗人诗歌理论观的分歧由来已久。早在1980年代中期，韩东、于坚等就主张诗歌应该贴近日常生活和个人的感性生命，应以新鲜的口语来写诗，并注重生命体验与诗歌语言形式的呼应。他们标举基于本土经验的自由创造，极为反对步《今天》诗人、西方诗歌大师的后尘。韩东、于坚们的诗歌理论主张和诗歌因为与1985年发展壮大的自由主义思潮和文学艺术回归自身的时代思潮同步，而且符合当时诗歌爱好者追求新异美学形式的心理，因而他们那些充满了自由创造精神的先锋诗歌广受欢迎，深远地影响了当代诗歌的潮流走向。而这一时期的王家新、西川、欧阳江河等恰恰倾心于浪漫主义、现代主义、古典主义或文化史诗，他们的美学趣味更多地与《今天》诗歌表现出继承性而非“断裂性”的一面，因而在1980年代中后期属于边缘诗人。

1990年代诗坛的重新洗牌和诗人地位的更迭。“第三代”中的“非非”诗人杨黎、何小竹、蓝马、吉木狼格和“莽汉”诗人万夏、李亚伟以及“他们”诗人丁当、于小韦等先后下海投身于餐饮业、娱乐业、出版业、金融业和建筑业，“他

们”诗人韩东、朱文、吴晨骏则先后辞去公职成为自由撰稿人，并在90年代转向写小说。因此，1980年代红极一时的“第三代”诗人在进入1990年代后便不再是诗评界关注的焦点，他们的下海转行行为也被一些留在体制内的“知识分子”诗人看作是没有坚守住人文立场，缺少责任感和担当意识。又因为“第三代”诗歌的美学影响扩散开来后，出现了许多有口语或有诗形而无诗味的大量模仿作，并且人文精神在诗界持续沦落，因此西川、王家新、臧棣、张曙光、欧阳江河、孙文波等出于对“90年代特定的社会历史和文化状况”以及80年代第三代诗歌的“非历史性诗歌理论”和形式主义倾向的反思，在“身份确认”“立场及路径的选择”方面强调“知识分子”的“身份”和文化立场、“历史意识”和“承担精神”，主张采取一种有别于“《今天》诗歌的象征修辞、第三代诗歌的本体性叙述”的“叙事性”思想方法或修辞形式[①]。在文学资源和语言资源方面，由于他们有的出身于外文系，有的中文系出身但有多次英美访学经历，更有许多因教授高校文学课程故而对西方文学和诗歌艺术史颇为熟悉，因而当他们在思考新诗现代化的问题时，多怀抱国际视野，在文本实验中倡导与西方现代诗歌建立起平等的对话与互文关系，更多使用书面语或翻译语体及修辞，为的是使当代诗歌融入世界现代诗歌的版图以及重塑90年代诗歌的人文精神。西川、王家新、臧棣、欧阳江河身兼诗人、诗评家双重身份，因此写诗之余还写了很多与自己的诗歌经验关系密切且彼此之间相互呼应的诗歌理论论文。他们的诗歌和诗歌理论观念渐渐地得到了同在北京的一些知名诗评家如程光炜、唐晓渡的认可，经高校教育体系传播开来后，西川、王家新、欧阳江河、臧棣、张曙光等逐渐成为1990年代的主流诗人。

诗选、诗集和当代诗史叙述不公引发“盘峰论争”。在诗选诗集的编选方面，1997年后市面上出版的几套丛书比如“坚守现在书系”“20世纪中国诗人自选集”“90年代中国诗歌丛书”和“90年代文学书系·诗歌卷”主要由北京知名诗评家唐晓渡、程光炜和诗史家洪子诚等担任主编或编委，入选的主要是团结在刊物《倾向》周围的“知识分子”诗人的作品。1998年2月，程光炜主编的《九十年代文学书系·岁月的遗照》和他写的序言《不知所踪的旅行》问世后，丛书命名的时间跨度之大与入选诗人的数量之少以及序言对西川、王家新、肖开愚、张曙光、臧棣等人作品和诗歌理论建构的赞美，都彰显了编选者的个人美学趣味和私谊多少胜过了学术公心，因而引发了被遮蔽诗人的强烈不满。3月，北京召开“后新诗潮研讨会”，会议主要议题之一也在于对“知识分子”诗人的诗歌和诗歌理论研究给予历史的认定，因此也在新潮诗歌界引起了较大的反响和观点分歧。5—7月，韩东、朱文发起的“断裂”问卷调查显示，“他们”诗群前后期的成员或作者韩东、

① 孙基林：《“知识分子写作”叙事性诗歌理论的源起与倾向》，《山东社会科学》2013年第08期。

朱文、于坚、吴晨骏、刘立杆、吕德安、翟永明、朱朱、杨克、徐江、侯马等都认为大专院校里的现当代文学（诗歌）研究对自己的写作无任何影响，相对于真正的文学（诗歌）现状这种研究不能成立，这表明他们对诗评界普遍感到不满和失望。在北师大读大三的沈浩波也对这种状况感到愤懑不平。沈浩波是北师大五四文学社社长，早年写作受到《今天》影响，后在接触了本校师兄伊沙、侯马、徐江以及“第三代”的领袖人物于坚、韩东等后，创作开始由学院化转向口语化。1998 年，当他以口语化诗歌的美学趣味审视市面上的诗选诗集尤其是《岁月的遗照》和序言时，出于对于坚、韩东、伊沙、徐江、侯马等人诗作被遮蔽的义愤，写了辛辣的檄文《谁在拿 90 年代开涮》，痛批了程光炜等人“借助学院式的文学批评权力”来构建“一个完全由学院派美学主宰的当代诗歌秩序”的行为，表达了对入选诗人及其作品的讥讽和不满。此文在社会上流传开后，韩东、于坚、伊沙纷纷给他去信，认为“这是一篇非常重要的文章”[①]。1999 年初，韩东将此文推荐到南京的《东方文化周刊》发表；伊沙大约同时推荐到西安的《文友》杂志发表；《文友》第二期随即还刊发了徐江的《乌烟瘴气诗坛子》。韩、伊的推荐之举显然意在推动诗坛内部的结构性矛盾和诗评界的不正之风向公开化方向发展。1999 年 2 月，由杨克主编、韩东和于坚“应邀”参编的《1998 中国新诗年鉴》（以下简称《年鉴》）出版，此书被视为对《岁月的遗照》编选不公的回应。此后，由杨黎、何小竹、韩东、于坚、伊沙任编委的《1999 中国诗年选》也问世。总之，前述的几套诗选、诗集以及 90 年代“诗歌史叙述形成的诗歌‘谱系’”和“诗歌秩序”遗漏许多诗人和诗评家的行为[②]，被“民间”诗人看作是在不公正地使用学术权力“建立唯我独尊的诗坛秩序”，是在主动向外省诗人“发难”[③]，因而于坚、沈奇、谢有顺等人在《年鉴》中对《岁月的遗照》入选的“知识分子”诗人及其作品展开了抨击。唐晓渡等立即撰文予以回击，“盘峰论争”的导火索遂点燃。4 月“盘峰诗会”暨“世纪之交诗歌创作态势与理论建设研讨会”召开。会上，“知识分子”诗人和“民间”诗人围绕诗歌的“语言风格”和“经验资源”展开口头论争。最初，王家新、西川、臧棣和程光炜、唐晓渡等发言时仍试图将论争控制在学术探讨的范围内，但由于伊沙等“兴致勃勃地搅来搅去”，把诗歌理论讨论引向人身攻击，却只为“图个乐子出个风头成把俗名”，所以致使“民间写作”一方在现场论争的气势上不免占上风[④]。

韩东虽然受邀但并未参加“盘峰诗会”，不过由于韩东在写作之外，一直致力

[①] 沈浩波：《论当代先锋诗歌》，http：//blog.sina.com.cn/s/blog_63aece300102x6yu.html

[②] 洪子诚、刘登翰：《中国当代诗歌史》，北京大学出版社，2005 年，第 281 页。

[③] 于坚：《真相——关于“知识分子写作”和新潮诗歌批评》，《诗探索》，1999 年，第 3 期。

[④] 伊沙：《伊沙自剥皮》，《芙蓉》，2001 年，第 3 期。

于“为真正的文学争取存在空间”而战，“反对压制、遮蔽和偷换”[①]；他尤其反感当今知识分子和作家的“伪善”，拒绝与他们为伍，并认为他们承担“苦难、危险、煎熬、贫困”早已是过去的事，如今他们“分担”的是“荣誉、名声、精神的优越和物质的保障”[②]。所以面对“民间”诗人被普遍遮蔽的现实，韩东后来在会场外以撰写论争文章的方式介入了论争。

首先，韩东撰写《附庸风雅的时代》揭露诗界批评痼疾，指出“知识分子”诗人创作的局限。“盘峰诗会”后，《北京文学》向论争双方约稿，与会者于坚、伊沙因已发过言所以表现很被动，而对现有文学秩序强烈不满的韩东很积极。他打电话劝伊沙说：“要搞，一定要搞”，“过了这个村没这个店了！”[③]于是，伊沙、徐江、沈浩波、李震就都写了有关诗学论争的文章，但7月《北京文学》最后只发了韩东的《附庸风雅的时代》和张清华的会议综述以及谢有顺、唐晓渡、西川、陈超的相关论争文章。在韩东眼中，90年代诗坛的创作格局已经“断裂”为“表层”和“地下”两个层面。“表层”是成名的“老诗人/主流诗人/新贵们”，“地下”指暗处的“新人”他认为后者的创作代表了“90 年代诗歌写作的全部意义”。在诗歌理论层面，“新贵们”在发表和评论层面忽略或拒斥新人们的写作，却和“连任”的理论家为维护一己“权威”而编织出一系列的“语言罗网”：“以‘中年写作’指斥所谓的‘青春期写作’，以‘知识分子写作’对抗‘艺术创造’，以‘系统阐释’替代‘经验直觉’，以‘文化前提’抑制‘个体生命’，以‘终极关怀’贬低‘独立精神’，以‘世界背景’取消‘民间立场’……”韩东认为这些诗歌理论行为对“未来”和“艺术创造”只有“反面”作用。在诗歌理论资源层面，韩东眼中的“主流诗人”都是不甘寂寞、附庸风雅、不合格的“读者”，他们觊觎“创造者和艺术家”的名声优越感，只热爱“翻译文学”“西方文学史”“当代艺术思潮人文理论”，对书中的“思想和艺术价值”只知“绝对认同”，拥有的“问题和思考也从来不是自己的”，“灵感完全来自于以上的读物，其写作方式、格局以及形式也不出其右”，因而作品都属于“赝品”。最终，韩东做出结论：90年代是成名的“老诗人”作为“不合格”的“读者”扮演“艺术创造者”的时代。20世纪末的诗学论争并不存在“美学之争”，只存在“艺术与伪艺术的尖锐对立”[④]。韩东一向追求归真返璞之美，厌恶过分技术化、知识化的写作，更反对跟在西方大师之后亦步亦趋，因而他对“知识分子写作”持全盘否定态度是与他的诗观一致的。但受论争语境的影响也未免犯了党同伐异之过，观点有些武断和偏执。“指斥”“对抗”“替代”“抑制”“贬低”和“取消”等词语表明韩东把双方相关诗观的分

---

① 汪继芳：《写作者、战士——韩东访谈录》，“诗生活”：http：//www.poemlife.com/libshow-439.html

② 韩东、姜广平：《“低处不胜寒”》。http：//blog.sina.com.cn/s/blog_4fe5482201007rar.html

③ 伊沙：《伊沙自剥皮》，《芙蓉》，2001年，第3期。

④ 韩东：《附庸风雅的时代》，《北京文学》，1999年，第7期。

歧多少放大为对立和压迫关系了，这与双方诗观和写作立场存在某些一致之处的事实有违。从此文也可看出世纪之交韩东的二元对立思维模式是根深蒂固的。不过，韩东毕竟尖锐地指出了“知识分子”诗人在创作和诗歌理论倾向上的某些局限，比如过于倚重西方文学艺术资源而缺乏独立批判的精神、思考的问题脱离自身现实、艺术独创性不足等等。这些批评对于“知识分子”诗人的创作和诗歌理论反思有一定的益处。从王家新写于 1998 年初《回答》中的某些诗句可以看出韩东的论断是有价值的：“长久以来我与一些从不存在的女人为伴/现在我明白了：这些假天使肢解了我的生活/毒害了我的心灵”。

其次，韩东写作《论民间》深化了“民间”诗歌理论的理论阐释，并反驳关于“民间”的种种错误言说，还抛出了“伪民间”概念，以图实现“民间”阵营内部的自我更新。随着论争的深入，“知识分子”诗人和“民间”诗人的论争话题逐渐集中于什么是“民间”和“民间立场”这一根本问题上。由于于坚对“民间”和“民间立场”的阐释不是很严谨清晰，所以遭到“知识分子”诗人的有力攻击。此外，“民间写作”阵营内部的浮躁风气也开始四散弥漫，年轻的伊沙、徐江、沈浩波都不认同有什么“民间立场”，认为这一立场不过是“盘峰诗会”上主持人的随意指称。为了回应攻击，凝聚人心，深化“民间”诗歌理论的理论探索，韩东在 2000 年《芙蓉》第一期发表了自己围绕 14 个问题和话题展开论辩的长文《论民间》。首先，韩东开门见山地强调自己理解的“民间”是具体、现实的，而非抽象、虚构的。它是由“具体写作者的创作实践”和“无畏的斗争”构成的始终存在的“基本事实”。这些“事实”包括物质形态和精神内核两个层面。物质形态主要是指诗人、作家们的“创作实践”和为争取存在空间、自由创造的权利而进行的“斗争”实践。这包括 1980 年代成立的民间社团、创办的刊物（重要的如《今天》《非非》《他们》等）和诗人之间的串联，1990 年代诗人的私下交流、自印出版诗集、诗人转而创作小说或散文以及革命性的文学行为（“断裂”行为）等。从中可知，韩东所说的“创作实践”是包含“民间写作”概念的，二者是上下包含关系。伴随着物质形态的完备，“民间”表现出的精神内核“独立意识和创造精神”也逐渐成熟。韩东认为诗人或作家若能始终如一地坚持这种“独立精神和自由创造的品质”就是在坚持“民间立场”。韩东的“民间”观本质上对“民间”内部的诸多乱象也有一定的警惕。他的“民间”观主要是指创作个体在民间化的生存状态中秉守的一种独立自制意志和自由创造精神，对这种精神始终如一的坚守就是坚守“民间立场”，这一立场也要求诗人、作家们要始终警惕来自外部和内部的各种干扰“文学独立自由”的因素。其次，韩东描述了“民间写作”被遮蔽的历史和现实，提出“民间写作”。韩东认为 1990 年代的文学文化生态使“民间立场”的坚守更加困难，坚守这一立场的诗人作品才是这一阶段诗歌写作的真正制高点。

他呼吁大家能为“文学和艺术的保存、延续和自由创造”而展开对“民间”的具体作家作品符合历史语境的审美研究。展望未来，他相信“民间”作为与各种外在力量对峙的一元，将在内外压力存在时永远存在，因为它保存和维护“文学的绝对价值意义和尊严”的使命尚未完成。最后，韩东逐一反驳了世纪末那些把“民间”视为“权力场所”“黑社会”、取消“个人性”的观点，辨析矫正了将“民间”等同于“边缘”“非主流”或混同于“民间文学”“大众趣味”“地摊读物”等的错误言说，并有现实针对性地提出“伪民间”的概念，认为真正的“民间”不是权力的工具、利益集散地、不得志者的慰藉之所、自我感动者纯洁高尚的姿态，真正的“民间”“视野”是“开阔的”，“方式是多样的”，“活动是广大的”，“气氛是欢乐的”，“追求的是绝对永恒”。

由于“民间”概念本身最早由陈思和先生在1990年代中期提出，经王晓明、王光东、姚晓雷、南帆等的热情阐发或回应而对整个现当代文学批评和研究产生了广泛深远的影响，所以韩东的“民间”观不仅在“民间”诗人内部引发了广泛的争议，而且在当代文学批评研究界也引起了长久的回响[①]。比如诗人侯马认同韩东的民间观，批评家谢有顺认同韩东的民间观。林舟认为韩东在《论民间》中提出的命题富有意义，针对他人的误解对“民间”所做的界定和辨析也“清醒执着”，“充满辩证的理性思考”，韩东揭示了“以独立精神和自由创造为己任的文学在当下承受的巨大压力和面临的种种诱惑与陷阱，也向我们展示了这种文学的存在的可能和价值”。[②]张柠则从韩东的行文语气、语调、句式方面发现此文“杀气腾腾”、逻辑混乱。他认为韩东的举例除胡宽外，食指和王小波都难称“民间”的“灵魂标杆”，况且三人都与韩东描述的“民间”简史无关。韩东把“民间”概念做了“狭隘化、政治化”的理解，以一种真理在握的英雄姿态在扮演“清理门户，纯洁队伍”的“精神警察”角色，这毁掉了他“在文学创作中所坚持的独立和自由创造精神”，但文末又表示韩东对“民间”的结论性概括无可指摘[③]。韩东从张柠文中嗅出了莫名的“敌意”，认为他攻击的是自己这个“人”，但赞同自己文章的观点，或许是有此同感，沈浩波不认为有什么“民间立场”，更不接受韩东以“伪民间”之名对自己的指责；朵渔在“沈韩之争”中提出“在民间，不团结就是力量”的口号，认为“确保个人自由”才是“民间”的基本原则；徐江则在《什么是先锋，什么又是民间》中批评了“民间”隐含的暧昧气质以及韩张论战中两人的某些观念，呼吁“回到独立和个人的决绝”。韩东“民间”观的问世和践行在“民间写作”内部的诗学论争中引起广泛回响。

① 学术界的反响见“绪论”中的“世纪之交的诗学论争研究”部分。

② 洪治纲、林舟等：《印象点击（027-061）》，《当代作家评论》，2000年，第2期。

③ 张柠：《文学的隐秘敌人》，《作家》，2000年，第9期。

青年韩东以文学为己任，信奉“知行合一”，“对文学中腐朽的、虚假的、平庸的东西深恶痛绝”[1]并常常付诸批评实践。这种知行合一的观念、愤世嫉俗的个性以及他超强的自信心使他常从一己诗观、“民间”观出发来对那些在他看来是“伪民间”诗人、丧失“独立意识和自由创造品质”的诗友进行不乏善意、坦诚、公心的尖锐批评，但批评的后果往往是持有不同诗观、道德观的“民间”诗人与韩东的关系不同程度地趋于紧张。比如沈浩波曾对韩东充满感激，韩东推荐了他的诗歌入选《年鉴》，还称赞过他的《苏北》，这种鼓励令时为大学生的他曾激动万分，倍感“重要”和“珍贵”[2]。但在2000年8月衡山诗会上沈浩波在《我要先锋到死！》的发言中以有无“血气”为诗歌“先锋”与否的标准，对“抒情诗人”这个概念表示怀疑，还声称“连韩东都要变成抒情诗人了”这太可怕，并大面积批评了“他们”诗人于坚、朱文，“非非”诗人杨黎、何小竹，“莽汉”诗人李亚伟，“泛口语”诗人徐江、侯马、阿坚、贾薇、宋晓贤等诗人的创作，这引发了众怒和韩东的反感。韩东随后在《竖和他的＜广州赛马场＞》一文中首先进行了不点名的批评和回应，沈浩波怒火中烧再度在《不仅仅说给韩东听》中反驳，打击面更大，最后两人的论战移入2001年1月“诗江湖”网络论坛，最后演化为“他们”“非非”和以“北师大”诗人为主的年轻诗人之间的群体对战，这场论战席卷了大半个“民间”阵营，史称“沈韩之争”。“沈韩之争”充分暴露了“不少‘民间’诗人（尤其是年轻诗人）身上所存在的严重的‘江湖习气’以及对待诗歌艺术的浮躁与功利心态”[3]。再如备受瞩目的“韩于之争”表面上看似乎是韩东和多年老友于坚因为“推不推新人”而产生分歧以致最终反目，但真正的原因有二：一是于坚等曾“接受王强（麦城）资助并为其诗集撰写评论”[4]，在韩东看来这是向现实利益妥协，于是在网上对此予以公开批评，于坚感到极为愤懑和压抑；二是于坚放弃了他1980年代“反对隐喻”的语言诗歌理论主张，韩东认为他的作品“已成为蛊惑人心、虚张声势的范本，其明显标志就是浑浊。”[5]可见，韩东这种知行合一的率性批评的确与他倡导的“独立意识和自由创造精神”有某些相违之处。

总之，“民间”诗人内部的论争基本都以“诗歌理论”问题始、以人际关系恶化告终。2001年韩东在《芙蓉》第二期以“谁进入诗歌史？！——由诗歌选本引发的一场诗歌纷争”为总题，刊发了一系列诗学论争性的文章，它们包括：杨黎废话诗理论的旗帜性文章《打开天窗说亮话》；伊沙盘点2000年中国诗界的风云人物（昌耀、杨黎、北岛、于坚）、诗派（下半身、新世代、非非）、“口语”热、诗歌网站

---

① 汪继芳：《写作者、战士——韩东访谈录》，“诗生活”：http：//www.poemlife.com/libshow-439.htm

② 沈浩波：《不仅仅说给韩东听》，《作家》，2001年，第3期。

③ 谭五昌：《世纪之交的中国新诗状况：1999～2002年》，《诗探索》，2003年，第Z2期。

④ 伊沙：《中国诗人的现场原声——2001网上论争回视》，《芙蓉》，2002年，第2期。

⑤ 韩东：《关于语言、杨黎及其他》，《作家》，2003年，第8期。

的诗评《现场直击：2000年中国诗歌关键词》；徐江对1999—2001年间的“盘峰论争”及其影响以及“民间”分裂事实的反思《从头再来》；李蔷对2001年初“诗江湖”讨论版中参与“沈韩之争”的诗人语录进行摘编和评述的《诗坛不是江湖》；马策对“下半身”诗歌团体进行观察和省思的《诗歌之死》；侯马的个人诗论《当代诗歌：业余诗人专业写作的开始》。这一年的《芙蓉》第三期还刊发了伊沙对自己的创作道路、“被批评”史和“盘峰论争”中的“邪念”进行自剖的《伊沙自剥皮》，2002年《芙蓉》第二期发表了伊沙对2001年“民间”内部四大网上论争进行整体回视的《中国诗人的现场原声》。这些诗论虽然谈及“知识分子写作”仍不够客观公允，但是谈及“民间写作”的许多内容还是具有宝贵的史料价值和有限的诗歌理论意义的。它们展现了“民间”各方诗人对世纪之交的诗学论争（主要指“盘峰诗会”和2001年“民间写作”阵营内部的网络论争）的梳理和反思，使“民间”内部的批评空气从网上非理性的攻讦回归到纸媒上的理性沟通和相互理解。值得一提的是，上述论争文章中多处有针对韩东本人的严厉批评，但是作为编辑的韩东都将它们原样发表，体现了他的宽容精神和自省意识。在所有论争尘埃落定之后，韩东还及时主编了两辑“年代诗丛”，集中展示1980、1990年代《他们》和《非非》20位诗人或作者的个人诗集（无韩东的诗集）。

韩东《论民间》中的核心观点其实是与他1980年代的诗歌理论一脉相承的，不过在特殊的历史、现实和诗歌理论语境中加以演化和丰富，其内在的局限不可忽视，不过也具有重要的现实意义。早在1980年代末，韩东便提出回到诗歌本身、回到个人的诗歌理论。《论民间》不过借用了当时流行的“民间”概念对这一诗歌理论做了别种阐发、丰富和升华。“回到诗歌本身”强调的正是诗歌的审美价值，强调诗人要追求诗歌的审美价值，反对利用诗歌实现政治、文化、道德、社会等方面的目的。“回到个人”强调诗歌的写作主体是个体生存者，而不是集体的“我们”或“人文”的“大我”。韩东一直认为坚守住“民间”立场（独立意识和创造精神）才能保障作品具有绝对价值，因此在“断裂”行为中他才一再强调与文学体制和主流文学“断裂”是文学的真实、自由、创造本质实现的根本保障。

从个体生存者精神生命的复杂性来看，人的自然属性、社会属性、文化属性本身决定了任何人都无法完全摆脱社会、经济、政治和文化等因素对人精神的影响和规约。甚至从人的本质的生成性这一角度来看，绝对独立的个人意识和创造精神也是根本不存在的，这也就意味着韩东的“民间”诗歌理论在学理层面有其虚妄之处。此外，写作立场的正确、作者的道德优势也不能说就是作品质量的绝对保证。如果是的话，为什么生活放荡的毕加索、与各种女人鬼混的莫泊桑、诱奸过家中仆人的托尔斯泰等都创造出了杰作呢？不过，韩东“民间”观的提出，显然并不追求学理层面的无懈可击，他对诗人、作家的独立意识和自由创造的品质以及道德品格的看重和强调，其实针对的主要是当代诗人、作家很长一段时期以来都丧失了独立意识和自由创造的品质、道德滑坡现象十分严重和突出这一历史和现实。因此，韩东的“民间”诗歌理论尽管在学理和现实层面引起非议，但不可忽视的是他的“民间”观具有现实意义：可以引导先锋诗界在内外各种压力长期存在时始终警惕各种因素对创作主体独立精神和自由创造品质的侵蚀，使诗人们积极地致力于“前卫性的创造和新的艺术生长点的发掘”[①]。

四、“断裂”和“诗学论争”对诗界、韩东诗歌及诗歌理论的影响

只要回顾一下从《今天》诗歌到“第三代”的新潮诗歌运动史，便会发现在不良的诗歌生态环境中，青年诗人只有通过报纸和诗集诗选运作，才能以“集团的声势向诗坛发起冲击，在固化的诗歌秩序中突围而出，获得文坛地位甚至是跻身文学史叙述之中。”[②]韩东、于坚都是从“第三代”新潮诗歌运动中成长起来的诗人，韩东等发起“断裂”行为、于坚等发起与“知识分子”诗人的“诗学论争”使用的自然是他们1980年代的诗歌运动经验。

客观地说，这种运作方式有其被迫的一面，不过从实际效果来看确实是成功地博取了社会各方的关注，引起了广泛持久的热议。发起者、参与者一时之间声名大噪，有了“命名”的作品存在空间得到了有效拓展，甚至影响了当代文学史、诗歌史的叙述。比如以韩东小说为代表的“另一种写作”自“断裂”事件之后初名为“断裂”写作，后被称为“个人写作”或“个人主义写作”，他们小说的存在空间有所扩大，“断裂”作家或六十年代生作家作品的个案研究和代际研究当时有所增多，其作品的转型意义得到一些文学史研究者的承认。“盘峰论争”之后“民间”诗人的诗选诗集获得较大的市场成功，而且此后得到诗评界一定的关注，而且也改变了1990年代诗歌史的既有叙述。

“断裂”行为和“诗学论争”对诗坛的影响便是各种诗歌流派及其诗集诗选层出不穷，在丰富诗集、诗选市场版图的同时，也为诗歌批评研究提供了令人眼花缭乱的诗歌文本，对当代诗歌批评研究有一定的误导作用。正是在1999年4月“盘峰论争”展开、《另类作家新动作——“断裂丛书”即将出版》发表、《年鉴》已获得巨大的市场成功之际，被遮蔽的其他代际的诗人纷纷感受到了作品被

---

① 罗振亚：《1984-2004先锋诗歌整体观》，《当代作家评论》，2006年，第3期。

② 罗执廷：《文选运作与当代文学生产　以文学选刊与小说发展为中心》，暨南大学出版社，2012年，第310页。

遮蔽的焦虑，也意识到了“功夫在诗外”的道理，于是各种自我标榜的流派及其诗选、诗集一时之间蜂拥而起。比如谯达摩1999年发起创办区别于“知识分子写作”和“民间写作”的“第三条道路诗歌流派”，与莫非主编的诗集《第三条道路》广受关注。2000年，龚静染、聂作平编选区别于“第三代诗人”的《中国第四代诗人诗选》，黄礼孩主编民刊《诗歌与人》推出“中国70年代出生的诗人诗歌展”，“70后诗人”作为诗群逐渐被一些学者接受，沈浩波等创办《下半身》同人诗刊，从“70后诗人”概念中脱颖而出形成“下半身诗派”；安琪把积淀在“第三代诗人”与“70后诗人”之间被忽略的诗人命名为“中间代”，与远村等主编《中间代诗全集》……自命名或自我标榜的诗派的层出不穷暴露并助长了诗人浮躁、功利的心态，简单的代际命名大多出于去蔽或彰显自我存在的目的，因为缺少具有流派或代际特征的诗歌美学的有效支撑，因而对当代诗歌批评研究有一定的误导作用。

发起“断裂”行为、参与“诗学论争”对韩东而言可谓毁誉参半、得失参半。如果说“得”表现在其声名更盛、作品的存在空间有所扩大的话，那么“失”则主要表现在如下两个方面：一是与《收获》《读书》《小说月报》、当代文学（含诗歌）批评研究者的关系趋于紧张。在“断裂”行为发酵的最初几年，针对韩东的批评声音很多；此后在很长一段时间内韩东的小说、诗歌受到批评界的冷落；二是韩东在“断裂”行为和“民间”诗学论争中与部分诗友、文友的关系也趋于紧张。不过得失之间也可互转，“失”的部分也促使韩东对自我的精神世界展开反思，在拓宽自己的人文视野和接受薇依、基督、佛陀思想的影响后，韩东最终摆脱了二元对立的思维方式、对写作立场的迷信、消极的情绪情感、“我执”对自由心灵的束缚。这种思想转变和心灵境界的提升影响了韩东近些年诗歌的精神境界和诗歌理论走向。

一方面，面对来自创作和批评界的各种批评，韩东积极地进行自我反思，有目的性地汲取了很多思想和艺术资源，实现了自我精神的更新和超越。曾有不少学者、诗人、作家认为韩东等1960年代生的“民间”诗人、作家人文视野太过狭隘，“断裂”发起者、“诗学论争”双方的论战语言普遍持有二元对立的思维方式，韩东对在体制和市场讨生活的诗人、作家道德上太过严苛。韩东后来也认识到没有读过前辈作家的作品就一概全盘否定的做法是自以为是、偏激无知的，他于是主动阅读了鲁迅、沈从文、巴金、知青作家的作品以及《三言二拍》《红楼梦》和传统儒释道思想著作等，从中汲取了不少有益的思想和艺术营养，这从《我更喜欢沈从文》《断裂之意》《我为什么要写＜知青变形记＞》《＜红楼梦＞到底写了些什么》《如何不再饥饿》等文章中可以看出。关于自我的精神构成与成长经验的关系，韩东也在自己的新浪博客中有过深刻的反省（见本章第一节），并认识到了二元对立思维方式、惯于否定的言说方式对自我精神的伤害："莫爱上反叛、对立、攻击、愤怒、刻薄的姿态，一旦爱上就会……导致自以为是的愚蠢，唯有自我否定是正当的"[①]。他甚至更深入地剖析了自己对写作立场的重要性坚信不疑的心理原因："立场是一件可疑之事，它是自我辩护，是和有共同立场的人结盟以获支持。也是企图一劳永逸地取消矛盾和焦虑……进而把握可依靠的教条。鲜明的立场是极端主义可怕自我的表达"。而对二元对立思维方式的警惕，对写作立场迷信的破除，使韩东对那些选择留在体制内讨生活的诗人、作家多了一份理解和宽容："生活是一副重担"，"仅仅把体制当成食堂的人是明智者"[②]。对体制内作家的确应该以宽容为要，毕竟体制内也有莫言、阎连科、苏童、张炜等好作家。如果一味地对体制内作家进行道德苛责，也确实会流弊丛生。正是通过扩充人文视野，韩东沉潜心智，心境有所改观，陆续写出了历史意味颇浓的长篇小说《扎根》《小城好汉之英特迈往》《知青变形记》以及诗集《韩东的诗》《他们》中许多优秀的诗作。

另一方面，与以往的同道诗友、文友关系的紧张乃至反目，迫使韩东对自我好斗的个性和心灵中的"我执"积习进行了深刻的反省，在薇依、佛陀"无我"思想的影响下，韩东诗歌叙述主体的精神境界近些年已从关心一己之悲欢离合的"小我"提升为悲悯苍生的"大我"，诗歌理论从以"生命"为本体转向以"存在"为本体。在一次访谈中，韩东坦然地承认："我的个性激烈、好斗，年轻的时候在待人接物这类事情上牙尖嘴利，甚至刻薄寡恩，伤了不少人尤其是好朋友"，但好在道歉之后"大多数好朋友都原谅了我"[③]。比如韩于网上反目曾是诗界关注的一大新闻，几年后韩东认识到自己以"圣徒"的标准要求老友于坚太过苛责，于是主动去信表达了和好的愿望，于坚则回复一句话："怎么办呢？我到底比你大了几岁。"[④]韩东也曾在所有的论争尘埃落定之后对自己近些年的心理状态和诗歌活动实践进行了一定的反省，如诗《自我认识》（2003）：

……多少年，我的野心
和我的现实
总不相称，一味地
自我感动

精神恍惚

① 韩东：《韩东谈写作（节选）》，《电影世界》2015 年，第 1 期。
② 韩东、姜广平：《"低处不胜寒"》，http: //blog.sina.com.cn/s/blog_4fe5482201007rar.html
③ 韩东、黄德海：《趋向完美的努力会另有成果》，《上海文学》，2017 年，第 2 期。
④ 韩东：《一条叫旺财的狗》，重庆大学出版社，2011 年，第 123 页。

目光迷离
总也找不准方向

看着看着
我就眼花了
坐着坐着
我就心慌了
既想被什么牵引
又想被自个儿推动

总之是太聪明
不够笨
总之是小聪明
大笨蛋

我是庸碌之辈
却于心不甘
雄心勃勃
但少有应有的平静

多少年，风景如画
一晃而过
剩下的时间
已经不多啦

可见，韩东是一个忠于自己的文学理想、意志坚定、有着强烈的道德感和介入精神、批判及自省意识的诗人，当然曾经也确有某种专断倾向。在“断裂”行为和“诗学论争”之后的几年反思中，韩东最终认识到曾经将“对自我的严厉转化为对他人的严厉，是彻底的失败”，“唯一可能改变的是自我，唯一难以改变的也是自我。但在自我之外，却是不可改变的，或者是不可以被你改变的……”[①]他人难以改变，自我的确也很难改变。韩东早在1980年代末便开始接触基督思想，1990年代中期开始接触佛陀、薇依的思想，那时其实就已认识到了“自我”的藏污纳垢性、功利心态对于艺术创作的破坏性能量，因此有针对性地提出过“弃绝

[①] 韩东：《整理网贴（5）》，“某人韩东”新浪微博，2018年4月13日。

自我”的创作主张①。但是因为个人家事的坎坷、爱情信仰的幻灭、文学文化生态的不良、作品存在空间的有限，所以韩东心中长期以来郁积了太多无法摆脱的源于现实和“我执”的痛苦、愤怒、压抑、不满、嗔恨等情感情绪，并时时被这些情绪情感所束缚和驱遣，所以才会做出一些偏激的诗歌行为。他于1997－2010年间写的散文《自怜是爱的逆向流动》《爱与恨》《被伤害、爱与甜蜜感》《愤怒》《自大》《紧张》《孤独》《攻击、防卫和狗》《仇恨》等透露出韩东曾经长期为一些负面的情绪情感所困扰所苦，并且深有感触。但是化解和摆脱这些负面的情绪情感绝非一日之功，因此他才持之以恒地打坐修行，只为能够解构“我执”，力争获得平和的心境，在创作中暂时达至无我的精神境界。后来经过十几年的努力后，韩东也突破了小我的拘囿，走向了大我的悲悯和超脱。诗歌的精神境界逐渐不再以自我为神祇，而是怀有悲悯宇宙苍生的“大我”情怀，他的诗歌理论也从强调个人独特的生命经验是诗歌创造的根据，发展到强调“我”在整体世界中的真实、完整的存在体验是诗歌创造的根据，这种转变使韩东诗歌理论具有了更突出的后现代精神品格。

2002年后，韩东、于小韦、刘立杆、朱庆和、楚尘创立了“他们”文学网，坚守的仍然是“自由写作和文学标准的高度结合”这一办站理念。该网站也被认为是“拒绝平庸、虚伪、僵化”的民刊《他们》传统的延续，是对平庸、腐朽的文学秩序的继续“断裂”。②韩东主要在幕后负责监督网站的运行和维护，于小韦是投资人，朱庆和、刘立杆做了很多具体的事务，楚尘多有参与。大家凭热情和各自的能力与品质自然分工、各司其职。与别的文学网不同的是，“他们”文学网不以营利为目的，建有免费的“论坛”、“聊天室”和“空间”供大家自由发表言论，也通过“删帖”“封IP”对“恶意攻击”“揭露隐私”“骂脏话”等言论予以控制，还刊有“消息、电子书、专题、A6工作室”等很多板块，方便大家资源共享和交流。韩东还坚持出标准的文学网刊，在2002年8月至2004年5月，组织安排刘立杆、朱庆和、巫昂、金海曙、赵志明、何小竹、曹寇、李黎、李红旗、彭飞担任责任编辑，出了十期“他们”文学网刊，主要发表的是70后、80后的诗歌、小说、剧本、访谈录、专题和自由文字等③。这些作品的艺术性介乎传统文学和追求商业利益的网络文学之间。可以说，“他们”文学网是“他们”诗人、作家开展自由创作、平等交流和资源共享活动的民主空间，在推出了一些优秀新作的同时，也培养了不少新人。不过为迎合读者、提高点击率、增加人气，欲望抒写的现象也比较普遍，诗歌的“口语化”也有转向“口

① 韩东：《韩东散文》，中国广播电视出版社1998年版，第162页。此文写于1996年。

② 谭克修编：《明天》第一卷，2003年，湖南文艺出版社，第289页。

③ 汪继芳：《写作者、战士——韩东访谈录》，http：//www.poemlife.com/libshow-439.htm

水化”的不良倾向。但总体来看，“他们”文学网在当时的网络文学热潮中仍属于人气和作品质量都相对较高的网站，极大地促进了网络诗歌、文学的发展与繁荣。

2005年后，韩东几乎不再参与任何群体性的诗歌活动，这主要源于韩东对于自我破坏性能量的洞察以及他精神境界的提升，当然也与他对改善现实不再抱有希望的心理有关：“遗世独立一向被指责为逃避，就像如果你身在其中便能行善一样。这一点我不敢肯定，但能肯定的是你必定作恶、伤害，只是大小因人因能量而异。”[①]

总之，韩东从模仿《今天》诗歌成名，到改组“云帆”诗社受审，再到反叛《今天》诗歌美学创办《老家》《他们》，及至发起挑战文学秩序的“断裂”行动、卷入世纪之交的“诗学论争”，这一系列的行为都指向韩东的文学理想，即文学的真实、美、自由、创造本质的实现，同时也始终贯穿着一根红线，即在反叛《今天》诗歌美学时所确立的回到生活、回到个人、回到诗歌（小说）本身的文学观念。韩东的文学观念和他的文学理想是一致的，回到生活、个人和诗歌（小说）本身，就是在追求“真实”和“美”的自由实现。为了捍卫文学理想，韩东毅然辞职，本以为会趋近自己的文学梦想，然而却遭遇了社会转型期有待健全的文学文化生态，面对梦想与现实之间急剧扩大的鸿沟，以文学为志业的韩东只有调动起各方资源才能开拓“民间”诗人、小说作者作品的存在空间，趋近自己的文学理想。尽管他的诗歌活动不乏偏激之处，但是他对文学秩序的介入精神以及积极开创自由艺术家传统的精神是应当肯定的。

[①] 韩东：《网帖整理（9）》，“某人韩东”的新浪微博，2018年4月25日。

第三章　韩东诗歌创作主题研究

个人的存在以及生存往往意味着人与外界诸种现实关系的诞生。一些现代哲学家、学者倾向于把这些关系概括为人与自然、人与人、人与社会的关系，并强调它们的横向空间的意义。的确，任何人都是在由自我和自然事物、他人、社会构成的空间系统中存在和生存的。一个人在何种程度上与外界诸因素构成关系，外界诸因素又以何种方式来影响个人的存在，这两方面的相互作用决定了一个人的生命存在状况。从1978－2018年，韩东与自然事物、他人、社会的诸多关系既充满了历史的变动，也存在着横向的影响和交叉，他的个人生命存在状况因此也呈现出多变、复杂的特点。正是在不同的生存境况中，韩东写下了几百首诗歌。他还认为，诗歌的审美价值就在于表现了活的“生命的深刻”[①]，而人的生命的“精神深度不取决于知识、思辨，更不在于丰富多彩的人生历险。它是触及根本的对关系的了解、洞悉。体验上的极度敏感加上最大限度的理解天赋有可能使我们探知一二。深度略等于幅度、广度，另一维，包含了两极的冲突及其超越。”[②]韩东诗歌的精神世界，广度或深度都令人惊叹。结合时代背景、韩东的生命境遇来考察他对“人与自然”“人与人的情感”以及“人与社会”主题的诗性书写，可以帮助我们全面地把握他40年间独有的精神历程以及对于“人的生命存在”问题的丰富体验和深度思索。

第一节　“人与自然”主题

自古以来，人类就在自然的怀抱中繁衍生息，放飞性灵，也在艺术的王国里谱写自然的多彩风韵。人与自然的关系从来都是诗人们倾心抒写的一个重要主题。从远古的神话传说中人与自然的“混沌一体”，到《诗经》《楚辞》和唐诗宋词中人与自然的“谐振”；再到明清时代诗歌的凋零，叙事文学中自然“旁落”为人事的附庸，及至近现代诗歌中自然沦为诗人自我表现的符号[③]；后现代诗歌中自然与

① 韩东：《青春诗话》，《诗刊》，1986年，第11期，第29-35页。

② 韩东：《毛焰、韩东联展言论全编》，“某人韩东”新浪微博，2018年11月6日。

③ 鲁枢元：《生态文艺学》，陕西人民教育出版社，2000年，第290-301页。

人共生共荣，文艺作品中人与自然的主题总是伴随着人类社会的发展和文明的进程而沉浮起落。韩东的童年时代是在风景秀美的洪泽湖水乡地区度过的，所以很早便与大自然建立起了亲密深厚的感情，人的生命存在与自然的关系问题也因此成为他诗歌写作的一大核心主题。韩东对这一主题的认知和诗性书写，总体上可以归为人与自然的对立以及和谐共生两大类。

一、人的生命存在与自然的对立

新旧时代的更迭，中国社会现代化进程的开启，中西文化和价值观念的冲突，不仅加剧了韩东个人命运的坎坷和内心世界的情感波澜，而且导致了自然环境的日益恶化和生态危机的加剧。青年时代的韩东早慧、善思而敏感，对于“生而为人”这一人生大问题充满了困惑与疑问。从对人的理性、主体性的高扬，到对人的非理性一面的确认。从对自然和社会现实的忽视到对自然和社会现实本身的正视，韩东的内心经历了隐秘而痛苦的精神转变。而对于人与自然关系的认知，韩东的大量诗歌都表现出了人与自然对立的主题。对这一主题的书写，大致有三种类型：一是采取虚拟自然的隐喻化和象征化的手法来表现人对自然的征服或“我”的跌宕起伏的情感世界的主题；二是以真实自然的象征化手法来赋予自然事物以文化或情感内涵，以表现自然与人的美好生存对立的主题；三是以叙事或情景交融的手法来揭示现代人为了满足一己私欲而杀害、虐待、役使、利用动物和破坏自然生态的罪行。三种类型中，自然事物逐渐从虚拟回到真实，从表现自我的工具变为拥有主体性的自然事物本身，从中可以看出韩东的写作立场的转变，体现出他突出的生态意识和忧患意识。

首先，韩东 1980—1982 年的诗歌作品，比较忽视自然事物本身的属性和意义，常以自然的虚拟化、隐喻化或象征化、荒诞化的手法，来表现人对自然的征服和自我“跌宕起伏”的情感主题。

韩东先是弘扬一种勇于批判历史和现实、宁死不屈、追求理想和自由的英雄主义精神，不久便流露出个人的英雄主义迷梦破灭、理想主义豪情骤然冷却后的孤独、恐惧、痛苦和迷惘等请感情绪。试看韩东大学时代的成名作、组诗《昂起不屈的头》中的《山》，该诗曾获得 1981 年《青春》杂志一等奖：

压过来的是整个天空
我昂起不屈的头
即使大地从脚下滑走
我也要举起挑战的手

闪电的鞭子把我抽成网
对着陌生的宇宙
我还是要发出雷的怒吼:
决-不-跪-下!

我用巨人的身躯
把穷孩子的梦护守
我用沸腾的血浆
喷射出满天星斗

我给树木以生命的热流
我在云的旗帜上书写自由
我走进铁窗上的图画
把希望映入那凝视的眼球

我从海底上升
在地狱到天堂的路上行走
谁也不能把我引诱
谁也不能把我挽留

很显然，无论是对立自然意象群的巧妙建构，还是铿锵的语气节奏，甚至无限扩张的、崇高的、宁死不屈的抒情主人公形象，这首诗都让人联想起北岛早期的成名作《回答》。诗中，“我”被比拟为一座“山”，与隐喻黑暗社会现实的“天空”“大地”和“闪电”之间构成了尖锐的对立和冲突关系。为了追求那如“星”的理想和如“云”的自由，“我”不畏“天空”的压迫和“闪电”的抽打，也不受“引诱”和“挽留”，而只是不屈地挑战，向着隐喻黑暗现实的“陌生宇宙”怒吼。韩东的《无题》《我是山》等也以人与自然或自然事物之间的对立来表达社会与个人之间压迫和反压迫的思想主题。如若联想到当时正值改革开放初期，韩东少年得志，17 岁就考入山东大学，永远摆脱了可能务农、做工或从军的命运，而他的父亲方之却不幸早逝，便可以理解他为何会在诗篇中如此高扬个人的主体性、理性和尊严，如此执着地追求自由和理想，以至于如此热情地批判历史和现实。

然而到了 1981 年冬，韩东因为写了《孔林的夜晚》以及传阅《今天》而影响了毕业分配。这一经历致使韩东的个人英雄主义迷梦彻底破灭，理想主义豪情也骤然冷却。韩东一度深陷在孤独、恐惧和痛苦之中，试看 1982 年初韩东的组诗《紫红色的果实》："历史迟钝的神经上/成熟了一串串东方的痛苦//让这紫红色的果实/映照我的天空吧……"正如俄国美学家康定斯基所说："紫色无论在精神意义还是感官性能上总是冷却了的红色。它带有病态和衰败的性质"。[①]这些诗尽管情感低沉，但是至今读来仍然具有打动人心的艺术力量。它如实记录了反自由化运动中韩东这一代青年坎坷的心路历程，为后人理解韩东等诗人反叛《今天》诗歌的心理动因提供了一份珍贵的诗性记录。

不过，就诗歌艺术而言，这些诗还是留有明显的模仿痕迹，很多自然意象比如隐喻黑暗现实的黑夜、闪电、雷、大雨，隐喻希望与理想的大地、月亮、星光、云、鸽、雪、太阳、黎明、霞光等，也都是北岛等人笔下频频闪耀的意象。平心而论，这一不足是无法避免的，当时韩东正处于痴迷新潮诗的诗歌学艺期，以至于即使《今天》诗人的人类中心主义世界观和意象修辞形态，与他儿时亲和自然的生命体验以及崇尚朴素之美的趣味相违，当时的韩东也难以察觉。唯有等到盲目、高涨的诗情冷却之后，韩东才意识到模仿是不会有出路的。后来在《今天》诗歌、"萨特和加缪的存在主义小说"的影响下，韩东开始寻觅对《今天》诗歌的超越之路[②]。

其次，韩东 1982 年之后的一部分诗歌开始正视自然事物的本性和强大力量以及个体生命的有限和非理性，常以真实自然的象征化手法来赋予自然事物以文化或情感内涵，从而表现自然与人的美好生存相对立的主题。

就诗性生成的机制而言，韩东要么尊重自然物的客观属性，依托政治、文化、历史知识展开联想和想象，赋予自然事物以文化象征内涵；要么以自我的相类生命感受为中介和依据，把眼前之景与个人心像相关联，从而也就赋予了自然事物以人性内涵，整体上也构成一种象征关系。两种情况中自然的象征化和情化是其特征。前一种情况的代表作是《山民》。该诗的灵感来自某天夜晚韩东在泰山山顶散步的经历。因而诗中的"山"实指泰山，由于泰山一向被视为中华民族和东方文化的象征，所以它也虚指闭塞、保守的中国传统文化；"海"当然实指山东半岛以东的大海，但是也象征开放自由的西方现代文明。小山民渴望走出群山看海的愿望，正传达了当代中国人渴望突破传统文化心理的障碍向往西方现代文明的文化心理，以及人的美好生存与自然彼此对立、生命的合理欲求与传统文化彼此冲突的主题。而稍后的《老渔夫》也使用了源于小说的意象叙事手法来表达人的美好生存与自然对立的主题，所不同的是诗人开始对生命的非理性特质有所警醒，自然（诗中的大海，也象征社会现实）开始在诗人眼中充满了不确定性。由《山民》到《老渔夫》，可以看出韩东对生命、自然、社会本身及其相互关系的认知都

---

① [俄]康定斯基：《论艺术的精神》，查立译，中国社会科学出版社，1987 年，第 54 页。
② 郭海玉：《论韩东诗歌的艺术渊源》，《中州学刊》，2018 年，第 8 期。

在趋向理性和深入，而老渔夫临终前对充满凶险的大海的眷恋则流露出韩东对生命与自然的依存性关系的领悟。韩东1987年的触景生情之作《雪粒》和2013年的借景抒情之作《阴郁的天气》，代表了与《山民》等完全不同的另一种象征性的写作模式。《雪粒》中，诗人充分调动自己的视觉、触觉和听觉能力，描述了某天夜晚急骤而降的细小雪粒带给自己的寒冷、干涩、清脆、残忍等的生命感受；接着诗人由早晨天花板上“雪的反光”和屋顶的“积雪”联想到“道路依然是昨天的泥泞”，并由田野上风吹雪粒的景象联想到“骨头的粉末”和“白色的易逝的花”。最终眼前这开阔、凌乱、死寂、阻碍人出行的雪景引发了诗人一句意味深长的感慨：“这被诅咒的一年啊”。显然，眼前飘飞的雪粒与现实生活中韩东的亲人逝世火化成灰之间构成了某种象征关系，恶劣的天气妨碍了人的美好生存，也预示了祸不单行的现实处境削弱了诗人的美好生存感受。此外，《奇迹》（1987）、《写这场雨》（1986）和《雨季》（1993）也都使用了与《雪粒》类似的手法，虽然诗歌重在表达潮湿、阴沉、寒冷的天气唤起的人的各种消沉感受和回忆，但这恶劣的天气毕竟也与人的美好生存之间构成某种对立关系。

韩东这类情景交融的诗歌不断地问世，与他的人生经历有着直接的内在关联：1979－1989年，韩东的父亲、外公（自杀）、外婆、嫂子先后逝世，饱尝生离死别之苦；1988－2006年间，韩东在离婚、失恋中几多辗转，饱尝爱别离、怨憎会之苦，痛苦、孤独、忧郁、迷惘成为他20世纪80年代后期以来个人精神世界的情感主调。此外，韩东自幼年便对天气十分敏感，成年后长期寓居南京，由于春秋短、冬夏长，雨雪甚多，所以“雨”“雪”自然成为他最为喜爱抒写的两种气象。

韩东的触景抒情诗和借景抒情诗的产生是内心汹涌的痛苦情感驱动的结果，也是他个人情感的独特性和变幻的自然景象、诗歌的有限形式相遇合的结果。这些“有限形式”主要指古诗和《今天》诗歌中常见的比兴和象征。这类抒情诗读来自然是极具艺术感染力的，写实与象征手法的有机糅合，丰富了现代诗歌的情感表达方式。不过就情感内涵而言，它们总体上给人以一种抑郁、孤独、放不开的恒定印象，而从人的尺度赋予自然景物以人性人情的内涵多少也遮蔽了自然的本性和价值，这也可视为《今天》诗人人类中心主义世界观和象征手法深远影响下的结果。

最后，韩东1989年以后的许多诗都采用了叙事手法或情景交融法来揭示现代人为了满足一己私欲而杀害、虐待、役使、利用动物和破坏自然生态的罪行，这些诗歌中人与自然的对立主题表现得最为突出。

韩东的这些诗除了《看电影＜海豚湾＞》外都不涉及重大生态题材，而是从日用伦常着眼，以视角或立场转换的方式，在人们熟视无睹、习以为常的生活细节中揭露出现代人为了满足一己私欲而肆无忌惮地杀害、虐待、役使、利用动物们的罪行。其娓娓而谈、耐心十足的叙述语气，读来使人心惊。比如《节日》(1989)叙述的是诗人为准备过节而宰杀清洗两条鱼的过程。这一美味佳肴的诞生过程原本很常见，而诗人则以反讽手法重叙之：

但是病态的心灵使我
将细节描绘
两条鱼在风中变干

先是我拿起刀在这之前
我杀鱼一万
我要说我用鱼眼看到的节日
绳子穿过它们的嘴
我就听到了从未听过的
鱼的叫喊
丧失了鳞片的鱼
并列在钩子上
……
两条鱼在风中变干

韩东别出心裁地故意从常人视角来审视叙述者“我”对于杀鱼残忍过程的描绘，以佯称“我”的心灵“病态”的方式，反讽了常人的病态心灵。类似的揭露人们为满足食欲而屠杀生灵的诗还有《菜市场》(2009)。

此外，在人们的居住、出行和生产活动中，昆虫和小动物们也难逃被无辜杀害、过度役使的命运：一些极其微小的细腰蚂蚁只因“长了翅膀”就要承受“倾覆大厦”的恶名，最后被惊恐过度的“你”统统给喷死（《白蚁》1992）。炎热的正午，在刺槐的无情鞭打下一匹马奋力疾驰，无暇吃草，而另一匹马因为“一片焦躁的烟叶”而在田里累死，诗人从月球上看到这两幕人役使动物的场景，不动声色的叙事令人齿冷胆寒（《马和日光的赞歌》1989）。

与被吃、被杀、被役使相比，宠物们的处境是不是就好些了呢？《克服寂寞》和《牠是一条无人理睬的狗》真实揭示了现代都市中宠物狗们的寂寞、孤独的处境。那是不是生活在草原上的动物们的处境会好些呢？韩东的《马》(2011）为我们冷静地描绘了一幅无限凄凉、令人忧心忡忡的画面：随着原野的消失，战马、野马都消失了，马儿“在溪边饮水”“在草地上打滚蹭痒”的画面以及“牧人的剪影”和有关的“传说”也都消失了，甚至“马的骸骨”也将无迹可寻，剩下的只有“马”这个词“让将来的子孙认读”。韩东对马这种动物未来将濒临灭绝的场景的描述实际上是想提醒现代人：若不反省自己无限剥夺自然的罪行，不尊重、维护其他生灵的生存权益，将来人类子孙的生存、精神健康以及语言文化活力都将遭受严重的重创！

《顺着枯草中的马粪》（2013）叙述了一匹牧场里的马只有通过“死”才使自己“曾经活过”的消息传出的悲剧命运。科学研究中，为了证实“爱，特别是母亲和孩子之间的爱”是婴儿的正常成长所必需的，世界顶尖心理学家竟然在实验中剥夺了许多新生幼猴获得母爱的权利，致使幼猴们后来或抑郁、自闭，或绝食而死。韩东的《孤猴实验》（2017）巧妙地从假母猴（布猴）的视角创造性地叙述了这一著名实验，有力地批判了自私、冷酷、残忍的人性！此外，韩东的《这儿那儿》《盐田》《三叶林场》还揭露了人类对可以疗愈人心的优美自然生态、古朴自然村庄的破坏行为，表达了自己对生态环境恶化的深深忧虑。

总之，韩东在思想上深受强调对立冲突的斗争哲学、《今天》诗歌“人本主义或人道主义”[①]和萨特、加缪存在主义小说存在主义思想的综合性影响，习惯于以主体性的视角来认识、理解和应对社会变迁、个人境遇和自然气象。而1980年代，韩东对人与社会对立性关系的感受，两性充满纠葛关系的复杂感受也影响了他对生命与自然关系的感受和认知。正像马克思的人化自然观所强调的那样，“人与人之间的关系”和“人与自然的关系”是“相互制约的动态过程”。[②]这里虽然谈的是宏观层面，但在微观的个人层面看也是如此。韩东对自我与社会、自我与他人对立关系的感受和认知的确也影响了他早期部分诗歌自然书写的主题以及处理自然的艺术方式：这些诗歌始终侧重展开的是一个主体性的世界，自然多沦为诗人表现自我生命感受的工具。

随着中国现代化进程的加快，日益严峻的生态危机的到来，一向亲和自然、热爱小动物的韩东开始深刻认识到了现代人主客二分、二元对立的世界观、机械自然观和人类中心主义伦理观的罪恶，自然事物在其诗歌中开始成为拥有主体性的自然事物本身，而他的写作立场也随其思想观念的改变转为反人类中心的立场，因此韩东那些叙述现代人虐待动物、破坏自然生态的诗歌都带有某种批判色彩。总之，从韩东“人与自然对立”主题的书写中可以看出他的人文意识在逐渐削弱而生态忧患意识在不断增强。

二、人的生命存在与自然的和谐共生

在韩东诗歌中，更能体现他思想和艺术的独特性和诗史价值的是那些表现人

① 孙基林：《崛起与喧嚣》，国际文化出版社，2004年，第82页。
② 吕世荣：《马克思自然观的当代价值》，《河南大学学报（社会科学版）2004年，第2期。

与自然和谐共生主题的诗。如第一章第一节所述，韩东自小便对自然事物充满了亲和与喜爱之情。蜿蜒的河流，青葱的树木，冉冉的红日，壮美的黄昏，甚至清风、秋雨、冬雪、明月和星辰，都在他稚嫩的心灵中留下了不可抹灭的印痕。这段亲和自然的童年体验和此后多年学习写实主义绘画的经历，培养了韩东求真求实的美学趣味，也深远地影响了他诗歌作品中的自然书写。而随着生态危机的加剧，人与自然的和谐共生越来越成为韩东诗歌的一大突出主题。若追本溯源，这一诗歌主题甚至萌生于1980年代初，并呈现逐渐扩展、深化的发展趋势，具体的主题内涵可分为如下三类。

首先，韩东的不少诗歌多通过比拟或感官化的描写来表达自然之美所引起的主体美妙丰富的感觉或和悦的感情，体现了韩东由传统的人化自然审美观过渡到人在自然中美好生存的生态审美观，这种人与自然直接交流的审美关系总体上体现了韩东有机整体的世界观。

早在1981年，韩东的《给初升的太阳》和《大地呵，你早》就以童真之眼、拟人化的修辞和“我”与“你”的对话结构表达了诗人对初升的朝阳和晨光中的大地的喜爱之情，两首诗都体现的是韩东的人化自然审美观。从《明月降临》（1985）开始，韩东开始着意削弱想象的成分，致力于表现自然本身的审美质素直接唤起的人的敏锐感觉。比如这首诗以充满了直觉意味的语言叙述了诗人的灵魂与明月深度交融的过程。诗人先是调动视觉感官，发现今晚的月亮“特别大”“很高”“很明亮”“肤色金黄”，接着想象它是一个可爱、调皮的小天使，“背着手”，“把翅膀藏在身后”，虽然“飞过的时候”它会有“一种声音”，但是它“不飞”“不掉下来”，只是“静静地注视我”。正是在人与月的相互深情注视中，诗人逐渐全身心地融入明月降临的澄澈氛围中：“开头把我灼伤/接着把我覆盖/以至最后把我埋葬”。这里其实描述的就是诗人的“自我”逐渐被明月之光所触动、感染与消融的自然化过程，“自然已经化为人的家园般的所在”，人与“自然的神秘的内在节律合为一体”[①]，仿佛回到了“生命之始的原乡”[②]。这首诗可以说比较早地树立了当代诗歌“整体语境语感”[③]写作方式的典范，也展现出了全感官参与这种全新的审美方式以及人与自然的交互性主体对话结构。

此外，韩东还有大量诗篇都意在表现自然之美及其引起的各种生命感觉：《水渠》（1988）以静物素描笔法展现了水渠的简单、朴素、宁静之美，《雨夹雪》（1990）表现了语音与天籁所唤起的美妙的听觉感受，《此刻城市有雾》和《写景》（2013）以风景速写片手法再现了海上的奇幻雾景和晴天海景，《今天的云》（2017）则抒

[①] 张岱年：《中国哲学大纲》，中国社会科学出版社，1982年，第303页。

[②] 孙基林：《现代诗：讲述与评论》，山东友谊出版社，2015年，第266页。

[③] 陈仲义：《抵达本真几近自动的言说——“第三代诗歌”的语感诗学》，《诗探索》1995年第04期。

发了可爱、自由、轻逸的云朵带给诗人的喜悦之情。如果说，韩东的上述诗歌体现的是一种无功利的审美关系，那么《那地方》则以先果后因的解说结构清楚地表达了诗人虽然神往俯视宇宙的风景高地，但因那地方“又小，又湿，又高”且“待不长”所以绝不会去的生态审美态度。总之，韩东对自然之美的重视和呈现不仅使消失于工业时代人们眼中的自然之美重新复活，而且体现了他有别于《今天》诗人、西方现代派诗人的世界观，“用怀特海的话语表达”，即“在审美领域人与自然共处于一个‘有机团体’之中，扎根于同一块生存土壤中”[①]，这即是一种类乎生态学的有机整体的世界观。

其次，韩东的一些诗以自然的情理化和事理化的艺术方式表达了他对自然与人的生存关系的理性思考：自然事物不仅孕育了人的生命，为人的肉体生存提供了丰富的能量和物质资源，而且与人的精神健康息息相关，为人的精神生活提供审美的对象和艺术创作的灵感。

如《我们的一切都源于太阳》（2011）中就有这样景、情、理交融的诗句：“我们的一切都源于太阳，/包括随意吐出的一口痰。/一切金光闪闪，/一切皆可膜拜。”的确，没有太阳，一切生命都将凋零，地球将会荒芜的不可想象。但是不只伟大的自然事物应该得到赞美，许多普通的自然物为人类的美好生存也贡献良多。《记忆》（1990）从橘子的角度展开联想，以拟人修辞描述了一只橘子“隐藏”在纸袋中、“移入/一个胃”、一颗橘树“脱离了所有的果实/停留在/一扇窗前”的几幕场景，这些主动性动词的无修饰使用，瞬间赋予了橘子、橘树以人的意志和性情，使人意识到了橘树对人的深情厚谊和诸多恩惠，读来自然也会唤起读者对橘树的感恩之情。《树多于人》（1990）则直接使用排比、对比和复沓修辞，融写景、叙事和说理于一炉，突出了树林对于人的生存的实用价值和审美价值不可穷尽的主题。《时尚摄影师》（2010）旨在表明大自然是人类艺术品灵感的源泉，你看那又黑又瘦又小的摄影师好似一个“野人”，穿件“像块布”的衣服，“赤脚亲近草地/爬梯子就像爬树”，手握现代摄像机，“眼神却来自远古/因此才有了和你们不一样的作品”。

除了从人的生存和审美角度对自然的价值进行单向度的思索之外，韩东还超越了人类视角，深一步地思考了人的需要和自然的需要的关系问题：“只有我的愿望同时也是他的愿望/雨水才会及时降落”（《愿望》2011），即只有人遵循了自然规律来行动，需要才能满足。上述诗歌的科学品格十分显著，语言朴素简洁，充满理趣，也不失活泼，思想观点与马克思的自然观有不少契合之处。这当然一方面与韩东的阅读趣味有关：“我一向爱读科普类读物，这类读物总是以‘真实’和‘合理’为目标”[②]；另一方面也与韩东从事马哲教学十年的经历有关。马克思的

[①] 鲁枢元：《生态文艺学》，陕西人民教育出版社，2000 年，第 90 页。
[②] 韩东：《一条叫旺财的狗》，重庆大学出版社，2011 年，第 155 页。

自然观中有一项很重要的内容即是在“价值观视野”中思考“人与自然的关系”；他认为自然界为人的“肉体生存”和“劳动”提供了“生活资料”，人只有遵循“物的尺度”，才能满足“人的尺度”。[①]

再次，韩东以动物为书写对象的一部分诗歌喜欢视动物为与人平等的叙述对象，表达的多是动物们的存在、延续和人的精神健康息息相关的主题。

韩东有长年饲养小动物的生活爱好和习惯，所以小动物成为他最为关心和最爱书写的一种生命体。不过他不喜欢以“象征”和“拟人”的方式来“描述动物”，而是把动物们视为与人平等的叙述对象，重点叙述它们与人在“生存和情感上的关系”[②]，以表达“其他生命方式的存在、延续和人的精神健康”[③]息息相关的主题。这种相关性表现在：

其一，动物无根的现实处境引发了诗人对自身精神处境的反思，暗示了人与动物同根同源共命运。如《和爱犬共命运》（2011）中，诗人由狗是狼的幼崽，联想到它生活在高楼大厦却远离“草原”的命运，这一想象促使诗人开始反省自己的现实处境和精神状态：“适应了天空下大地上的生活/被环绕和拥抱、蹂躏和痛殴/我的梦也醒来就忘”，这种对未来的迷惘和孤独的现实处境，使诗人对自己生命的源头充满疑惑：“我又是谁的遗物？”反问式的句式和诗题暗示了人与其他生命体同根同源的主题。

其二，关照和呵护动物可以培育人类的慈心和责任感，净化人的心灵。比如美好的夏夜，“我们”在沟里抓了很多又凉又滑、睡着的鱼，尽兴之后，又全都放回了沟里。这一行为使“我”感觉就好像自己被放了回去一样，身心都感到轻松而自在（《抓鱼》）。放生的行为，不仅使人免受杀生恶行所带来的心理负担，而且使人体会到回归自然家园、与万物共生之喜。

其三，动物们是现代社会中单子式的个人克服孤独和寂寞的情感伙伴，人与动物之间的爱与信任有益于满足人的归属与爱的需要，保持个人的精神健康。比如《有关爱与信任》（2018）将狗对人的无比信任和人对狗的浓浓爱意，表现得生动、形象而又分外感人：

他是我的小狗，肚皮朝天
睡在我身边的垫子上。
突然，毫无来由地
一个恶念升起：

---

① 吕世荣：《马克思自然观的当代价值》，《河南大学学报（社会科学版）2004年第02期。

② 韩东：《“低处不胜寒”》，http：//blog.sina.com.cn/s/blog_4fe5482201007rar.html

③韩东：《〈小城好汉之英特迈往〉回答〈Timeout〉杂志王峰》
http：//blog.sina.com.cn/s/blog_4fe5482201000aaz.html

我挥刀砍向他的爪子
……

我这么想的时候他仍然在酣睡
脚爪弯曲，毛茸茸的。
我握住它们
他仍然没有醒。
就像我一旦松手，脚爪就会掉落。
握着这完好无损却布满隐秘刀口的狗爪
我亲了又亲

诗中的狗显然已不再是“我”的宠物，而是“我”深爱的亲人。上述诗歌都取材于韩东的日常生活，因而写得信手拈来、情真意切、水到渠成。人与动物已然融为一体，浑然而不可分。事中有情，情中含理，情、事、理交融，语言浑然天成。总之，韩东的上述诗歌告诉我们：人是世间万物的守护者，只有在关爱和照料其他生命体的过程中，才能收获更多的生存自由、幸福感和尊严，才能真正走上诗意化的人生之路。

最后，韩东对人的视角和认知能力本身产生了怀疑，万物平等思想使他深刻认识到其他生灵和人一样有其视角、意识和世界，最终他形成了与佛教世界观相近的无物常在、一切皆空的思想；这种世界观也使韩东在艺术地处理自然事物时真正做到了弃绝自我，还原了事物的生态本性，从而使人和自然在“生态存在论”的层面都真正回归了自身，并基于一种生态整体主义的原则表达了自己天人相合、和谐共生的生存理想。

比如当有一匹马“一动不动”地站在草原上“足有十分钟”时，“我们”便怀疑这不是活马，只有当它终于“动了一下”，“我们”才“放心地开车离开”。足见日常生活中我们的认知多么容易受经验的支配，以致于遮蔽了事物真实的自在状态。(《一匹马》)。再有驱车“在海岸上”或者“在大海的截面”开车，诗人平视、仰视或俯视获得的海景印象完全不同，同一事物的形象竟然如此变化多端，这说明事物的形象取决于人的观看位置、视角或方式，事物的自在样貌人有限的视觉能力无法把握《你见过大海（二）》。不独人的视觉和认识能力有限，在湿地生长的白鹭和天鹅与船中游客一样意识都受自己的生理所限，在它们的眼中和意识里，游客是“苍白的裸虫”在“缓缓展开”，“肉团挨着晒烫的木板”。韩东正是通过这种变换视角写景的手法，传达了自己对世界的如下认知：“一切都由意识构成”，世界是人和动物眼中和意识中的世界，没有常一不变的、独立存在的世界(《湿地》)。

这种认知与佛教的《解深密经》和《楞咖经》对于世界的理解有相近之处。两本经书都认为物质世界是心识的显现，即识外无境；但内在心识也不真实，真正的真实无法用凡夫语言来表达。此外，诗人韩东还置身湿地从听觉角度感受和思考世界的本性，如《湿地（之二）》（2013）：

这里有一种静，
似乎在等待声音。
这里有一种声音，
随时湮灭在寂静中。
即生即灭，分外和平，
就像引力那样微不足道，
像引力那样无所不在但是根本。
外国人在这里碰见了原乡，
意识展开为风景，
倾听混同于流水。
当木头船的马达关闭之后，
我们便达到了它的空心。

这首诗蕴含着浓厚的佛教思想因素。诗中，韩东认为万物“即生即灭”，人看到的只是自己意识中的风景，听到的常误以为是流水本身，而实际上人的感官把握到的事物与其自身有着很大的不同；事物的自在性、世界的本性像引力那样独立自在、无所不在。

认识到世界的空性，韩东对宇宙本身、世界本身的神秘性力量充满了好奇，比如《石头开花》：

黑咕隆咚
两个小人儿坐着。
坐在石头上
坐在石头中。
石头里的光
厚实的房子里的光。
暗淡，他却以为是遥远。

很硬的风吹着石头

把山吹得叠摞起来。

石头花开
香气弥漫
丝毫也没有人味儿。

韩东叙述的是自己夜晚进山的一次观感：两个小人儿坐在山中一所石屋里，房中光线暗淡，“他”却感觉是那么的遥远。这遥远的光以及微光映照中的石屋、小人儿在巍峨的大山中显得那样渺小。而大山是受神秘的巨大的宇宙力量（即“很硬的风”）的支配而生成的，这力量无形无色，难以寻觅，却可以操纵山岳，让石中生长出鲜花，花香四溢，造化力量无穷，而这一切都没有人力的参与。可见，这首诗欲要描述和呈现的对象就是宇宙那神秘的造化力量。这力量令人叹为观止，既敬且畏。

总之，正是由于拥有了一种对宇宙的敬畏之情和源于佛教的“空性”世界观以及众生平等的视角，韩东近些年诗歌的自然抒写，才真正地做到了弃绝自我，还原了自然事物的生态本性。比如，起大早到河滩边去洗脸，诗人发现没有任何地方、任何东西是“脏”的，“脏”只是来自“人”的评价视角，事实上大自然中的一切都“不洗自净”，或者“根本就没有任何东西存在”，只有太阳出来后那神秘的“明亮的东西”即宇宙之光是存在着的，而“我们保持不存在”（《起大早》）。再如“花瓶里的百合花”不再被赋予百年好合的人文内涵，也不是幸运或风水花卉；它“一片一片掉在桌上”，没有引起“我”的任何哀伤和联想，“我”只是每天回家都趴在桌上看看花瓣有无“移动了位置”（《治愈》）。这表明诗人近些年只对事物自身的存在状态充满了兴趣，以往面对自然事物“感时花溅泪，恨别鸟惊心”的心灵“积习”已经“治愈”。而对于曾经感触良多的“风”“雨”“雾”“雪”，诗人也不再给它们贴上“坏天气”的人类价值标签或者视它们为自己的心像，而是还原了它们作为正常的自然气象的真实存在，并敞开心扉予以接受，无论“风里雨里”，还是“雾里雪里”，“散步还是散步”（《散步》2017）。

可见，韩东一方面受佛教“色即是空，空即是色”思想的影响，已经视“实有”为“无明”，视“空”为真正的“真实”和证悟的“光明”；另一方面他也在创作中真正地做到了弃绝自我，使自然事物的生态本性得以自在地敞开。这种过程本身也决定了韩东必然要在艺术上采用融理于景、景理交融的手法才能准确传达自己悟到的、也合乎时代需求的生态思想。此外，既然不同的生命体各有视角、本性和世界，那么作为共居于地球的成员，人类与其他生灵应该如何共处呢？《生命常给我一握之感》（2017）表达了韩东自己独特的思考。“一握之感”其实就是不同生命体之间亲密、和谐、友爱关系的体现。不论握着的是“某人的胳膊”，还是爱犬的“小身体”，或者轻拍正奋力爬坡的“马的颈肩”，这种身体的触感都能够将生命之间的距离拉近，获得信任、扶持、和谐的喜悦感。而骑马进入“密林”，“密林”也以其广阔的、阴凉的空间“温和地握住我们”。因此，这首诗准确地传达了韩东关于人与植物、动物等各类生命体彼此共生、和谐相处、亲密友善的美好共生理想。从韩东上述境界开阔、哲理意味颇浓的诗歌中，可以感受到佛教思想对韩东思想和创作的影响至深。事实是，从1990年代中期开始，韩东就阅读了不少佛教典籍，而且坚持打坐修行十几年。这些著作和修行训练使韩东逐渐掌握了摆脱自我情感羁绊的心灵技巧。2006年后韩东再婚，他的个人生活和情感世界渐趋稳定，也是他的诗歌情感因素减弱，理的因素渐强的重要原因。

综观韩东诗歌近四十年的自然抒写，我们发现他诗歌的思想和精神境界越来越开阔和空灵，整体上经历了从工业文明时代的人类中心主义自然观到生态文明时代的生态人文主义自然观的转变，诗歌的主题也相应从人与自然的对立转向人与自然的和谐共生。这种转变与韩东个人生活的渐趋稳定有关，也源于韩东对现实生活中现代化进程和生态危机的忧思，又间接受惠于对后现代主义哲学思潮的产生发挥过巨大影响的佛教思想的启发。自然观的改变使韩东的审美观也发生了较大的变化，从人化自然的传统审美观转向“人在自然世界中美好生存的生态审美观”[①]。感知世界的视角相应地从狭隘的人的主体性视角，转向开阔的主体间性或交互主体性视角，并进而影响到他处理自然的艺术方式，即从隐喻化和象征化逐渐向感官化、情理化、事理化的方向过渡。

在生态文明成为世界文明主流的今天，反顾和解析韩东诗歌作品的丰富的自然书写现象，可以发现：韩东的诗歌思想表现出了与西方海德格尔等存在论生态哲学家相似的思想质素，美学倾向也与20世纪90年代崛起的生态美学有颇多契合之处，从中可以看出韩东诗歌在思想和美学两方面都具有先锋性和世界性的意义。

第二节 “人与人的情感”主题

人非草木，孰能无情？表现人与人之间的情感自古以来就是中国诗歌最重要的特点之一。韩东在谈自己的中篇小说创作时说：“与其说我关注的是存在问题，

---

① 曾繁仁：《生态美学基本问题研究》，人民出版社，2015年，第1页。

还不如说我关注的是情感。爱情、男女之情、人与人之间以及人与动物间的感情是我写作的动因，也是我基本的主题。”[1]这里虽然谈的是小说写作的主题，但是阅读韩东所有诗集也会发现，人与人之间的情感也是他诗歌灵感的重要来源之一。

人本主义心理学之父、美国心理学家亚伯拉罕·马斯洛曾把人视为一个有机整体，提出每个人都具有多种动机和需要的观点。他认为，“归属与爱的需要”是人人都拥有的，每个人都渴望得到家人、爱人、友人、同乡、同事等的理解、关怀和爱护，都有爱情、亲情、友情和乡情等情感需求。韩东自童年时代起便十分关注人与人的关系问题，也极为渴望人与人之间的亲密感情。不过由于家庭经历的特殊，韩东对人与人之间情感关系的体验呈现为“隔膜”和“温暖”两极状态。与亲人关系的亲密和与同学、异性关系的隔膜使青年韩东尤为渴望拥有稳定持久的感情生活，因为他对亲情十分信赖，所以更为重视经营充满了不确定性的爱情和友情。走进韩东的诗歌世界，会发现缘于两性间吸引力的爱情在他最初的情感世界中被放置在了至高无上的地位，而源于血缘的天然亲情受到忽略。随着韩东年岁的增长友情分量和重要意义日渐突出。友情因为本具有灵活性、可选择性和广容性，所以在韩东的情感世界中呈平稳绵延的趋势。结合新中国半个多世纪的历史和韩东个人的生活经历，对他诗歌中的爱情、亲情和友情书写展开分析，可以帮助我们了解社会变迁和人际离合关系在一位敏感、多情、多思的诗人心灵中留下的独特精神印记，从而发现韩东对于“人与人的情感”母题书写的独特价值和意义。

一、信仰的幻灭与重生：从“爱情”到“爱”

爱情，是中外文学史上的一个永恒话题。从《诗经》的民间情诗到《楚辞》的文人情诗，中国诗人们开启了吟咏爱情的漫长历史。然而由于受制于封建制度和礼法的约束，中国古代典型的爱情诗极为少见；近代以来诗人们因为大多投身于革命和救亡的历史潮流中，因而爱情诗的创作也未成为主流。1990 年代后，由于市场经济时代的到来和人们情爱、性爱观念的解放，当代的爱情诗写作呈现遍地开花之势。

韩东的爱情诗在当代诗歌史上具有独特的价值。青年韩东爱情观的独特之处在于他把爱情看作信仰的对象，并把它放置在至高无上的地位。这种爱情观主导下的爱情实践以及相伴而生的爱情体验都打上了独一无二的“韩东”烙印。从情思意蕴的层面看，韩东爱情诗的独特性在于它们展现了韩东在社会转型期爱情信仰的建立和幻灭过程中独特、复杂、极端的情爱体验以及对于意义信仰问题的深

[1] 韩东：《我的柏拉图》，陕西师范大学出版社，2000 年，第 3 页。

刻思索。

信仰，即信而仰之，指“思入崇高，思入伟大，思入超越，这种崇高、伟大、超越并不为人之生存提供实体性支撑，而是提供一种精神性感召、动力、安慰和寄托”，它“本质上就是一个生存论视域中的精神事件”。[①]信仰的对象，可以是诸如神、人、物之类的存在（者），也可以是诸如组织、运动、主义之类的事件，还可以是诸如禅境、至诚与至善、逍遥之类的无限或无物之境。但无论信仰什么，信仰对象必须使信仰者获得某种精神的寄托、存在的意义或人生的圆满。

韩东在大学时代接受了新启蒙思潮的洗礼之后，面对发生了翻天覆地的变化的新时代，正统信仰基本上没有带给他什么帮助或力量[②]。由于韩东当时正值青春期，对两性关系始终充满了困惑和好奇，因而爱情一度成为他信仰的替代物。他认为，爱情不仅可以满足生命的感性欲求，而且能“弥补精神的残缺”（诗《我的妹妹》），是可以支撑个人的整个生存的，“爱情至上”[③]后来也一度成为他的一条个人生活原则。

韩东对爱情的渴望和追求漫长、执着而又坎坷。1980 年，他与小君相恋，1988 年两人的三年婚姻宣告结束。这次婚恋失败的经历，使韩东认识到自己需要的理想爱人是“一个好人家的女儿”，心思单纯、感情专一、“严于律己”、值得信赖（《简单的本质》1991）。从 1988 年离婚到 2006 年再婚，韩东为了追求完美、追求情感生活的持续和稳定进行了不遗余力的恋爱尝试：先是和一个小姑娘谈恋爱，后来和一个女孩谈了六年，她四年在南京，两年在无锡，又于 1995 年谈最后一个女朋友[④]。与这个女朋友在 1996 年底分手后韩东的“精神几乎崩溃”，身体“瘦得已经脱形”，爱情信仰彻底幻灭[⑤]。在历经了半年多时间的失眠后，韩东才终于调整好自己，重建了自己对“爱”的信仰。韩东爱情诗的灵感大多来自个人的情爱生活，在内心复杂、强烈的爱情体验的驱使下，他诗情汹涌，写下了大约七八十首爱情诗。这些诗歌的主题始终围绕着爱情与个人生命存在的关系展开，大致可以分为如下四类。

第一类诗歌，表现爱情滋养、丰盈生命的主题，多传达了韩东徜徉爱河的喜悦、幸福、甜蜜的生命感受或者抒发对理想爱人的渴望与一往情深。

比如 19 岁的韩东初涉爱河写就的《女孩子》，以细致、准确的观察和优美生动的语言描述了一幅可爱的女友从大路上向自己跑来的动感画面。读者阅读时眼

---

① 孙铁骑：《当代中国马克思主义信仰的理性审视》，东北师范大学博士学位论文 2011 年，第 20 页。

② 韩东：《韩东散文》，中国广播电视出版社，1998 年，第 254-256 页。

③ 韩东：《韩东散文》，中国广播电视出版社，1998 年，第 329 页。写于 1989 年。

④ 杨黎：《灿烂：第三代人的写作和生活》，中华工商联合出版社，2014 年，第 276-277 页。

⑤ 韩东：《毛焰访谈录（后记）》，https: //www.douban.com/group/topic/5619983/?cid=49841028

前仿佛呈现了电影中的某个特写镜头，她开朗活泼、热情欢乐，浑身洋溢着旺盛的青春活力；她张开双臂、赤着脚，在晨光中向“我”跑来；她的身后朝阳升起，晨曦普照万物；而“我”面带微笑，静静地等待女友的奔来。最后的画面也浪漫、唯美而又充满了想象的空间：“霞光撒开一张大网/要捕住你/捕住我/捕住这个瞬间”。虽然诗中把太阳比喻为“花环”，把女孩的头发比喻为“绿色的风”，眼睛比喻为闪光的“露珠”，嘴唇比喻为“两片苏醒的花瓣”，“热情”比喻为“海潮”，这些都是《今天》诗歌中常见的意象，但是诗中传达的年轻一代相爱的喜悦之情却是明朗、单纯而又感人的。当时，自由恋爱在日常生活和文学领域还是禁区，大学“学生守则”里也“明文规定”不能谈恋爱[①]，但是越压抑情感爱欲越强烈，因而韩东们早期写就的爱情诗都与生命的自然欲求水乳交融，而绝无“归来诗人”爱情诗中对于人生苦难的诉说，也无北岛爱情诗中对政治的反叛和对正义的歌颂。再看韩东1996年深陷热恋时写的《爱情曲》：

让我们把脑袋互换
比彼此进入要奇妙许多

当我们彼此进入
脑袋并不安于立在各自的肩上
我多么爱你！那人说道
提着他的脑袋，捧着他的心肝
这时躯干们纠缠在一起
腰与腰彼此粘牢

他们得意洋洋地唱道：
我们爱着自身，也爱着对方
从里向外看，也从外看到了里
我们是共同的男人和共同的女人

爱到深处时，情感浓烈，灵肉合一，灵魂渴望更深层次的交融，自我与他人的身心合一是相爱双方渴求的最高境界。正是这种合一的体验和超脱一切的境界使人感受到存在的意义和人生片刻的圆满。因而，在《我的妹妹》（1996）中“我”不断地向“你”诉说渴望把“你”当亲妹妹来爱的愿望；甚至在《对话》（1996）中“我”如此表达自己对理想爱人的一往情深：“与追求不朽的永生相比/实际上

---

① 韩东：《夜行人》，重庆大学出版社2011年版，第72页。

我只要你。”不过，爱情生活的未来总难预料，也难免不被社会生活所裹挟。当商业化浪潮由南而北、由东至西席卷中华大地时，当代中国人的爱情生活开始出现种种引人深思的现象和问题。

第二类诗歌，主要表现他对1990年代开始盛行的性爱分离、爱情被物质化现象的反思，表达了自己对爱情远离生命现实的忧虑以及不受现实拘囿的纯粹爱情的向往。

比如《甲乙》（1990）一诗以典型的小说写法叙述了现代社会两个男女亲热下床后“甲”系鞋带、看窗外无聊的树枝、回忆学习系鞋带的历史等一系列琐碎动作和心理，突出表现了“甲”做爱后的空虚、无聊和对“乙”的遗忘或漠视，瓦解了传统爱情关系中的诗意。该诗也被认为“引领了1990年代大面积以性作为主题的后现代写作的潮流。”[①]韩东的《在深圳》《在深圳的路灯下》两诗更为集中地描述了市场经济体制建立初期深圳特区男女之间耽于感官享乐、爱情远离生命的现实。前诗叙述了几个友人相聚并沉醉于灯红酒绿中的生活经历。这些曾经的作家亲友们在为生存疲于奔命的间歇，大多都回避爱情，“去桑拿间相见/在温柔和水雾之乡，按摩室的床（船）/幸福地迷航”。这种生活风尚也使受朋友热情款待的“我”暂时抛开道德羁绊而追求身体狂欢。后诗就重点叙述了“我”在深圳的一次经历，由于“我的堕落不是孤立的”，因而“我的罪恶也很轻微”，诗人没有纠缠于道德冲突，也没有致力于快感描述，而是将笔墨集中于描述当代坐台女爱钱不爱性、扯谎又空虚的精神现实。《红缨》则以小说的虚构笔法叙述了古代车夫“我”暗恋“小姐”赶车送她回家的情节，但是“小姐”却对这份爱无动于衷或没有“看见”，诗人借诗的最后一句“在一朵返回的白云上/纯粹的情侣相互看见”，影射了当代社会男女被物质欲望蒙蔽了双眼、对纯粹爱情视而不见的现象，从而表达了自己对“纯粹爱情”的向往和信仰。韩东的这类诗歌都具有极强的现实品格，面对现代社会爱情被金钱物质化的现实，韩东在揭露爱情缺失的无聊、空虚本质的同时，仍坚持纯粹爱情的价值，这种爱情观虽不无理想色彩，但也解构了当代中国重事业轻爱情的传统观念以及重物质轻爱情的流行情爱观。

第三类诗歌，爱情书写的主题是爱情会带给生命种种烦恼、爱情也会毁灭生命，主要表现的是诗人在爱情信仰幻灭之后的痛苦、绝望、荒凉等复杂感受，并认识到了爱情和生命产生的偶然以及二者痛苦本质的必然。

在爱情生活中，曾经的相互吸引，可能很快就会演变为相互的排斥或敌视；曾经的亲密关系也可能转瞬变成紧张的关系。这种感情向度和关系性质的改变曾经带给韩东许多烦恼、愤怒、担忧与不安，如诗歌《挂断电话》《比如》《具体的爱》和《交谈》等中有所表现。其中《比如》较有特色，诗题“比如”和诗句罗

[①] 柏桦：《从主体到身体——关于当代诗歌写作的一种倾向性》，《当代文坛》2005年第05期。

列的各种日常生活事例共同组成一个谜面，大多数诗句都采用前半句和后半句矛盾互否的句式，这些句式层层铺排，巧妙地表现了“由爱生嗔恨”的主题。而能够体现爱情毁灭生命主题的诗篇有《片章》《爸爸在天上看我》《粮食》《断章2002》《讲述》等。艺术和情思上较有特色的当属《爸爸在天上看我》（1996）。艺术上，这首诗虚构与写实相互交错，现时叙述和倒叙彼此穿插，天气描写与抒情融为一体；情思意蕴上，诗人将亡父“你”对儿子“我”的爱和“我”对恋人的爱的叙述相互交织，构成麻花式叙述结构，既以父爱之深来正衬诗人的爱恋之深，又以跨越了生死的父爱之永恒来反衬易逝爱情的无常。不仅以写亲情的方式来写爱情带给自己的灾难性后果——“我”因为“爱被杀身死，变成了一具行尸走肉”，而且以写爱情的方式来写亲情——“为了爱我从死亡的沉默中苏醒，并借助于通灵的老方”，表里正反之间突出体现了很早就失去父亲、如今又失去爱人的诗人内心无法愈合的创伤之深，多年郁积的痛苦之深。韩东的《讲述》一诗描述了他的爱情信仰幻灭之后的荒凉感受：“爱恋……创造了我们的生命/创造了我们的尸体/它创造了幻灭正确的景观/以及讲述者深长的呼吸”。《我和你》则揭示了韩东对爱情和生命产生与发展的偶然性和痛苦本质的必然性的认知：

我和你相遇、相爱、相伴随
我和你分居两地，度过一段时间
我对你的怜惜以及痛苦
你对我的依恋以及不幸
我和你灵魂相亲又相离
所有的这些都是偶然的
……
偶然的人世像骰子摇晃
得出一个结果：
一是一点血
六是两行泪
只有这是必然的

韩东爱情信仰的幻灭是多方面的原因共同导致的。试读《断章》（2002）中的第四小节：

我生性认真，心中忧伤
想爱一个孩子

直至一生
我想用我的热情融化她心中的坚冰
用我的身体为她遮风挡雨
我想在那间简陋的房子里和她促膝交谈
在床上抱紧她，调匀她的呼吸
但我的存在正是这一切的障碍

“孩子”“我想……”“简陋的房子”“调匀她的呼吸”“但我的存在正是这一切的障碍”等称谓或诗句以及韩东的散文《偶像崇拜》告诉我们：一方面，韩东1993年辞去教职后长期陷于经济困顿之中，这使他的爱情生活不免也常常陷入窘境；另一方面，他与恋人之间心智不太对等、爱情追求也彼此错位；此外，韩东的“为他之在”这种泯灭自我、不乏少许占有意味的施爱方式与自我无法完全泯灭、要求被爱之间存在着无法调和的悖论，因为在爱情中把自我彻底对象化的“完全的利他主义”和把他人彻底对象化的“完全的利己主义”一样不可能[①]。这其实也是一切爱情都永远无法克服的悖论。

第四类爱情诗，围绕“爱”的信仰这一主题展开，“爱”就是自我牺牲的崇高情感，也是生命存在的意义所在。

在一个信仰缺失、遍地都是相对价值的时代，心中郁结了太多痛苦的韩东最终看破了爱情的虚妄，认清了它是“不能支撑”自我“整个的生存”的“假的宗教”[②]，因此他需要寻找新的信仰来作为自己的精神寄托并赋予自我的存在以意义，这新的信仰便是“纯粹的爱”本身。《纯粹的爱》（2002）一诗用“纯粹”和“刚强”来定义“爱”本身，它“纯粹”到只是一种单方面发出的、没有现实回应的精神之爱，它“刚强”到不畏时间的侵蚀，强度有如热恋。这种“纯粹”而又“刚强”的“爱”就是——“亲爱的/我爱你的不存在/就像/你爱我的不可能”。

韩东在2002年读了四遍《重负与神恩》，称此书是“自己的《圣经》”[③]。因而韩东对“纯粹的爱”的理解应该受到了《重负与神恩》中如下思想文字的影响和启发：“我所爱的有生命之物是上帝的造物。他们诞生于偶然。我同他们相遇也是一种偶然。他们将消亡。他们所思、所感、所为，是有限的，并混杂着善与恶。//我们愿意凡是具有某种价值的东西成为永恒。但是凡是具有某种价值的东西是相遇的产生，由于相遇而持续，并且当曾相遇之物分离时，它也不再存在了。”[④]所以，“凡是存在的东西绝对不值得爱。/因此，应爱不存在之物。/但是，这个不存

[①] 赵敦华：《现代西方哲学新编》，北京大学出版社，2014年，第202页。
[②] 汪继芳：《断裂：世纪末的文学事故》，江苏文艺出版社，2000年，第227页。
[③] 韩东：《夜行人》，重庆大学出版社，2011年，第137页。
[④] [法]薇依著：《重负与神恩》，顾嘉琛、杜小真译，中国人民大学出版社，2003年，第110页。

在的爱的对象物并不是想象的。因为我们的想象不可能比我们自身——我们自身并不值得爱——更值得爱。”[①]既然爱的对象物不来自想象，那就只能来自现实。可是一切现实存在物都有其局限性，都混杂着善与恶，价值也有限，因而不能被当作追求绝对价值的“信仰”对象，只有永不在场的现实物才能成为信仰的对象，因为永不在场的它使信仰永无幻灭的可能。韩东正是彻悟了这一点后，把曾经存在过的爱人作为一种永不在场的对象物在爱着，因为永不在场、距离无限、也不渴望现实回应，所以韩东爱上的其实不是具体的对象物，而只是“爱”本身。“爱”本身就是一种“削弱自己、成全对方，即使被毁也值得和从容”[②]的崇高而又超脱的情感，一种弃绝自我的献身的渴望，人人都有自我牺牲和献身的渴望与激情，这正是“爱”的信仰产生的源泉，在韩东看来“爱”本身也是生命存在的意义所在。既然韩东爱上的是“爱”本身而不是“你”，那么他的“我爱你的不存在”与“你爱我的不可能”实际上就具有某种意义同一性。

韩东渴望爱情，不遗余力地寻求理想的爱人，而理想的爱人其实在这个尘世根本不存在，因为爱情诞生于偶然况且金无足赤、人无完人；他一直追随的其实只是内心深蕴的自我牺牲和献身的渴望，他真正痴迷的其实是崇高、超越、自我牺牲这种“爱”的情感体验本身，而不是那些他曾爱过的、亲密的、造就了他又毁灭了他的、并不完美的人。正如《你没有名字》中的诗句：“你是亲爱者，造就我又扬弃我的灵魂，/让我寻找你，然后无望地死去。/你没有名字，/我不曾存在”。在重建了“爱”的信仰之后，韩东对爱情开始持一种“自我”与“恋人”共在、超脱而又现实的理性态度。2006年韩东再婚，爱妻清纯、“聪明也时髦”，愿意与他“同甘共苦”[③]。韩东此后的爱情诗创作虽然一度数量锐减，但再出现时抒情或叙述主体一扫泪眼蒙眬的痴情面目，流露出情感有了归属、大彻大悟之后的和悦和天真性情，诗歌艺术也大有天然去雕饰、返璞归真之感，《我因此爱你》（2012）、《成都三日》（2014）、《遥远》《遥远2》《遥远3》（2017）、《两只手》（2018）是这方面的代表作。

综观韩东近四十年的爱情诗创作，我们发现从单纯地信仰爱情能够支撑自我的整个生存，到发现爱情丰盈生命也损耗乃至毁灭生命，直到最后彻悟当代爱情的虚妄本质，韩东最终发现自我多年来爱上的其实只是“爱”这种崇高的、超越的自我牺牲和献身的情感体验本身。韩东对爱的理解是越来越深刻、丰富和开阔的，已超越了两性之爱的狭窄范围，爱情书写的情思意蕴也因而越来越辽阔和深邃。

就艺术个性和风格而言，韩东的爱情诗可谓多姿多彩，率真、浪漫、清新、

---

① [法]薇依著：《重负与神恩》，顾嘉琛、杜小真译，中国人民大学出版社，2003年，第112页。

② 韩东、黄德海：《趋向完美的努力会另有成果》，《上海文学》2017年第02期。

③ 韩东：《幸福之道》，重庆大学出版社，2011年，第155页。

冷峻、哀伤、沉郁、深沉、幽默、温柔、天真、欢快等，可谓应有尽有。在诗艺表现方面，韩东的许多爱情诗多以“我”向“你”诉说深情的方式表现自己对于爱情的渴望和执着或者对爱本身的了悟和信仰，不少诗歌将抒情的、叙事的、象征的、说理的手法熔为一炉，大大扩展了爱情诗的情思涵容量。此外，韩东还使用了蒙太奇、剧本写法、小说写法等增强了他诗歌艺术的丰富性和综合性。可以说，韩东是以自己生命的燃烧和卓越的艺术创造才能拓展了当代爱情诗的写作疆域和审美形态，堪称当代情诗写作的圣手。

二、跨越生死的爱恋：由“父亲情结”到“怀念亡母”

亲情产生于具有血缘关系的亲属之间，最核心的血缘关系当属父母和子女的关系，因而父母子女之情成为中国古代亲情诗书写的重心。古代的亲情诗不仅数量众多，而且历史源远流长。进入现代，亲情诗虽然出现了闻一多的《也许》、艾青的《大堰河，我的保姆》、高兰的《哭亡女苏菲》等名篇佳作，但整体上仍处于受冷落状态。新时期以后，由于取消了以阶级斗争为纲，新诗的亲情书写开始回暖，出现了大量吟咏表现亲情的诗作，如流沙河的《故园六咏》、舒婷的《啊，母亲》、北岛的《给父亲》、安琪的《给外婆》、李林芳的《你走后》和《最后》等等。

韩东的亲情诗也以表现父子情、母子情为中心。与一些古诗、现代诗惯于表现还乡、别家、思乡、归省主题不同，韩东表现自己对父亲、母亲爱恋情感的诗歌多以悼亡为主，可以说死亡、灵魂、爱恋、哀痛等是解读韩东亲情书写的主要关键词。父亲方之在韩东 19 岁时骤然离世，他的精神品格和命运对韩东的一生影响极大，可以说韩东终生以父亲为荣。母亲李艾华直到病逝前后她对于韩东的重要意义才突显出来。韩东对双亲感情的变化和艺术表达总体都经历了从隐藏（或逃避）到正视后的爱痛交织再到哲学寻思的发展过程。不同在于：韩东心怀父亲情结，对亡父的追思和怀念主要围绕他对这一情结的困惑和寻思展开，侧重对自我与父亲生命关系的追问，而对母亲的怀念侧重表现母亲病逝带给他的痛楚、自责等感受，重申了自己对爱的理解。

中外文学史上，有不少作家、诗人都有父亲情结。比如韩东最喜爱的作家卡夫卡敏感、怯懦、忧郁而又孤僻，这种个性形成就与他父亲的专制、粗暴的教养方式有很大关系，卡夫卡其人其书也成为那个时代资本主义社会的精神写照。韩东的文学之父北岛小时候与父亲的关系还算和谐，但长大以后他的叛逆、固执与父亲的权威、保守之间构成尖锐的冲突，他的诗歌也在文化意义上被视为挑战父权的一种象征。韩东与父亲的关系与二人有所不同。如前所述，方之是韩东的人格榜样，他培养了韩东正派的品行和对文学艺术的浓厚兴趣，他作为作家的悲剧命运也使韩东认识到了争取创作自由的极端重要性，并深远地影响了韩东对于自我创作道路的选择。韩东与父亲之间的这种深层精神关联，使他的父亲情结具有一定的特殊性。这特殊性便是他的父亲情结中并无对立、冲突的感情向度，而是只内含跨越死亡的爱恋和思念之情。因为深深地爱着父亲，所以韩东长期以来心中有两个无法化解的“心结”，即：父亲曾自杀未遂以及病逝前未收到他的家书[①]。诗歌《只有一次是真的》中也有这样的诗句：“在那次之后[②]，我有一些梦。/梦中他的模样病苦或者健康”。而《梦中他总是活着》则叙述了韩东跟随母亲和哥哥去寻父的梦，最后是韩东一人找到了准备自杀的父亲。正如弗洛伊德所说，梦是潜意识的外泄物，是愿望的达成；文艺创作实际就是按照美的规律使受压抑的潜意识愿望获得升华与满足。从韩东的上述书写梦境的诗歌可以看出：韩东几十年间始终都无法接受方之抱憾辞世、永远离开自己的事实，对父亲生前的磨难也不忍正视、无法释怀。正如他所说：“人死如灯灭”，“对于我本人，我是可以接受的”；“对于我身边的人，亲人、爱人、朋友，对于他们的死，我却难以接受”；“我相信，他们是有灵魂的”[③]。所以，在父亲逝世几十年间，韩东受内心不定时地汹涌着的爱恋情感或思念的驱遣，写下了很多追怀亡父的诗歌。这些诗歌的主题可以分为两类。

一类侧重表现韩东在不同时间段中对父亲去世一事的不同生命感受，大体经历了从“不真实感”到“哀痛缅怀”的变化过程。

比如《只有一次是真的》中描述了1979年10月5日韩东与父亲的遗体告别的情景：

我伸手去揭那块白布，
手臂在空中稍稍顿了一下。
父亲嘴角的一丝黏液被拉起，
透明的蛛丝一般，断了。
那不是我父亲，只是他的缩小版，
他精雕细刻的塑像。

---

① 诗歌《叙事》中有这样的诗句：“父亲自杀未遂，没有人通知我/怕打扰我无用的成长”；在《小东的画书》中，“我”（小东）与父亲方之的最后一面是在去南京火车站的途中，两人因小事有一些不快，“我”坚持不让父亲送行，父亲叮嘱要给家里写信；后来母亲怕打扰读书的小东，也未料到方之会那么快逝世，因此隐瞒了方之病危的实情，小东不知父亲病危故未能如约去信。方之病逝前不断询问小东来信了没有……

② 指去火车站的途中告别。

③ 韩东：《幸福之道》，重庆大学出版社，2011年，第180页。

这电影特写镜头般的场景描写客观地表现出“我”掀开白布时的迟疑不安以及见到父亲遗容后最初的陌生、不真实感受，其中难觅悲伤之情，但这种反应是真实自然的。因为韩东当年年仅 18 岁，还处于不谙世事的年龄，而且父亲已病得骨瘦如柴，遗容也被化了浓妆，与他生前的音容笑貌反差巨大，此种情况下韩东只能产生陌生感和不真实感。大约时隔两年以后，韩东在给父亲上坟时才真切地体会到死亡究竟意味着什么。《秋天的细雨》借助意象来抒情，写景、叙事和心理描写相结合，父亲坟前飘洒的绵绵秋雨正是韩东心中无尽悲情的象征。看着父亲的墓碑，他的思绪如雨飘飞，遥想起父亲生前曾给予自己的疼爱和柔情，如今这父爱已经一去不复返了，死亡即是永别，这怎能不令深爱父亲的他肝肠寸断呢？三十多年后，《井台上》则以蒙太奇结构方式连缀几组画面，追忆了童年与父亲共在的难忘时光。诗的艺术也极有特色，采用了重语轻说笔法。一个父亲对方之说，“将来/我们的孩子只有当兵，/只有这一条路”。对于南京的下放干部子弟来说，当兵当然属于逃离农村的无奈选择，所以韩东牢牢地记住了这句话，也记住了父亲当时脸上的“忧伤”。而今时隔四十年时光，韩东已不愿深想父亲脸上的“忧伤”，而以“也许是一只捣乱的飞蛾”来干扰读者，并转而开始想象这句话在田野穿行的景象：“穿过撑开的玉米叶子/穿过下面攀爬的菟丝/在夕光和阴影里/蛇一样地游去”。这种寓深情于婉约之中的手法，语浅意深。它看似稀释了诗歌内容所涉问题的严重性和父亲“忧伤”之情的浓度，然而一句话、一个表情穿越四十年历史烟云仍记忆犹新这一事实本身，足以说明那段岁月和父亲的忧伤在诗人年幼的心灵中的分量之重。

第二类诗歌，围绕韩东父亲情结的心理成因和精神实质展开，侧重揭示的是他与父亲的深层次精神关联，体现了他对父亲的无尽爱恋与思念。

在方之逝世三十周年祭日那天，韩东写了长诗《怀念父亲》(2009)，以“我”与“你”(亡父) 的对话口吻和时空交叉结构展开了叙述和追思。韩东先是描述了父亲死后自己感到越发空阔与虚无的生命感受，继而认识到父亲的生命与自己的生命之间在生理和性情方面存在着某种遗传关系，而生命的生老病死的运行次第和方向不会改变，自己将向死而生，永葆像父亲那样无染的心灵和青葱的生命活力。

关于生命的终极归宿，韩东最初希望灵魂真的可以再生，但很快他的现代科学和哲学素养便使他摆脱了想象的纠缠。他终于明白了，自己多年间的认知始终追踪着父亲，想象夸大了父亲也折磨着自己，这种精神状况产生的原因是由于父亲之死在自己心中留下的“空无”造成的，因为“所有无尽的东西都出自一个没底的地方”。在散文《话说灵魂》中，韩东还对自己几十年间追踪亡父的灵魂等一系列精神行为的本质做了“爱”的定性：“如果我们没有对某人、某些人的爱，就不可能追寻他或他们的灵魂。如果我们不追寻他或他们的灵魂，我们的灵魂就永不现身。爱，连接着过去和未来，使灵魂显现，使它贯穿事情的始终。”[①]韩东以爱恋父亲的方式迫使自己的灵魂显现，由追思过去而领悟如何面对未来，他那跨越了死亡的爱恋抵御了几十年岁月的侵蚀，也使他在向死而生的过程中延续着父亲的正直品格、追求真理和艺术创新等精神质素，并贯彻着他自己本真的生命意志。

如果说韩东的父亲情结中蕴含着的“情”的成分是“爱”的话，那么“思念”就是其中“思”的部分。《爱真实就像爱虚无》（2015）中，韩东认识到无论父亲“生”还是“死”“在”还是“不在”，他在自己生命中的位置永不变，“他以不在的方式仍然在那里”，自己和父亲之间是“一种恒定的关系”。自己对父亲的思念也不再附带任何“希望”，它只是“单纯的，/近乎抽象，有其精确度”的“思念”本身。从中可以看出，韩东已然彻底放弃了对生命死后情形的猜想，也剔除了对亡父情感中指向未来的“希望”等“杂质”，而将其完全纯洁化、还原为自己单方面的抽象的“思念”行为。一如薇依所说：“从某种意义上说，对死者的爱若没有被引向根据未来模式构想的虚假的不朽，就是完全纯洁的。因为这是渴望一种不可能再给予任何新东西的无限的生命。”[②]从以上诗歌和散文可知，韩东对自己的父亲情结已经有了明确的认知：它产生于父亲死后留下的“空无”之感，受自己心中无法遏制的爱恋与思念父亲之情思的驱动，它迫使着韩东的灵魂现身，连接着过去和未来，使从方之那里承袭下来的某种精神质素贯穿始终。

除了父亲情结书写，韩东还写了很多关注自己对母亲的情感演变的诗作。韩东的母亲李艾华生性温和、善良、活泼、善于交际，个性隐忍而又坚强。方之逝世后，48 岁的她独自一人挑起家庭重担，默默承受、应对着家庭中的各种变故或灾难：父母不和，父亲于 80 岁服毒自杀，母亲不久病逝；大儿媳得乳腺癌去世，大儿子李潮得肝炎常年住院；小儿子韩东离婚，大儿子第二次结婚又闹离婚；1989 年自己虽然觅得新伴儿，却挨了新伴女儿的打，被迫分手，此后孤独终身，2011 年去世，享年 80 岁[③]。韩东 1993 年辞去高校公职后，由于经济收入始终处于温饱线边缘且长年未成立新的家庭，因此后来吃住都在母亲那里。韩东诗歌中关于他对母亲情感演变的书写，整体上有如下三类主题。

第一类重在表现自己既思念、关爱母亲又隐藏对母亲的爱的矛盾或隔膜的情感。

比如《回家》（1986）名为“回家”，实际书写的却是“我”到了家门而不入，

---

① 韩东：《幸福之道》，重庆大学出版社，2011 年，第 181 页。

② [法]薇依：《重负与神恩》，顾嘉琛、杜小真译，中国人民大学出版社，2003 年，第 67 页。

③ 杨黎：《灿烂》，中国工商联合出版社，2014 年，第 261 页。

躲在房外阴影里伫立良久张望母亲的情景。家中的光明与房外的阴影形成强烈反差，暗示了“我”明暗交织、紧张矛盾的心情：既渴望见到母亲安好，又害怕母亲会看见自己。因为“我”感到“这样的灯光已和我相隔多年/它投下亲人长长的身影/永远朝着某个悲哀的方向”。自1978年考上大学后，韩东便常年生活在外地，与母亲分开生活多年；1985年冬韩东虽调回南京但很快完婚另立门户。写这首诗时韩东早已敏感地感应到了母亲长久以来的孤独和哀伤，但或许是因为无能为力所以不愿回家陷入这悲哀的氛围中去。《焰火》（1989）使用了场景对比的手法，诗中韩东身心的矛盾冲突表现得更加明显：一方面“我”时刻留意、感受到了节日之夜母亲的孤独，也回忆起了母亲曾怀抱自己的儿时情景；另一方面“我”却忙于恋爱、带着女孩看灿烂的焰火，一向善于与女孩拥抱的“我”却塞给在电视机前睡着的母亲一条毯子，她的身上甚至没有一只猫。两首诗中的“我”都展现了诗人热爱母亲却始终隐藏“爱”的形象。韩东对母亲的这种矛盾略带隔膜的情感持续了多年。当母亲再次密集地出现在韩东的诗歌中时，已经是一副疾病缠身、来日无多的枯瘦模样。

第二类侧重表现母亲病危尤其是辞世带给自己的忧虑、孤独、虚无、沉痛、思念等生命感受。

《侍母病》（2010）中，“我”为被病魔折磨的母亲担忧，心中倍感聒噪和绝望；《爆竹声声》和《晴空朗照》（2011）都使用了情景反衬法来表现母亲的辞世带给“我”的日甚一日的孤独、被抛和虚无的生命感受，流露出某种弃世的情感倾向。《墓园行》《炎夏到来以前》（2012）则都使用了自我对话结构，集中表达了“我”饱尝孤独和痛苦的折磨不得解脱的复杂感受。两首诗中，韩东都分身为不出场的叙述者“我”与诗中的“你”，“我”不断劝导“你”要从思想情感的困境中超拔出来。前诗中，“我”来到墓园，看到座椅般的墓碑和海浪般的坟包产生了人生如梦的幻灭感，为生的动荡和死的无垠而哀伤，更为思念亡母而心如刀绞，心痛无法缓解，只好狠心地对“你”说：“心疼就把心抛弃”，“疲乏了，那就走得更远些吧”，“孤单了，就当自己从未出生”。后诗中，“我”则以祈使句的形式不断地举出各种理由来反复提醒和说服“你”抛弃心理负担该去双亲长满巨草的墓地看看了：

丢弃思想的重负吧，
就像丢弃思想本身
……让阻挡你的古代城墙倒塌，
让心中的块垒如白云高飞。
让疼痛停止，说出否定之语

就像上帝说出肯定之语。

不要被任何一道牢门禁锢，
而要像影子一样飘出。
不要回头，或者看得再纵深些。
你将看到自己出生以前的那个年代，
一个炎夏的繁花似锦：
你的父母在相爱，
你不在其中。

由此诗可以看出，韩东长久以来深陷在对父母生前的生活和悲剧命运的追问和痛苦中不得解脱，他只有劝慰自己多想想父母也曾有过相爱的快乐时光，内心才能获得片刻的安慰。

韩东缓解内心痛苦的另一种方式是通过想象和幻想来改变母亲的现实存在，以部分满足自己受压抑的愿望，获得暂时的轻松。比如《写给亡母》（2012）的画面情境都依赖于韩东想象和幻想的铺展。他先是想象亡母的魂灵已上升到星星的高度隐匿在东南方，接着想象她的灵魂可能下降在一个宁静的村庄，那里丛林环绕、炊烟袅袅、清澈的河流穿村而过，母亲平凡、朴实，将拥有安好、自由的新生活；最后他期望母亲如今已无牵挂、墓穴已空，魂灵已经悄声远离，而不是像父亲的亡灵那样曾一直悬浮在天空，放心不下自己。这样美好的想象意味着韩东再也不愿母亲过生前那样动荡、不自由和困苦的生活，他希望母亲来生幸福，即使来生不定，如今魂灵也已安息。韩东对自己内心的情绪情感非常敏感，态度也十分诚实，一直理性坦然地面对自己的内心。慈母逝世，除了母亲生前苦命、无私地深爱着儿子之外，还有什么原因使韩东那样地悲痛至极、无法释怀呢？

第三类主题是为自己未能及时施与爱而反省和自责，揭示出爱的本质就是在于能克服厌恶老人的本能而主动地去施与爱。

《记梦》描述了韩东的一场梦境，梦中慈母在窗口用旧拖把擦脸，好让楼下忙碌的儿子们看见；但儿子们只顾为生存奔忙却把妈妈留在了高楼上。这梦中的“谴责”深深地刺伤了韩东，他这才深深地意识到衰老的母亲生前已经贫贱、无助到了如同“老乞丐”“老囚犯”一样的地步，可是儿子们却忽视了母亲的需求，未能及时尽孝、关爱母亲，这怎能不令韩东自责并痛苦万分呢？不过“痛苦体验会唤起个体对自我、现实以至时代、社会的探索冲动”，对“痛苦的反省”和对痛苦的“社会价值”的思考也会缓解个体心理的痛苦感受[①]。《我们不能不爱母亲》

---

① 唐晓敏：《精神创伤与艺术创作》，百花文艺出版社，1991年，第89-90页。

（2015）就进一步地反诘、拷问自我乃至整个时代儿女们的灵魂，揭露出当面对母亲病弱导致的各种麻烦时我们心中无爱或隐藏了爱的心理现实，并解构了儿女们祭奠亡母的各种形式化行为的意义，揭示了现代社会中子女对活着的母亲的“爱”其实“一无所有”、实际上是母亲“活着时爱过我们”的伦理情感真相，从而表达了自己对爱和的深刻理解——爱绝不是一种外在的仪式，而是当问题和麻烦不断来临时能克服对依赖性强的老人的厌恶本能而去实施爱的行动。其实早在《女儿》（1991）、《他的母亲死了》（2001）中韩东就曾不动声色地呈现了年轻人对父母不知感恩、冷漠无情的社会现象。《病死》（2011）更是触目惊心地展示了当代底层社会“为子女而活”的父母们晚年悲剧性的生存处境，一句“做完了为你们的一切，病死业已完成”，如同尖锐的一根刺扎在每一个子女的心上，即拷问了子女们的良知和灵魂，也质疑了当代“幼者本位”的家庭伦理观念，给人留下回味无穷的联想和思索空间。

当代的亲情诗写作有两个突出的特征，一是许多诗歌情感的传达过于隐蔽、私密，缺少与读者进行心灵沟通的渠道；二是许多诗人喜欢通过想象或是种族记忆来续接古典亲情诗与乡土联系的传统。在此背景中，韩东的亲情书写独树一帜，在尊重自身独特的现代亲情经验的基础上赋予了当代亲情诗以新的情思内涵和审美形态。

韩东对父亲情感的诗性书写写出了他对父亲情思的“个别特殊”之处，这特别之处不在于表现了失去父爱的哀痛和追怀，而在于呈现了韩东和父亲生命的深层次精神关联和命运关联，这种关联赋予他的系列诗歌的精神内涵整体上具有了历史性、超越性、哲理性的品格，而他对父亲从爱恋到思念的感情演变也完成了自我精神的某种蜕变和超越，体现出韩东自始至终的求真精神和超越意向。

韩东书写对母亲情感的诗作，难能可贵之处在于突破了表现一己情思的狭隘范围，注意建立起与读者心灵沟通的渠道，通过书写母亲去世之后留给自己的空阔、虚无、孤独、陌生、痛苦和自责的复杂感受，来表现母爱对于自己生命存在的重要意义，还邀请读者一同思考我们和母亲的情感关系，直接触动了当代子女的良知和灵魂。《我们不能不爱母亲》这首杰作的标题告诉我们：子女对伟大的母爱应该懂得回馈和感恩，“爱”的本质正在于对“本能的超越”[①]。可以说，韩东的上述亲情诗歌实现了“‘表达出一种普遍性的人类情感’的理想状态。”[②]就艺术而言，韩东的亲情诗多借用叙事文学中的动作、对话、细节、场景描写等现代手段，以使自己的复杂情思抒发获得质感的依托，因而呈现出崭新的现代审美形态。

---

① 韩东：《幸福之道》，重庆大学出版社，2011年，第215页。

② 张德明、罗振亚：《对话：亲情诗的当下发展及可能》，《扬子江诗刊》，2017年，第6期。

三、生命中的友情："聚散随缘"与"合志同方"

西方畅叙友朋之乐的诗歌并不多，但是中国古代书写朋友之谊的诗却数量庞大，甚至远超爱情诗。正如朱光潜所说，古代"许多诗人的诗集中，赠答酬唱的作品，往往占其大半"[①]；也如日本汉学家吉川幸次郎所认为的那样，友情是"中国诗歌最为重要的主题"[②]。对于中国当代诗人而言，朋友之间彼此赠诗在 1980 年代就是一种时尚。《今天》诗人舒婷写下友情诗几十首，如《秋叶送友》《好朋友》《兄弟，我在这儿》等，"第三代"诗人中于坚也写过赠丁当的《有朋自远方来》，吕德安也写过赠韩东的《鹰》，"知识分子"诗人王家新还写过悼念友人陈超的《昨晚或是今晨，石家庄》等等。韩东的友情诗数量虽难与他的爱情诗、亲情诗相比，但在同代诗人中还是比较高产的。受父亲方之强烈的"正义感""责任心"和"坦然、热诚"的为人以及"很爱家人和朋友"的处世之道的影响[③]，韩东也一向以关怀、帮助友人为己任，因此他的朋友数量很多，遍布文学、媒体、电影、绘画、金融、建筑等领域。当然朋友们也都乐于帮助韩东，如他自己所言："如果说朋友也是一种财富，那我还真是一个富人那。多年以来生存挣扎，多亏了他们的帮助……"[④]朋友虽多，但能够成为韩东友情诗的书写对象或赠送对象的多为与他感情深厚的多年同窗或诗友。他的友情诗多达二十余首，不仅主题丰富，而且风格多样，总体可划归为以下四类。

首先，韩东少量的友情诗流露了友情逝去时他的无奈和失落心绪，也传达出他对待友情的聚散随缘、顺其自然的态度。

人生漫长，在韩东成长的不同阶段总有不同类型的友人陪伴他的左右。由于他和家人是被抛入苏北农村的，因而他在中学时代也结交了一些出身底层而此后的命运与他截然不同的友人。可当彼此共享的那段生命历史早已成为湮灭的往事时，在职业、兴趣爱好和思想观念都截然有别的情况下，以往友情的继续存在不免失去了现实的根基。《同学》（1991）一诗虽然叙述的是曾经在"同一农场上工作的兄弟"、同学相聚的场面，但丝毫不见久别重逢之喜，相处成了一种令人尴尬的体验："我们没有必须要说的话"，"吸烟这是最根本的"，"他是他现在的样子/正好还是我的过去/捡起我扔下的烟盒/而我几次从他的记忆中搬运"。曾经是"兄弟""同学"，而现在成了"烟友"，词语的变化中不免流露出韩东对友情逝去的无奈、失落心绪。《我们坐在街上》（2003）也表达了诗人与故友相聚无话可谈的失

① 朱光潜：《朱光潜全集》第二卷，安徽教育出版社，1987 年，第 74 页。

② [日]吉川幸次郎：《中国诗史》，章培桓等译，安徽文艺出版社，1986 年，第 130 页。

③ 韩东：《"低处不胜寒"》，http: //blog.sina.com.cn/s/blog_4fe5482201007rar.html

④ 韩东：《幸福之道》，重庆大学出版社，2011 年，第 156 页。

落和惨淡心绪。那锅冷、酒寒、青色的清晨与其说是写景，不如说是写心，诗人简直是在为友情“无可奈何花落去”而心寒了。韩东的这类友情诗在古代诗歌史乃至当代诗歌史上可以说都是比较少见的，丰富了中国诗歌友情书写的情感内涵。从中也可看出韩东对待友情的真诚无欺、聚散随缘、顺其自然态度。这颇有些类似道家的“顺应情感的自然运行，不作人为的增减”的态度。[①]

其次，韩东的很多友情诗表达了他在生活上为友人的健康和生存而担忧、对友人的未来致以祝福的主题。

韩东与亲戚的关系一向相对疏远，而把志同道合的诗友、文友当作亲人，文友也是他生活中的朋友。在1980、1990年代，由于主编《他们》，韩东与于小韦、丁当、朱文、楚尘等结下了深厚的友情。几位诗人不仅曾有过志同道合的时光，而且即使后来奔赴不同城市和行业去发展，彼此在生活上仍相互关照和扶持。《为病中于小韦所作》（1990）、《致丁当》《苏州—大厂——给朱文》（1993）、《写给楚尘》（2001）等处处流露出韩东对朋友们的健康和现实生存处境的关心和担忧。以《为病中于小韦所作》为例，该诗叙述的本是于小韦被病魔纠缠，生命力逐渐式微的事实，但是韩东却没有平铺直叙，而是有意颠倒“受动和主动关系”，把它叙述成为于小韦主动放弃各种睡前习惯的过程，由最初放弃大声朗读改为默声阅读，再到放弃书本、倒头就睡，甚至最后放弃了炎症，于小韦即使命悬一线但他的生命意志始终处于主动地位。这种写法的确别出心裁，从中也不难体会出韩东“深入骨髓的对友情对生命的珍爱和伤痛”。[②]《苏州—大厂》中“我”更是起身去苏州探望病中的朱文，对他生病原因的解释处处体现出诗人对友人工作和爱好彼此矛盾处境的忧思。《致吉木狼格》和《致曹旭》（2002）则表达的是韩东对友人未来的美好祝福。比如《致吉木狼格》：“天地常新，你的季节来临。/就让这满园争艳的花木作证，/就让你我以茶代酒/饮尽各自的甘甜苦涩”。而《致曹旭》堪称当代的送别诗，对于曹旭每年回南京送给自己一件T恤的温暖情谊，韩东无以为报、深感愧疚，唯有以诗回赠远赴新西兰的曹旭。当然，与古代友情诗表现一方受迫害被贬、另一方沉痛相助不同，韩东的朋友多在大都市忙碌，除了偶尔的病痛折磨外，并无遭受太大的苦难，因而他的《致丁当》《写给楚尘》表现出的情感也比较浅淡。送别诗更是一扫古代送别诗的忧愁和伤感，充满了些许欢快之意，这皆是现代便捷的交通和通讯淡化了分别之痛的缘故。

再次，韩东还有一些友情诗传达出在精神上与朋友相亲相知、互勉互安的主题。

韩东的个性中有愤世嫉俗的一面，一向不善与体制合作，因而在边缘生活常饱

---

① 孙明君：《诗可以群——中国古代友情诗探论》，《社会科学辑刊》1999年第04期。

② 李振声：《诗意：放逐与收复》，《文学评论》1995年第03期。

尝精神孤独之苦。这种“无法沟通交流、不能被认可的感受”[①]也使他特别珍视来自小圈子内部文朋诗友们的理解、认可和接受。早在《一幅画》（1986）中，诗人韩东便表达了自己对于人与人之间相互倾听、彼此理解、坦诚交流、无拘无束的时光和场景的缅怀和怀念。《我听见杯子》（1987）更是生动地叙述了自己在与朋友聚会时体验到的种种美妙的感觉和感受，朋友间的温情使这些心有创伤的男人们都回归了清纯可爱的本性，也为他们的内心注入一丝希望和光明，未来虽然充满凶险，但生命的激情依然在燃烧，又何足惧？进入 1990 年代，朋友们四散转行。但曾经“第三代”“他们”圈子中的朋友们在韩东生命旅途中的意义并没有消逝。大家除了生活上的相互关照之外，更为重要的则是精神上的彼此相知、相亲、相安慰和共勉励。翟永明与韩东相识于 1986 年的“青春诗会”，由于彼时诗观与韩东相近，故而被引为同道。她的美丽、品格、才气、成就和无可限量的精神世界也始终令韩东敬慕和赞赏，《读＜翟永明诗集＞并致翟永明》（1995）便表达了这样的情感思绪，对翟永明的坎坷命运也寄予了深深的理解与同情。《给翟永明》（2001）则通过对比叙述“我”和翟永明不同的生活方式和相同的幻觉，表现了自己与翟永明在追求超越尘世的精神境界方面的灵魂共鸣：“一个深居简出的人/和一个浪迹四方的人/相熟相知”。当然，友情更为重要的价值还在于当一方陷入孤独和绝望时，能从另一方获得友情的温暖、精神的鼓励和智慧的启迪，《给普珉》无疑是这方面的代表作，也是韩东友情诗中的杰作。“有时，我的心中一片灰暗/想找一个远方的朋友聊一聊/因为他在远方。/他的智慧让他卑微而勇敢地生活/笑容常在，像浑浊世界里的一块光斑。/走路、做菜、乘坐单位的班车……/他酿造一种口感复杂的酒/把自己喝醉了。/我常常想起他的醉态可掬、他的酒后真言。/他在一张灰纸上写了一个黑字‘白’/我在白纸上写了一个灰字‘黑’/就是这样的。/我们可以聊一聊：/卑微的生活，虚无的幻象。”这首诗的象征色彩和哲理意味是显然的。在韩东眼中，世界的本质是白纸般的空无，面对这样的世界，他的心中常常充满了灰色的暧昧的情感体验，对现实人生也不免交出一份绝望的黑色答卷；而在普珉眼中，世界的本质是灰色的、浑浊的，他的心理体验虽然常常是黑色的、绝望的，但是面对现实人生他的智慧、乐观使他交出了一份纯净的白色答卷。普珉的人生智慧温暖、启发了韩东。他们两人虽然世界观、生命感受和人生观不同，但是都认为个人是一种卑微的存在，世事皆是虚无的幻象。这首友情诗无疑深化了当代友情诗思想表达的深度。韩东另有《亲切——致鲁羊》《致庆和》《致杨黎》等友情诗，多表达朋友相聚带给自己的亲切感、温暖感和欢愉感等。《致庆和》以庆和离去后自己的感受来表现他出现时带给自己的感受，写法奇妙。《致杨黎》的“我”与“你”的对话结构，还原了两人在深秋

[①] 韩东：《夜行人》，重庆大学出版社，2011 年，第 128 页。

时节的北京胡同里边走边聊的场景，语言幽默风趣，读后令人忍俊不禁。

最后，韩东还写了几首悼亡诗，主要表现自己对友人逝世的痛惜和追怀。

古代和现代诗人写的悼亡诗多传达的是泣血的哭唤，哀痛是它们的情感底色。当代诗人的悼亡诗抒情有深有浅，各依诗人们与友人的情感深浅和自己的艺术个性而定。韩东虽是一个重情长情的诗人，但是“不喜欢扇情、抒情，动感情，事态越严重，这个‘情’字越不见踪影”。[①]《梁奇伟》即是如此：“月亮正从湖面升起。/我的脸一半在水下，一半在水上，/以这样的角度和月亮对视。/身后的坡岸上，那五年后将在严打中被枪决的伙伴/在吹奏一支口琴。/月亮升高了。/波光晃动了画面。/小伙伴们的身上像长出了鱼鳞。/我拼命拍打水面。他丢下口琴/也跳进了水里。/就像这样他就可以不死。/颤动的月亮，闪光的路，/那口琴上的绿塑料……”梁奇伟是韩东的中学挚友，在1980年代严打斗争中被无辜枪杀。为了凭吊和缅怀他，韩东曾以其为原型，写下了诗歌《射击》、中篇小说《古杰明传》和长篇小说《小城好汉之英特迈往》。两人的友情可谓跨越了生死，可这首诗却以举重若轻的笔法描述了诗人永生难忘的场景：月色如此柔美迷人，小伙伴们游泳如此欢乐忘情，岸边梁奇伟的琴音如此悠扬，可在此情境中的“我”由于不会游泳“拼命拍打”，正是在这如此突兀、紧迫和危急的时刻，梁奇伟丢下口琴、纵身一跃。这一跃如此的奋不顾身，如此的美丽，令韩东终生难以忘怀。他多么希望亲爱的友人能永远活在这美丽的一幕中而不会死去。可友人毕竟是五年后就死了呀，那“颤动的月亮，闪光的路”，不正是悲情难抑的诗人眼泛泪光时看到的往日景象吗？“那口琴上的绿塑料……”仿佛吹奏了一曲缅怀青春生命的无声挽歌，留下的是一串串凄凉忧伤的情韵，使人读后不禁悲从中来，反思和追问那段与之相关的历史……韩东还为2017年跳楼自杀的诗人外外写了两首悼亡诗。《悼外外》以“我”与“你”的对话结构表现了诗人对外外自杀一事的不解和困惑，哲思寓于天气描写和叙事之中，表现了他对世界永恒而生命有限故当珍视生命的生存态度。外外生前曾参与过“他们”论坛建设，人品极好，属于“送往迎来到处张罗的联接性角色”[②]。关于他的死因，韩东最初不得其解，后来认为是由于外外对自己的诗极度缺乏自信，误导了“他们”诗人，使这个圈子忽略了他的作品和他特有的存在方式，外外由于对自己感到极度绝望而自杀。在他死后，韩东才痛心地发现“外外写出了杰作”，“出版”于是成了一种“责任”。也出于“对一个天才视而不见的难辞其咎”心理，他决心整理外外的诗集加以出版。[③]《隔着窗框：纪念外外》

[①] 韩东：《答〈河北青年报〉记者问》，http: //blog.sina.com.cn/s/blog_4fe548220100812k.html

[②] 韩东：《外外和圈子——〈我将成为明月的椅子〉序》，“诗生活”网：https: //www.poemlife.com/index.php?mod=newshow&id=10913

[③] 韩东：《外外和圈子——〈我将成为明月的椅子〉序》，“诗生活”网：https: //www.poemlife.com/index.php?mod=newshow&id=10913

虽然不见韩东喧哗的沉痛之情，但是情感冷冻于楼内场景、城市夜景的描写和“我”与“你”隔着“窗框”相互诱惑的想象中，表现了自己对外外的深深思念以及与他已生死两隔的深切悲痛。

与舒婷富于歌唱性的友情诗喜欢弘扬真挚的友爱和关怀、看重理想于人心的鼓舞作用不同，韩东的友情诗少浪漫的抒情色彩，多现实的生活气息和理性的沉思，这与韩东看重友情对精神生命健康成长的重要意义以及他聚散随缘的态度和合志同方的友情观有关。在韩东的诗笔之下，既有对友情的淡化和逝去而生的无奈，又有为友人的健康、生存和未来的担忧和祝福，还有与朋友相亲相知相互安慰勉励的温暖与欢愉，当然也不乏对友人早逝的痛惜和绵绵思念。韩东的友情诗在丰富、深化当代友情诗传达的情思意绪的同时，也在艺术上做出了自己的独特的贡献。在抒情方面，韩东极少直抒胸臆，而多采取融情于人物描绘、叙事和场景的描写之中；在复杂深层的思想情感的传达方面，除了化事实上的被动叙述为艺术上的主动叙述之外，韩东多灵活地赋予场景、景象或事物以深层的暗示和象征意义；在表达方式方面，韩东也常根据需要恰当自如地交错使用叙述、描写、议论和抒情手段，展现出不拘一格的自由创造精神。

回顾本节可知，人与人的情感问题在韩东的精神世界中是首要的、也是最重要的问题。可以说，人与人之间的温暖感情是他多年来始终渴求和珍视之物。只要回忆一下韩东随父母颠沛流离的成长经历，便可知温暖的亲情曾对他生命的健康成长起到了多么重要的作用，也正是因为亲情需求一直获得了满足，韩东也已学成自立，因而亲情最初并未构成韩东诗歌创作的主要动力。倒是情感需求受到压抑、扭曲和漠视，受西方非理想主义思潮的影响，对自由爱情的强烈渴求才长期以来成为他写诗的主要动力。也因为韩东一直希求能过一种稳定、充实、美好的信仰生活，所以在正统信仰倒塌的时代才误把内心最为渴求的爱情作为信仰的替代物。待到爱情的虚妄本质被彻底揭穿之后，受西蒙娜·薇依思想的启迪，韩东才认识到“爱”本身才是信仰的对象。当以这一新的信仰来审视自身的人伦关系，韩东才痛心地发现自己多年来始终强调个人独立的重要性，只顾追寻理想爱人和自己的文学梦，只知享受母亲无私的爱，却忽视了血缘亲情，也未能在母亲生前回报爱，未能透彻地反思过父母悲剧性的一生，这深沉的痛苦和迟来的悔恨、爱恋与思念又怎能不日日夜夜噬咬着他的良知和灵魂呢？这也是在 2010 年李艾华病重前后亲情诗的数量在韩东的诗集中骤然增多的主要原因。至于友情，韩东向来本着聚散随缘、合志同方的原则，因而友情诗在韩东诗歌世界中基本呈现稳定的发展趋势。韩东对爱情、亲情、友情的重视和书写，体现了他特别重视爱的情感对于生命存在的意义，这种重视与他在以仇恨为动力的斗争氛围中的成长爱的体验长期缺失有关，当然也是人性正常发展的普遍需求。当韩东的世界观、人生观、价值观、情感观已经成熟，个人情感生活渐趋稳定和和谐之后，那以情感为驱动力的诗歌数量也便锐减了。与此同时发生的变化是，韩东诗歌的情感世界逐渐由封闭走向开放，由复杂、沉郁、悲痛走向单纯、清淡和空灵，从个人性开始向普遍性提升。在艺术上相应表现为诗歌的抒情结构开始向读者敞开，抒情主体从个人化的“我”变为非个人化的“大我”或“我们”，情的成分淡化而理的成分增强。总之，韩东对爱情、亲情、友情的诗性书写在主题和艺术两方面都大大丰富了当代诗歌的情感书写样态。

第三节 “人与社会”主题

在哲学领域，人与社会的关系是一个焦点话题。学者们近些年普遍达成的共识是：“此在的人与社会浑然天成，融为一体……人是社会的本体基础，社会是人的真正的共同体和人的生命存在安身立命的家园，有人才有社会，人在社会之中才能成为人。”[①]对人的本体地位和社会于人家园意义的强调，显然是针对现代社会人与社会对立的现实提出的。

韩东虽未就这一哲学命题发表过只言片语，但是他的诗歌始终对人在社会中的“存在”或“生存”境况保持了持久的关注，字里行间流露出韩东对于“人与社会对立”境况的深深忧虑以及对于人性健康的真切关怀。从《山里的日子》等诗中可以看出，韩东绝无逃离社会归隐山林的想法，他对于人的社会生存抱持的是十分现实的态度。

在许多诗篇中，韩东都立足人文生态的立场，对社会的现代化进程与个人的美好生存之间的矛盾冲突表现出了深深的忧虑；也对人生在世的生死过程和个人的生存意义问题展开了形而上的哲思。韩东对这些主题的诗性传达，由浅入深，充分体现了他深切的社会关怀意识、生命关怀意识和天、地、人和谐的宇宙情怀。

一、社会存在：现代化与个人美好生存的冲突

作为一个脱离了体制和商业双重管制、颇识人间烟火的诗人，韩东的诗歌极少涉及体制生活或职场生活，他尤为喜爱书写自己观察到的普通人的日常生活，包括私人生活。比如《他们总是坐着》中，朋友们在房外或者室内一起坐着打牌、喝酒、吃饭或者谈诗论道，当“我”置身其中时感觉一切都很正常和应该，但是

① 刘远传：《论人与社会的关系的双重理解》，《天津社会科学》2003年第01期。

从旁边经过时却感觉它像是一幅经年不变的画卷，“日复一日/年复一年/直到进入永恒”。日常生活中的某些内容由于可以满足人基本的物质和精神需求，因而具有某种超时代的品格，只要没有疾病的侵扰，这样的生活就是值得热爱的（《我仍然可以热爱生活》）。但是日常生活作为社会生活的一个组成部分，总是要与其他部分联系在一起。可以说，现代化的进程与个人的美好生存之间的冲突，是此阶段韩东诗歌的基本主题。

首先，韩东的一些诗歌与时代政治背景关联密切，多通过巧妙地描述个人生活场景或爱情叙事来隐晦地反映时代生活。

比如《开会》（1985）一诗别出心裁地使用了漫画笔法，通过勾勒一位高校政治会议中发言官僚的瘦弱、秃顶、塌鼻、老态的形象，表现了“我”对于会议内容的反感和戏谑态度。“嘴唇的高音喇叭可以作证/招风耳是两面飘扬的旗帜/这景象又如一个舰队冲向死亡……”，暗示了发言人灌输的意识形态内容完全脱离了与会者个人的现实精神需求，因而显得空泛、乏味而又无聊，致使参会者“我”浮想联翩。《记事》（1990）则把政治叙事巧妙地包裹于爱情叙事之中，诗中的“我”敏感地意识到了1980年代充满理想与激情的思想文化启蒙运动已经彻底结束了，一个只管追逐欲望的新时代已经到来：

当马匹把它们的脖子交错在一起
必定放弃英勇的生活
或为了放弃而待在一起
在死亡的刺激下从事繁殖

烟从广场的方向飘来
像破碎的旗帜或布条
那一天，雨接着降落了
你的身体就感应了足够的潮湿

其次，韩东的不少诗歌涉及现代社会的城市化和工业化进程，多以城市建筑的描述、故乡事物消失过程的铺叙，揭示了现代人永失故乡的时代现实，从中可以感受到韩东对于底层普通人生存处境的关心和忧虑。

比如《夜游某山庄》（2009）直击南京当时的新闻事件：郊区一座山庄兴建之初，附近“失地”的农民出于怨恨在河水中放毒，毒死了四十多位无辜的民工。对于这一事件，韩东并未在诗中正面提及，但是以诗题下标形式做了背景说明，并且集中所有的笔墨来描述自己夜游山庄时看到的阴森、恐怖的建筑景色。在他的诗笔之下，这座中途停工的山庄就好似冤魂遍布的地狱，以此曲笔方式，韩东无声地控诉了官商勾结非法征地导致民工被无辜戕害致死的罪恶。此外，《故乡》则以不出场的叙述者“我”和“你”对话的口吻、反问和铺叙交错的推进结构，叙述了现代社会的城市化、工业化进程导致故乡趋于消失的危机，表达了自己对于现代人将永失故乡、无家可归精神处境的担忧。而一首《人类之诗》简直就是以人为中心、以自我为中心的现代人虐杀其他生灵、污染环境、彼此残害争斗、恶迹斑斑的生存现实的寓言：

附近的菜市场里有人在巨大的汽油桶里杀鸡
后面的大楼上一个诗人苦思冥想要写一首人类之诗
下面的棚户区里两个女人为争夺一个酒鬼的爱而不惜大打出手
谩骂声如煤炉里的黑烟高高升起
高过了那棵宁静的大树
只有它庇护着我们的安全，掩饰了我们的耻辱

这棵宁静的大树显然是大自然的象征。自然护佑着人类的安全，人类却以役使自然和屠杀其他生灵乃至自相残杀的方式生存于世间。这种由近代以来的“人类中心论”和实利主义导致的人与自然、社会对立的发展模式遮蔽、违背了人与自然、社会的共同体关系。韩东的上述诗歌都意在鲜明地强调人与社会应当和谐发展。

最后，韩东还写了一些诗歌透视各行各业中的人们在卷入现代化的过程中精神或心灵被社会身份或职业所塑造、拘囿甚至污染的状况，表达了自己对此的忧虑以及渴望生命能自由地拥有广阔的发展空间的理想。

“精神污染”是生态学上的一个概念，是指“物欲文化对人的心灵通道的壅塞、商品经济对人的美好情感的腐蚀”等等[①]。韩东一向重视人的精神生活和心灵健康，因而对影响人的情绪情感的因素、扭曲和异化人性的因素非常敏感，发现了物质文明与精神文明失衡导致的现代人精神的真空、心灵拜物化、歇斯底里症等精神病症。比如一个美丽的女演员为了走上星途，整容安了一个大鼻子，从此成为光彩照人的“大鼻子罗总”，却也因鼻子而失去了真实的自己，精神生命逐渐被假体所异化，直到取出假体才做回了自己（《鼻子的故事》）；曾经朴实、虚己的乡巴佬进城后，为了适应职业应酬的需要，个个历练得像纽约、上海人一样处世练达，曾经美好的品质就此消逝（《乡巴佬进城》）；一个在小镇开旅馆的老妓多年接客，其贫贱让人开眼又厌恶（《小镇行记》）；一个强奸犯出狱后为求多修车、多挣钱，劣根性不改，往大街上撒碎玻璃和图钉，这种唯利是图、与他人为敌的生

[①] 鲁枢元：《生态文艺学》，陕西人民教育出版社，2000年，第151页。

命自行萎缩（《强奸犯、图钉和自行车》）……《怒气冲冲的世界》更是以“有”来写“无”，颇有意味地为当代人画了一幅集体的精神肖像：

哦，这个怒气冲冲的世界
只有清风是温和的
只有夜晚的树木是安静的
只有那条流浪的狗是无辜的……
只有笼子里的鸡是驯服的
只有案板上的肉是无欲的
只有星辰隔得最远……

言外之意是想说：所有的人都是暴躁的、喧嚣的、有罪的、桀骜不驯的、欲望横流的、急功近利的……诗题“怒气冲冲”一语中的，可谓是对当代人歇斯底里症症状的准确概括。上述精神症候产生的原因显然与“现代经济制度奠基于自我利益之上”，刺激了人们无止境的物欲，却“缺少美德的支撑”，以至于精神日渐真空化、拜物化有关[①]。值得注意的是，韩东早在1990年的《漆工》一诗中，认识到了身份或职业对于生命可能性的拘囿问题：如果“我是一个瓦匠”或“漆匠”，那么“我只会垒一个鸡窝”或“经常油漆自己的双手”；如果“我不是……”，那么“我”也可以“砌墙”或“油漆一张木桌”。这里韩东强调的显然是要给予生命更广阔的发展空间，而不要将其束缚在某一狭小的社会身份或职业范围内。从前述一些诗歌描述的身份或职业固定对人格的塑造和精神的异化作用来看，不能不说韩东的这一认知很有前瞻性和深刻性。

总之，韩东诗歌的上述三类主题都重在揭示现代化的进程与个人的美好生存之间的冲突。这种冲突中暴露出的很多现代性问题都与人们的心灵迷失、价值迷失有关。这与西方世界上帝信仰崩溃后理性成为现代人的信仰带来了一系列现代性的问题有着相似之处。海德格尔存在论哲学揭示出的常人的“沉沦于世”“空虚”“烦忙”“烦神”等等，都是现代人失去信仰之后的真实精神写照。韩东置身于中国现代化的潮流之中，耳闻目睹了各种社会乱象，忧虑人心的健康和中国未来的发展前景，因而将质疑、忧思和警示寄予诗篇之中，才有了上述感时忧世之作。这些诗歌也因其对社会现代性和现代人的精神病症的反思而具有了美学现代性的特质，体现了韩东作为一个秉持自由、人本、生态立场的诗人所具有的现实情怀、责任意识以及远见卓识。

---

① [美]大卫·雷·格里芬著，《后现代精神》，王成兵译，中央编译出版社，2011年，第27页。

二、在世存在：生存体悟与死亡寻思

生存于现代社会，各种社会问题和精神危机现象就如滚滚热风扑面而来。置身其中，世间百态萦绕于心，敏感、善良的韩东不免对现代化过程中产生的诸多现象和问题感到忧心忡忡、无望迷惘。他多思的禀赋以及对真理怀有的强烈渴望驱使着他要努力探询生命存在和世界的真相。但韩东并不是以历史学家、社会学家、政治学家、经济学家或心理学家的眼光来探究诸种社会问题和精神危机现象的成因，而是始终从个体生命感受的角度来把握人的在世存在或曰生死之谜。

在他的很多象征性的哲思诗中，我们都可以感到：他对于在世存在的过程的感受如此丰富、深刻，对于社会生存中触目皆是的死亡之谜的探究如此执着、深情，而面对现实的在世存在的荒诞性，他的思维和精神的触角甚至延伸至世界和宇宙深处，跨越一世的生死而去追问世界和宇宙的起源和构成。正是在这无限自由宽广的精神探询之旅中，韩东最终发现了个人的在世存在的真相。

首先，韩东的许多象征性的哲思诗对生存过程的体悟是丰富、辩证而又深刻的，不仅从时间维度感受到了人生在世的漫长与短暂，而且认识到了人生在世的被动性和偶然性以及被动和偶然中蕴含着的自主性和必然性。他既发现了个体生存者实践自由意志却失去自由的生存悖论，也最终领悟到人生没有成败，这有死的生命之旅是不可逆的悲剧性。

比如《人生》："人生漫长，其实很短/很短，又如此漫长/就像某物，可供伸缩/没有刻度却用于丈量/直到失去弹性/像永恒的赘物那样/垂挂着。"寥寥数语却耐人寻味，这是韩东大多数哲思诗的突出特点。这首诗以格言式的诗句囊括了人们在年少、年青和年老时对人生的不同感受，道出了人生既漫长又短暂终将无用的特征。如此漫长实则短暂的人生，自当珍视之并有所作为。《看不见的风》中，诗人以"看不见的风"象征历史意志或社会思想文化主潮，高度概括了个体生存者在世的三种生存方式或状态。

第一种情形是顺潮流而动、抱团奋斗，最后却被迫劳燕分飞："被看不见的风吹着，/人们走遍四方。/遇见一些也在打转的人，/只有相互抱住才能立定。/然后那风又起，/在他们稍稍松懈之时。/痛苦和忠诚如石头般沉重，/但风掀翻了那些石头"。这些诗句不禁使人想起韩东与同代诗友们在 1980 年代中期结社办刊改变了诗潮走向，却被迫于 1980 年代末痛苦地分道扬镳的诗歌生活。

第二种情形是人们被历史和社会发展的滚滚车轮碾压在社会最底层，已丧失了主动性："他们又向前去，遇见了/另一些支离破碎的身体。/风吹在上面是不同的。"进入 1990 年代市场经济浪潮凶猛袭来，人们被此浪潮裹挟，社会各领域都在体制转型中重新洗牌，那些边缘群体、弱势群体被剥夺、被损害、被淘汰、被遮蔽，大风从他们的身体上面呼啸而过，而他们收获的只有一颗支离破碎的心。

第三种情形是先被历史和社会思想文化主潮推动后来不为所动，以坚韧不拔的意志捍卫生命本身的价值，兀自显现出一番与众不同的生命气象："我看见一个人被向下吹去，/然后长出了一棵树。/那扭曲的姿势似乎在说，/"树欲静而风不止。"诗人韩东借这三种在世情形似想表达：人生在世是身不由己的、被动的，个人的生命际遇是偶然的，不过人天生也具有自由意志，具有选择和行动的自主性，人生就是一个个人担负起生存重任主动地与生存境遇相互作用和影响的过程，只有使自我强大才能免于被历史碾压的悲剧命运。《分割之诗》更是明确表达了"事有必然""人有必须"的主题……然而到了《蜘蛛人》一诗韩东又领悟到当我们在各自的人生困境中实践自由意志，自主选择和行动，把心灵的欲望之网越织越大以期收获更多时，最终困住的只有自己："蜘蛛人/每个人都困在自己的处境里/每个人都像蜘蛛/每个人都不是其他的人/每只蜘蛛都吐出一张特别的网/捕获同样的猎物/网住惟一的自己"。看古往今来人们对于功名利禄的追求，谁的自由天性没有被自己的欲望之网困住呢？实践自由意志却收获了不自由，这就是个体生存者必然遭遇的生存悖论。这种生存悖论也说明人生无所谓成功或者失败，有的只是某一方面暂时的输赢："在没有成功的游戏里却有输赢，/有人在失败的时候赢了，/有人输掉了全部的自尊。"(《游戏》）这种充满了偶然与必然、被动与主动、悖论与输赢的人生，还内含另一重深刻的悲剧性，那就是这样的生命之旅是注定不可逆的，死亡是必然的，并且死亡必然会以偶然的方式到来。这正如事件象征诗《进沟》中的诗句所暗示的那样："我们"夜晚进沟，"一直往里面走"，"就像往一个方向吹的风"，随便在"什么地方停歇/但永远不会回头"。

韩东以上诗歌体现的"人生的偶然性""人的自由"等思想，可以说既源自韩东的社会人生体验和生命体验，某种程度上也是受萨特存在主义思想影响的结果。萨特把"存在"分为"自在"和"自为"两种。前者指客观世界，后者指在客观世界中生存的人。他强调，"自在的存在存在。这意味着存在既不能派生于可能，也不能归并到必然。……它是存在物。这正是我们所谓的自在的存在的偶然性。"[①]人也是自在的存在物中的一种。因而人的出生是偶然的。而"自在"的存在物的"偶然性"又不断地"纠缠着自为"[②]，支配着人的存在，所以人生在世也具有偶然性、被动性的特征。但是萨特还强调人生而自由，"人的自由先于人的本质，并且使人的本质成为可能，人的存在的本质悬置在人的自由之中。"[③]也即人具有自主决定、选择和行动的自由，人通过实践自由意志来决定自己生命的本质和意义。

① [法]萨特著：《存在与虚无》，陈宣良译，三联书店1987年，第27页。

② [法]萨特著：《存在与虚无》，陈宣良译，三联书店1987年，第125页。

③ [法]萨特著：《存在与虚无》，陈宣良译，三联书店1987年，第56页。

这些思想观念在萨特的文学作品《恶心》《墙》和《自由之路》等中也都有程度不同的体现。韩东早在1980年代初中期就读过萨特的作品，因此可以说萨特的存在主义思想影响了韩东的人生观念和诗歌思想，但是基于韩东自己独特的人生体验，他的人生观又有着更为丰富辩证的内涵。

其次，无法接受亲人离世的韩东，多年间还心心牵挂着死去的亲人，爱恋之情使他执着地思索生命的本质和灵魂的归宿问题。他认为生命由肉体生命和精神生命组成，肉体生命有死，死后"化为无机物"，而精神生命即灵魂可能会"轮回转世"；近期他则认为灵魂终将皈依生命的起源处。

1979—1989年，韩东的父亲、外公、外婆、嫂子接连逝世的事实，也使他认识到死亡是生命无法逃遁的最本己的必然。那究竟是什么力量决定了生命的产生与消亡？自幼爱读科普读物的韩东知道人死之后肉体生命最终会回归大地，化为无机物，生命本就源于自然也将归于自然，物质性是人的生命的根本属性。比如《一个真理》（1986）中就有这样的诗句："你无论怎样深刻/都是在这块土地上/你的脚会像根一样烂掉/一片永恒的月光/父辈们已经成为肥料/和发甜的空气"。《大象皮》一诗中，"我"和死者的遗体做了最后的告别后，走出殡仪馆想起他没有合上的眼睛，感觉它们与网上有人刚刚展示过的"大象皮"类似，都是可以"玩儿"的物质。

既然肉体生命终将归于泥土，那么精神生命也即人的灵魂还存在吗？在情感层面，韩东是愿意相信人是有灵魂的、灵魂是不灭的：《从白色的石头间穿过》中他想象父亲、祖父、祖母、祖先们都转世变成了水牛、小动物、小鸟、蝴蝶等等，《爸爸在天上看我》中韩东寻觅着放心不下自己的父亲在天上的目光，《怀念父亲》中他的思绪陷入父亲是"真的已经消失了"还是"变成了另一些东西"的困惑，《写给亡母》中他想象母亲新的一世在小河环绕的乡村安好且幸福……韩东关于灵魂轮回的想象与他长年接触佛教思想有关。他不仅阅读了很多佛经以及与西藏和修行者有关的书，比如《把车开到西藏去》《藏地民间书》《藏地白日梦》《雪洞》等，他还从阅读中领悟到佛教思想"是中国人在茫茫黑夜中寻求真理和绝对的唯一的灯盏。"[①]在日常生活中，韩东也常去南京的寺院拜佛烧香（诗《去栖霞寺烧香》），并多次亲赴西藏（诗《西藏记》《藏区行》），还结交了很多学佛、信佛的朋友如方世德、诗人杨健、电影制片人李明阳、活佛第九代转世乔美仁波切（诗《晴朗的下午》）等，他的家中或工作室甚至摆了佛像、香炉。韩东曾说自己很喜欢听闻佛陀的真理，喜欢他的"绝望和虚无"[②]。佛陀就认为，人的死亡只是肉体的抛

① 韩东：《如何不再饥饿？》https：//www.douban.com/group/topic/1218744/

② 韩东：《"我就是为这常数而写下了这本书"》 http：//blog.sina.com.cn/s/blog_4fe5482201008bcz.html

弃，精神的因素（心识）会通过投胎以另一种生命体的形式回来；但新的生命寿命依然有限，死后再投胎转世回来，如此反复下去，无有穷尽，也就是说“人”在过去、现在、未来“三世”（也就是无穷世）轮转；而承载“死了再来”的生命体形态有六类，按照生命体享受的福和承受的苦的多少排序依次是天道众生、阿修罗、人、畜生、饿鬼、地狱众生，因此佛陀的生命观也被概括为“三世六道轮回说”。对照韩东的诗篇，我们会发现，韩东在思考亲人的灵魂去向时总是想象他们已经转世变成了人或者大自然中的其他生命体，而绝没有想象过死者转世变成了天道众生、阿修罗或饿鬼等佛教思想中的生命形态。他近期在谈自己对“轮回”的理解时也强调：“轮回不是安慰剂，是一种更为辽阔的理解景观，扩展到生死区间之外、一己肉身之外，寻觅关联和意义。”[①]也即，他的诗篇中有关轮回的想象其实只是他的主体精神在努力地跨越生死之隔寻觅与亲人之间的持续性的精神关联，这种关联对于他的现世生存具有一定的意义。这意义便是：明悟“人必有一死，归于尘土”，死亡的事实“能够平息我们内心过分的欲望、贪婪以及‘理直气壮’”，“那么亲密的人都死了，死亡近在咫尺并非幻觉，在此关照之下，人世间的很多纠缠、纷扰、冲突以及不公正的待遇真的算不了什么”，“对人对己”都“不必那么的严厉”，“无惧无畏不可取，谨慎和开阔才是人生之道”[②]。这其实就是一种向死而生的人生态度，这种态度有利于韩东在面对艰难的选择时能够做出不违背良知的决断。而从实际效果来看，韩东诗歌中关于灵魂转世的想象事实上也强化了他和读者对自然万物的敬畏之情以及人与自然、社会的世界共同体意识，使人们面对社会人生时能持一种包容、亲和、谨慎的人生态度。

韩东近期还有一些诗篇体现了他对于灵魂去向问题的最新思考。《一架飞机》（2014）读来像是一个谜语，将读者的思绪引向一个神秘的维度：一架失踪的飞机、一朵消解于天空的云、所有的死者以及未来将要消失的我们都将在“那儿”，“那儿”指的不是我们曾经在过的任何地方，那么“那儿”在哪儿呢？整首诗了充满暗示和想象的诗性空间。《悼念》（2018）依然如此，表达的诗旨是人生就是亲友们各自离开“家”、历经痛苦挣扎、最终又各自回到“那儿”（也称“原来的地方”）的“轮回”过程，人的生与死都是偶然的，人生是不可逆的。这里的“那儿”和“原来的地方”显然与上诗中的“那儿”都指向现实世界之外人们的灵魂归宿地也即生命的起源处。《在医院的楼宇之间》（2018）描述了这个灵魂的归宿地、生命的起源处：“我”先是在医院的楼宇间见到了或走或躺的各种人，接着“我”被高楼大厦之间的天空吸引——“如果你恰好走过空地，又没落雨/就能看见真正的蓝天白云和/灵魂之鸟。所有这些走着或躺着的人/都是经过这里时不慎跌落的。”“不慎跌落”一词

---

① 韩东：《毛焰、韩东联展用言论全编》，“某人韩东”新浪微博，2018 年 11 月 6 日。

② 韩东：《幸福之道》，重庆大学出版社 2011 年版，第 68-69 页。

体现了韩东对现实世界一以贯之的否定和超越态度，传达了他对于生命产生于偶然、本质上就是一场悲剧的深刻认知。由此可知，韩东想象中的灵魂的归宿地“蓝天白云”其实象征的就是超越世俗的现实世界的另一领域，是人的理性精神无法把握的神秘领域。由此可知，韩东认为整体世界除了现实世界之外，还包括人的生命起源处、灵魂归宿地即非现实的世界，可这非现实的世界究竟是指什么呢？

第三，韩东的《一盘散沙》和《读薇依》表达了他对于社会、世界整体的认知，即在空间维度上社会、世界各组成部分之间力量分散，社会、宇宙的真理不可知。

《一盘散沙》(2017)的灵感虽来源于社会日常生活，诗句的意蕴却耐人寻味，使人神通千古、思接宇宙：

我的家里
有一盘散沙
阳光照着的时候
一盘金灿灿的散沙
有很多细节
被一一放大
我可以看上一整天
直到天黑尽了
我躺上床
也还会想着它：
在黑暗里
有一盘散沙

“在黑暗里/有一盘散沙”，其实是韩东对自己的社会观、世界观和宇宙观的一种隐喻。多年学佛的韩东深知佛陀的世界观，即一切事物的生灭都是偶然的、因缘和合而成的，就如同一盘散沙一般。因此，从夜晚房中的一盘散沙开始，诗人的思绪很可能飞向窗外的现实世界也即自己置身其中的社会环境，这社会环境也如一盘散沙一般充满了不可预知的偶然性和荒诞性，接着其思绪再向更广阔的空间延展，整个世界和宇宙都被感知为如一盘散沙一般。

的确，在宇宙中，对于不同星体之间千丝万缕的联系，人的理性如何能够完全把握呢？但是宇宙本身是自足的、完满的、自在的，在人产生之前它就在那里；在任何人死亡之后它仍然在那里，这说明宇宙间有神秘的力量存在。圣徒西蒙娜·薇依一生像耶稣一样无所求地爱世人，最后“死于饥饿，留下病床上白色的床单”。

韩东读薇依的著作为其灵魂之崇高和伟大而感动，可这样伟大的人物也死了。韩东也记起了她生前说过的话："无论发生了什么事，至少宇宙是满盈的。"（《读薇依》2003）这句话本身暗示了任何人的生死对宇宙来说是无足轻重的，永远自足完满的、人的理性不可把握的宇宙本身的存在已经表明世间的确有某种神秘的力量存在，正是这神秘的力量创造了世界，决定着人的生死。韩东曾用"超自然"来指称这种神秘的力量，并说"超自然"是"一切的源头和根基"[①]，它"并非任何实在之物，在有限的时空内也许只能体会为虚无。"[②]韩东将"超自然"等同于"上帝"，说明"超自然"在他心目中即创世之神；他又将"上帝"等同于"空无"，说明"上帝"非实在物，实在的、自然的上帝在尘世并不存在，非实在的、超自然的上帝以"空无"自身、不在场的方式存在；他接着将非实在、非自然的"上帝"与"绝对"等同，说明他相信非实在、非自然的"上帝"（"超自然"）无条件地、永恒地存在，这就是"绝对真理"。至此可知，"超自然"是韩东的信仰对象，他的世界观包括两部分，一是人所感知、认识的现实世界，二是人的理性无法把握的、作为现实世界的起源和根基的信仰对象的"超自然"。

韩东对"超自然""上帝""空无"基本等义的理解源自薇依思想的启迪。西蒙娜·薇依是一位具有现代意识的法国宗教思想家，她认为，"基督的上帝是一位超自然的上帝"[③]，"只能以不在场的形式出现在创世中"[④]；也就是说薇依认为上帝创造了世界，存在于创世之中，但是，上帝是以非实在物、超自然的形式出现的；"尘世作为空无上帝之处就是上帝本身"[⑤]，也即她认为尘世中是没有自然的实在的上帝的，这没有自然的、实在的上帝的尘世本身就是上帝，说明在薇依心目中"上帝"是以"空无"自身、弃绝自我也即不在场的方式存在于尘世中，只有这种超自然的方式才能使它既包括尘世的一切实在物又与一切实在物相区别，这区别就是尘世的一切实在物的存在方式都是"在场"的方式、扩张自我的方式；而上帝的存在方式是不在场的方式、弃绝自我的方式。因此，上帝在薇依心目中一如在基督心目中一样都被"设想"为是弃绝自我的、对一切存在物都无条件地怀有无限的包容和慈悲的爱的化身。之所以这样设想，是因为薇依认为："不相信在尘世的幕后有无限的慈悲，或是相信这种慈悲在幕前，两者都使人变得残忍"[⑥]。的确如此，比如尼采宣布"上帝死了"，等于宣告尘世幕后没有上帝存在，自此之后人心更加无所顾忌，二战暴行不久横行于世。再如一些人相信上帝的慈悲在尘

[①] 杨黎：《灿烂》，中华工商联合出版社，2014 年，第 319-321 页。
[②] 韩东：《关于语言、杨黎及其他》，《诗歌月刊》，2003 年，第 3 期。
[③] [法]薇依：《重负与神恩》，顾嘉琛、杜小真译，中国人民大学出版社，2003 年，第 10 页。
[④] [法]薇依：《重负与神恩》，顾嘉琛、杜小真译，中国人民大学出版社，2003 年，第 112 页。
[⑤] [法]西蒙娜·薇依，顾佳琛等译：《重负与神恩》，中国人民大学出版社，2003 年，第 112 页。
[⑥] [法] 薇依：《重负与神恩》，顾嘉琛、杜小真译，中国人民大学出版社，2003 年，第 113-114 页。

世幕前，于是就以“上帝”的名义发动圣战，实则是实施残忍的暴行。因此，薇依才说：“神秘主义是人类品行的唯一源泉”[①]。神秘主义和禁欲主义是基督教思想的两个派别，前者从人的神性为出发点，后者以人的罪性为出发点。薇依强调和追求人的神性，认为人的神性彰显，人性之恶才能被压抑；只有把上帝推向尘世之外的无限远处、不可企及处，无条件地相信它是拥有无限慈悲的超自然存在，以人的神性、人的神秘主义冥想天赋与上帝沟通，人类的精神才有所寄托和皈依，充满恶的尘世才有新生的希望。由上可知，薇依对世界整体的产生和存在做了道德化的理解，韩东也是如此。

三、生命意义：爱之信仰与现世生存

何谓意义呢？A. J. 赫舍尔这样解释：“意义即意味着一种不能被归结为物质关系或不能被感觉器官感觉到的状态。意义是指同最真实的事物具有相容性；还有，它是对于别的事物而言的一个事实，它是一个具有价值的客体的意义。”[②]生命意义即是指人的生命与最真实的事物具有内在的联系和相容性，于他物而言又是具有价值的客体，这种意义和价值是人能持续存在的前提。意义也是信仰的本质，因为一切信仰都是为人生意义而加的注解。也就是说，韩东在思考社会生存、生死之谜、追问世界和宇宙起源的过程中确立并深化了自己对生命意义的认知，即建立了自己的意义信仰。

一方面，韩东对生命意义的思考和探求经历了在基督和佛陀之间选择的过程，他最终发现二者都把“爱”本身作为生命的意义信仰，韩东后来也把“爱”的施与视为虚无尘世里生命的终极意义之所在，但摒弃了薇依和佛陀爱的信仰中否定肉体生命本身价值的思想，韩东甚至把“爱”视为拯救现代人迷失灵魂的出路。

韩东在爱情信仰幻灭、承受“断裂”行为和“诗学论争”带给自己的严重后果的同时，内心蓄积的沉重痛苦感和虚无感迫使他不得不寻求解脱，寻求自我生命新的意义所在。由于他生活在佛教、基督教文化源远流长的南京，亲友中有多人信仰佛教和基督教，所以他对意义信仰的探索经历了在佛陀和基督思想之间选择的过程，最终领悟到二者的共通之处是都把施与“爱”视为生命的意义之所在。韩东曾阅读了很多“基督教”“神学”方面的书，认为“最好的”是西蒙娜·薇依的系列著作[③]，尤其是《重负与神恩》被他视为“一本关于真理、绝对、信仰、人生的价

---

① [法]薇依：《重负与神恩》，顾嘉琛、杜小真译，中国人民大学出版社 2003 年版，第 113 页。
② [美]A. J. 赫舍尔：《人是谁》，隗仁莲、安希孟译，贵州人民出版社 1994 年版，第 50 页。
③ 木叶：《韩东：仅仅先锋还远不够》，天涯论坛：http: //bbs.tianya.cn/post-books-105027-1.shtml.

值意义的书。”[①]在诗歌《西蒙娜·薇依》中，韩东把薇依的一生比喻为一棵特别的树，认为这棵树为了集中精力“向上长”，不要叶子、果实、花朵、弯曲和枝杈，也没有鸟儿筑巢和虫蚁，它虽然“否定了树”但是“却长成了一根不朽之木”。薇依信仰基督，自幼便有仁慈待人的基督精神，在信仰基督的神秘主义思想史上，她的思想占有重要且独特的地位。韩东认为薇依的思想和精神不朽，实际上等于肯定薇依的基督信仰、“爱”的信仰永恒不朽。但他又认为那爱他人不爱自己、“死于饥饿”的圣徒薇依是“极端”的，她的“纯洁和痛苦”就如她病床上的白色床单一样使人感到寒冷（《读薇依》2003），这无疑是否定了薇依无视自身肉体生命价值的极端思想。而在《食粪者说》中，韩东虚构了佛陀拯救食粪者“我”的故事，故事中佛陀不让“我”吃粪，不是为了教导我，而是为了“不踩死蚂蚁”，“把大粪留给蚂蚁和蛆虫”。这一故事情节巧妙地传达了“爱”一切众生才是佛陀追求的信仰的主题；但在诗歌的末尾韩东又表示对佛陀所说难以理解：食粪者发现自己追随佛陀的脚步之后自己变得干净了，身体也变得强壮了，但佛陀却对食粪者说，“‘不要留恋这些，我们的本质/即是你以前所食之物。’/只是这个弯我没有转过来，/并思量至今。”也就是说，韩东对佛陀否弃肉体生命价值的思想也是无法理解的。此外，在《密勒日巴》一诗中韩东认为那一生在雪域修行、吃绿色的荨麻、永无休止的反复背石头、盖房子、拆房子的修行者密勒日巴，他的生命存在就如同“行尸走肉”一般，尽管密勒日巴的生命实践传递着透彻的智慧，启示着人们人生并无绝对价值、世事皆空的真理，但是他生存的寒意也如同交叠的雪山。

总之，面对重灵轻生、求高执无的薇依思想和佛陀思想，韩东进行了辩证地、合理地吸收和摒弃，拒绝了二者思想中否定肉体生命本身价值的部分，而汲取了“爱”的信仰部分。韩东这种既重视肉体生命本身的存在价值，又重视在社会中现世的合理生存的重生思想与中国人重生言生养生的文化传统以及加缪在上帝死后把生命价值视为普遍价值的思想影响有关。

韩东的诗《二选一》更是直接呈现了他曾在基督和佛祖信仰之间有过挣扎的心理：“他想得到基督的痛苦，或者佛祖的平静。二选一。/他不知道，基督的痛苦里有平静，佛祖的平静里有悲伤。/现在知道了。”韩东知道的其实是“爱”虽然是生命的终极意义之所在，但是要在社会生活中无条件地、持之以恒地施与爱，是要承受灵魂受难的痛苦的。“爱”使一切存在物彼此之间获得了真实的、内在的相容性，使人的生命于他物而言成为具有价值的客体，也使人自身获得了可以持续存在的前提，因此爱的确是生命意义之所在。但是爱的“施与”本质是要无止境地削弱自己成全他人、他物，是要彻底泯灭自我去承受一切尘世苦难，是要倚靠信仰力量的支撑而绝不能渴求现实回应，所以任何人要完全践行“爱”的信仰，

---

① 韩东：《如何不再饥饿?》https：//www.douban.com/group/topic/1218744/

必须做到像上帝、基督那样在内心深处完全毁灭自我，否则没有毁灭的自我便要承受住被外在力量无止境地伤害或削弱的巨大痛苦。韩东深知自我混杂着善恶并且自我是自身生存于世的唯一精神根据，因此完全弃绝自我去施与爱那绝对“不是一般的考验”[①]，“爱”之绝对真理尽管存在，但韩东认为“人是够不到的”，所以他“虚无”[②]。不过，尽管韩东对一般人能够践行“爱”之真理持虚无态度，但不妨碍他把“爱”作为自己的意义信仰。他甚至坚定地认为一个人生存境界的高低与他对爱本身的信仰程度、心中拥有慈爱的多少是成正比的，只有心中清净没有欲望且充满爱的人才是至福的人。正如在《世界无奇不有》中韩东把世人的生存境界分为“平庸”“残杀”和“至福”三种，认为绝大多数人处于第一种境界中，心灵呈现灰色，过着平庸的生活：“绝大多数人位于灰色地带，/光照不足但也还凑合”。少数人处于第二种境界中，他们过着相互残杀的生活，心灵硬如岩石、黑暗无比：“凶暴和黑暗超出了你的想象，/就像来自地狱的传说。/在这片透彻的天空下面，/暴露出岩石深深的缝隙”。还有少数人处在第三种境界中过着极乐、至福的生活，心灵绽放出耀眼的强光，能驱散普通人心中的一切黑暗，使人感到活着充满可能：“极乐也一样，必定如此，/就像和岩缝匹配的强光/让人无法直视。/否则一切都是徒劳的，一切皆无可能。”这里的“光照”“强光”指的是什么呢？韩东曾说过：“这种光明是何其大也……就是我所说的超自然上帝绝对永恒和真理。”[③]也就是说“强光”喻指“超自然”，而“超自然”就是“上帝”，“上帝”就是无限慈悲的爱的化身，因此“强光”实则隐喻“爱”。韩东相信只有无条件地信仰爱、践行爱，如那活佛第九代转世乔美仁波切那样没有欲望、纯净、慈爱地度过一生（《晴朗的下午》），人类的生存境界才可能向着极乐和至福趋近。

韩东在确立并深化了对“爱”之信仰的理解之后，在实践中默默坚持“修身修德修文”[④]十几年，以凡人的方式力所能及地向“爱”之绝对真理趋近；而放眼整个现代社会，他也把“爱”的施与视为治疗现代人精神病症的药方：“虽然物质丰富、科学昌盛，现代文明不可逆转，但人心、人的灵魂、人的苦乐感知几千年来没有任何根本性的改变”。“物质、科学和社会改革”并非“拯救人心的出路和保障”，“当一个人受苦时全人类都在受苦”，“幸运或不幸都由偶然决定，我们不过是碰上了某个位置，这一认识是对我们残忍的心安理得的提醒”，因此应祈祷“全体人类的幸福”和“灵魂的安妥”，而药方就是“爱”[⑤]。韩东的这一见解是有时

---

① 韩东、黄德海：《趋向完美的努力会另有成果》，《上海文学》2017年，第2期。

② 韩东：《五年前的一个访谈》，“某人韩东”新浪博客 http://blog.sina.com.cn/s/blog_4fe548220100c53z.html

③ 杨黎：《灿烂》，中华工商联合出版社，2014年，第327页。

④ 曹寇：《我所知道的韩东》，http://www.chinawriter.com.cn/n1/2018/0321/c404031-29880975.html

⑤ 韩东：《夜行人》，重庆大学出版社，2011年，第77、78页。

代意义的，佛教和基督教如今在世界范围内重又复兴，这是与现代人陷入与自然、他人、社会整体对立为敌的精神危机背景有着密切的关系的。

另一方面，“爱”的意义信仰的确立影响了韩东的心灵生活、社会生活和诗歌创作，使他的精神面貌发生了脱胎换骨的转变，与世界、他人的关系走向了不同程度的和解，也赋予了他的诗歌以一种超脱、高迈的精神境界和情系苍生、悲天悯人的生命情怀，这些改变也是韩东赋予自己的生命存在以意义的过程。

韩东一直视生活和写作是一体的关系，写作是自身安身立命的方式，也是另一种活的方式。当确立爱的信仰之后，他将自己的生活、写作都和这一“真理”挂钩。生活中通过坚持打坐来净空自我，修养身心，“在心田里灌注精力与纪律”，收获“信心、戒律、正念与智慧的果实”，培养慈心，“学会宽恕和爱人”[①],约束自己不去作恶，尽己可能帮助文学同道；在写作中虚无掉写作“目标”，把写作“过程”当作“真理”来追求[②]，努力做到“诚实”“忘我和聚精会神”[③]，实际上就是燃烧自我的生命，把全部的爱都投入到创作中。在某种意义上，可以说前者是后者的基础和前提。打坐使韩东摒弃了以二元对立思维方式来评断自我感受的心灵积习，化解了他的情感痛苦、止息了他的心灵纠纷，实现了自我和解，让他能以身心轻安的状态忘我地投入到创作中去，从而实现自己人生超越的目的。

当然，在修心修德和践行爱的过程中，韩东与社会、他人的关系也都走向了不同程度的融合。《孤星》是一首叙事性的象征诗，它描绘了诗人韩东孤单、洞明、轻安的日常心态。一方面，天幕上缀着的那颗小星“就像我的心像”，它“孤单晶亮”“就像破洞”，使我们联想起韩东对于真理之光的渴望以及对世事洞明、超脱、无染的心态。另一方面，小皮蛋每天傍晚都在阳台上等候主人回家，这也使我们感到韩东对于人与动物之间温暖感情的依恋。这表明心胸日渐开阔的韩东已经真的做到了“在所有的事件以外”或者说“平行于这个世界”（曹寇语），与世界达成某种远距离的和解，同时还对世界怀有深深的情感依恋。《在世的一天》更清晰地表达了诗人韩东亲身体验到的人与世界的和谐共生所带来的自由感觉：阳光冷热适中，车辆人流井然有序，草木或静或动，“我”置身其中行走轻快有力，一切自在而又安详，给人以如鱼得水之感。而这“值得生活于世的一天”，是“和所有的人所有的努力无关”的，是万物自行调适突然抵达的。也就是说，诗人相信，如果人人都能破除我执、“自我中心”“人类中心”，重视其他自然物的生命价值，那么万物就会自有和谐相处的方式，一个万物自在自由的世界才是值得人类栖居的。而破除我执，就是尽量弃绝自我，让人们来敞开怀抱爱一切众生。

---

① [斯里兰卡]德宝法师著：《观呼吸》，赖隆彦译，海南出版社，2009 年，第 26-27 页。
② 韩东：《回答李勇 21 个问题》，http：//blog.sina.com.cn/s/blog_4fe548220100an4r.html
③ 李勇、韩东：《最伟大的书只能由佛陀这样的人写成》，《文学界》，2011 年，第 10 期。

在韩东的其他一些诗歌中，我们还感到他的目光开始逐渐从自我生活和人性恶的领域转移，表现社会底层百姓的人性之善、人情之美、人的天性之纯成了他诗歌的一个常见主题，这些诗也表明韩东与他人的关系也渐渐走向某种友爱和融合。且看韩东对那卖报人的悉心观察：跨越四个季节，无论阴晴雨雪，从卖报和放报的地点、卖报人的衣着和动作以及卖报方式等多个角度精心表现了卖报人不为生存所动、专心致志读报的精神美（《卖报纸的》）。再看韩东写那对勤劳的煎饼夫妇，不仅注意到了他们的容颜五六年不见老，而且发现了他们的记性好、心态好、手艺也好，还想象他们未来回到故乡以及夜晚做梦都在摊煎饼的情形，并且回忆起了他们在城里长期起早贪黑四季操劳的往事。随着叙事的逐层推进，我们可以感受到有一股同情、赞美和感慨的暖流从诗人的心底慢慢地涌起（《致煎饼夫妇》）。

在韩东诗中还有一个可喜的变化是，他改变了经常使用的以“我”观人的个人立场，开始设身处地地走入书写对象的心灵世界来表现人情和人心之美。如《这家麦当劳》构思奇巧，诗人想赞美的是麦当劳店主不嫌弃乞丐和疯子的慈爱之心，但全诗无一个字描写店主、店员，而是以乞丐“我”的视角来写自己有生以来得到的罕见待遇：没有被轰走，还有吃的，环境也很暖和。这从侧面也流露出诗人对乞丐们饥肠辘辘、受人歧视的日常处境的了解与同情。韩东这一叙述视角的转变，也可以看作是他坚持“无我”修行的一个结果。在《赞美2》中，“我”看着“小孩子笑/小孩子闹”，常痴痴地想他们“是从童话里来/和大人不一样”。这种痴想也表明韩东是在以平等、亲和、开放的态度来看待小孩子们的情绪和反应，由于没有大人居高临下的“我执”心态，所以他也切身体会到了孩童心灵世界的美好、天真和有趣。

总之，韩东在日常生活中坚持修心修德，不仅使自己的精神面貌由内而外发生了脱胎换骨的转变，而且拓展了他的心灵疆域，提升了他的精神境界，改善了他与世界、他人的关系，同时也赋予了他的诗歌以一种难能可贵的情系苍生、悲天悯人的人文生态情怀。韩东诗歌精神内涵的这种转变，不仅可以看作是他在生活和创作中践行“爱”的自然结果，而且可以视为他实现了自我人生超越的一种表现。

通过以上大量哲思诗的分析可知，韩东并非存在主义思想的信徒、基督信徒、薇依信徒或佛陀信徒，而是一位关爱现实生命、重视现世人生、抵制虚无主义的生命存在论者。当他在目睹现代社会由于信仰缺失、价值迷乱导致的各种乱象、精神危机之时，他对于人与社会的关系问题、人的在世存在问题的思索没有局限在一己的悲欢和一世生死的狭窄范围之内，而是在萨特、薇依、佛陀、基督思想的启发下，思维的触角从人的社会生存及人生中的死亡现象延伸到生命、宇宙产生之始和人类整体生存的广袤领域。韩东的这种思维路向意在重新确立或曰回归个人在社会、世界、宇宙之中的本然地位，消解自我中心、人类中心的现代思想观念，铲除现代主客二分对立的思维方式，重新唤起人们对生命、世界、宇宙的敬畏和关爱之心。

韩东对个体生命生与死的存在状况的执着叩问，意在揭示生命存在的真相，增强人们的死亡意识、自觉生存意识和信仰危机意识，引导人们的价值取向由自我转向他人、由人转向外物，从而自觉肩负起自我的生存责任并自觉承担起社会道义，也肩负起看护一切生灵的存在家园的使命和责任。韩东诗歌中的上述思想使他的作品具有了一种积极的、建设性的后现代精神品格，因而在当代诗歌的日常书写中具有先锋性和世界性的意义。

第四章　韩东诗歌创作艺术研究

关于韩东诗歌艺术的总体特色，目前学界鲜有论及。原因似如诗人小海所说，韩东的诗体现不出“某种文化师承上的特殊关系”，“在一种没有深厚现代诗歌传统可言，而又被虚假人为制造的浓厚的现代主义文化气氛包围中保持的独特性，恰好使他的诗歌能够不断升值。他的诗歌是不定性的有机物，呈现自然生长的状态。”[①]这种自然生长的状态，与韩东的成长经历和诗歌观念有关。韩东这一代诗人都成长于民族文化传统遭到破坏、与西方文化隔绝的特殊历史时期，他们普遍对历史和文化传统持虚无态度，并始终看重并追求创作自由和艺术革新。韩东也认为自己这一代诗人是“文学传统的孤儿”，“孤立无助”是毫无来由的[②]。

但独立无助并不意味着在艺术创造方面就举步维艰。事实上，韩东及同代诗人又是极具诗歌创造力的。早在1980年代初，韩东便自创新路，坚持“不以文学史为参照系，也不审时度势、急功近利”去写诗，而是一直坚持“我行我素、自行其是”，且不遗余力地坚持“向自己和具体作家的具体作品(自己心中的不定的权威)所达到的那个艺术高度挑战”。[③]这种不迷信传统和权威、独尊创造的诗歌观念和写作态度，使拥有一定绘画、小说素养的韩东很自然地会尝试诗歌艺术的“跨界”实验，而这种形式实验必然使他的诗歌艺术形成“跨界”的多元融合这一总体特点。所谓“跨界”即为寻求诗歌形式与内心世界的高度合一，而自主打破诗歌与其他文学体裁(小说、戏剧等)和艺术门类(绘画、影视等)之间的界限，使各种艺术元素有机融合的创作行为。在文艺生态学的视野中，小说与诗之间存在着互渗的可能，绘画、影视也与诗存在着天然的姻缘。这种互渗和姻缘“包含着构成理解分析之基础的对应、影响和相互借鉴。”[④]因此，考察韩东诗歌艺术的特点，需采取跨界比较的方法，如此才能清晰地揭示出韩东诗歌艺术新质的来源。

第一节　韩东诗歌创作与小说艺术

在韩东个人的文学阅读史中，虽然他一直酷爱阅读翻译诗歌和小说，但是译

---

① 小海：《韩东诗歌论》，《东吴学术》，2015年，第8期。

② 韩东、朱文：《古闸笔谈》，《作家》，1993年，第4期。

③ 韩东：《韩东散文》，中国广播电视出版社，1998年，第329页。写于1989年。

④ 北师大中文系比较文学研究组：《比较文学研究资料》，北京师范大学出版社，1986年，第496页。

诗对他诗歌创作的影响是潜移默化、非决定性的；翻译小说是他诗歌灵感的主要来源。

如他所说，“从翻译作品里汲取养分、激活能量在诗人那里不具有决定性的意义”，但即便如此，自己这代人“对翻译诗歌的阅读也还是全方位的，尽其可能的。”[①]比如韩东“最喜欢的是戴望舒翻译的《洛尔迩诗选》”以及“叶芝、叶赛宁、史蒂文斯、特朗斯特罗姆等人”的诗，不过他们的诗歌只是在他阅读时激发了他“对距离和空间的想象”，使他“打定主意也要写出那所能想象的最好的诗歌来。”[②]虽说想象是属于韩东自己的，不属于借鉴，但是对于艺术启蒙较早、美学趣味相对明确的韩东来说，喜欢某类诗歌总不是毫无缘由的。比如洛尔迦的诗浓郁的民间色彩、哀婉优美的节奏，史蒂文斯的诗对存在现象和本质的沉思，叶赛宁的诗对乡村自然美景的描摹，叶芝的诗简洁有力的语言以及常用反直接抒情的客观化的抒情方式等等，这些译诗特色无一不让人联想起韩东诗歌的民间色彩、平民倾向、舒缓的语气节奏、流畅的语感、简洁的语言以及压制含蓄、客观化的抒情方式等等。或许可以说，译诗对韩东的影响是潜移默化的。

而与数量有限的优秀译诗相比，翻译小说对韩东诗歌艺术的滋养更为直接和久远。早在 1980 年代，韩东便痴迷法国存在主义小说家萨特、加缪等人的作品，还读过当时流行的苏联持不同政见者的文学如“索尔仁尼琴的《古拉格群岛》《癌病房》等”，1990 年代，他和同代诗人比较“热衷于现代主义和形式主义的翻译作品”，比如“卡夫卡、罗布·格里耶、卡尔维诺、乔伊斯、纳博科夫以及博尔赫斯”等人的小说，此外他对美国文学也如数家珍[③]，但最爱的还是“海明威、卡夫卡、鲁尔佛、昆德拉、库切、奈保尔(《米格尔大街》)以及村上春树(部分)”和“雅格塔克里斯多夫”的小说[④]。不过喜爱归喜爱，韩东对任何小说家都没有崇拜的感情和直接的师承关系，他只是喜欢“从翻译小说里”借鉴“新的看世界的方式”和“写法”[⑤]。但就是这看世界的新视角和写法，也没有必要和可能去准确探知它们到底源自哪位小说家的哪部小说，因为不同的小说可能拥有相同的感知世界的视角和写法，而且翻译小说对韩东诗歌创作的影响是整体性的、无明显踪迹可寻的。所以，这里只是根据韩东对自我诗歌艺术革新的回顾来初步呈现他诗歌中源于小说的艺术新质，以揭示其诗歌

---

① 韩东：《五个问题——关于文学互相影响的一个发言》，“某人韩东”的新浪微博，2018 年 4 月 21 日。

② 韩东：《问答——摘自〈韩东采访录〉》，《诗探索》，1996 年，第 3 期。

③ 韩东：《五个问题——关于文学互相影响的一个发言》，“某人韩东”2018 年 4 月 21 日的新浪微博。

④ 韩东：《一条叫旺财的狗》，重庆大学出版社，2011 年，第 163 页。

⑤ 常立：《“他们”作家研究：韩东、鲁羊、朱文》，复旦大学博士学位论文 2004 年，第 145 页。

与翻译小说的渊源关联。

一、翻译小说与韩东早期的反驳类诗歌

1982－1984 年是韩东诗歌创作的转型期。其时韩东意欲反叛《今天》诗歌的写作范式，开创出一条独属于自己这代人的诗歌写作新路。面对《今天》诗歌意象语言的雕琢唯美、想象抒情的泛滥、追求崇高的美学形态，韩东在阅读翻译小说的过程中，广泛吸纳了与《今天》诗歌的形式美学迥然有别的小说艺术元素入诗，如叙述性的语言、叙事虚构手段、儿童视角、人物描绘手法等。

韩东早期的一批反驳性质的诗歌"《海啊，啊》《我不认识的女人》《一个孩子的消息》《水手》《山民》等"中就有源自翻译小说的"叙述性、象征性、虚构性、猎奇以及传奇"等元素[①]。以《一个孩子的消息》为例，诗中"我"是叙述者、感知者和行动者，反复以间接引语方式来叙述那些骑马的人带给"我"的有关一个孩子的消息：这孩子来自南方，一路向北，赤着脚赶路，想投奔"我"这个"北方豪杰"。"他们说/那是个瞎孩子/却有不少心眼儿/是个结巴/却有条金嗓子"。此外这孩子在女人那里很讨喜，却不答应做她们的小丈夫，还奇怪地一笑就转身上路了……这些消息的内容之间显然充满了矛盾，而且不符合常识和一般逻辑，因而真实性和可信性大打折扣。但是"我"却对骑马人的道听途说信以为真，煞有介事地一直等到冬天，并且和自己的"妻子"整天坐在火炉旁一声不吭等着那孩子。这首诗叙事的虚构性、反讽性、传奇性是一目了然的，韩东不仅通过虚构"我"荒诞、空虚的现实生存境况轻而易举地解构了英雄豪杰的崇高形象，而且以"一个孩子的消息"为题暗示了日常生活中人们非本真的人际交往状态以及日常言说无意义的真相。此外，像《山民》《海啊，海》《我不认识的女人》都使用了小说中常见的虚构的意象叙事手法。比如《我不认识的女人》以意象"山"贯穿了整首诗的叙事：

我不认识的女人
如今做了我的老婆
她一声不响地跟我穿过城市
给我生了一个哑巴儿子
她走出来的那座大山
我什么也不知道

---

① 韩东：《一个孩子的消息——韩东新诗亲历记 1》，"某人韩东"的新浪博客，2015 年 7 月 4 日。

她是我的老婆
总有一天她会开口
告诉我山里的事情
但没准什么时候我就死了
她咽下没有讲完的话
动身回到山里

看来我要活得很长
活到连那座大山也死了
死得无影无踪
而山里走出来的女人
是不会老的

韩东写这首诗时刚刚分配到西安工作，虽和河北唐山的小君谈恋爱，但还未结婚生子，因而这首诗的虚构性和象征性是很明显的。诗中封闭的“大山”既是女人成长的故乡，也象征了她的精神家园。而“我”与女人不仅此前不相识，而且成为夫妻有了孩子之后精神上仍彼此隔膜，这都是因为女人的个性过分内向、心灵封闭所致。此外，她给“我”生的儿子也是“哑巴”这一情节，暗示了夫妻乃至亲人之间的精神隔膜程度之深、历时之久。起初，“我”对于妻子主动和自己进行心灵交流还抱有信心，但却对无常的生命没有信心。最后，“我”认识到只有自己和女人都长生不老，彼此的沟通才有可能，这也暗示了“我”实际上对两性之间情意相通已经彻底绝望。总之，这首诗以高度凝练地笔墨传达了韩东对现代社会人与人之间彼此隔膜的关系认知。

除上述的叙述性的语言、叙事虚构手法之外，《山民》还引入了儿童叙述视角来叙事，《山民》《海啊，海》也使用了源自小说的人物语言描写、心理描写等手法，《水手》使用了肖像描写手法，这些小说元素移入韩东的诗歌创作，在 1980 年代前中期无疑具有开风气之先的美学意义。比如《水手》一诗只有一节，共九句，读之不能不让人联想起沈从文的长篇小说《边城》：

顺流而下的水手，告诉你
大河上的见闻
上游和下游的见闻
贫穷的水手

卖给你无穷无尽的故事
两片嘴唇
满是爱情的痕迹
连同明亮的眼睛
一闪而过

在河上度过一生的水手，物质上确实是匮乏的，然而精神生活却丰富多姿，因为他们拥有无穷无尽的动人故事以及故事背后见多识广、浪漫丰富的现实人生。那水手的内心世界欲显还显、神秘自醉、柔情荡漾的情态全都蕴含在水手的面部肖像描写中："两片嘴唇/满是爱情的印迹/连同明亮的眼睛/一闪而过"。此外，这首诗的叙述者是不出场的"我"，受述者是任何一个隐含读者，"我"与"你"对话的语气构建了一种个人性的话语空间，有与熟人闲谈一般的随意感和亲切感，这在第二人称小说中也是很常见的。

二、勒·克莱齐奥的小说与韩东诗歌的叙述艺术

勒·克莱齐奥是20世纪后半期法国新寓言派代表作家之一。韩东曾对他的小说情有独钟，并说勒·克莱齐奥小说的"诗意、优美、异国情调"曾给予自己"很大的启发"，以至于迷恋了"一两年"时间[①]。韩东1980年代中期后的诗歌叙述方式与勒·克莱齐奥小说的叙述艺术渊源较深。

1983年，勒·克莱齐奥的长篇小说《沙漠的女儿》首次被译介到中国。这部小说突出的艺术特色是使用了感官化的叙述方式，即不从概念出发，而是直接从"看、听、闻、触、尝"五感入手，以饱含丰富的生命感觉和意味的语词来状物写景或叙事抒情。这种对"感官"和"词语本身拥有的真实生命"[②]的追求使《沙漠的女儿》读来很有节奏感，显得生动优美而又诗意盎然。而韩东1984年后的很多诗歌都使用了这种感官化的叙述方式。比如《黄昏的羽毛》一诗中，叙述者、感知者"我"先以简洁之笔描述了一幅黄昏降临时"我"坐在家中而窗外一片静谧的场景。接着，"我"聚焦于"还没点上灯"这一特殊时段的光景展开丰富的想象，用心捕捉自己的生命融入宁静的黄昏之时产生的各种生命感觉：无形的黄昏的光线射向万物，窗外的万物仿佛被黄昏"巨大的翅膀"所拂中，那断断续续、变动不居的光线就像一根根金色的漫天飞舞的羽毛；它们飞动着，漫溢着，却不

① 韩东：《一个孩子的消息——韩东新诗亲历记1》，"某人韩东"的新浪博客，2015年7月4日。
② 许钧、施雪莹：《存在、写作与创造——勒·克莱齐奥访谈录》，《文艺研究》，2016年，第6期。

发出一点儿声响；在这“安静”的氛围中，“我”的生命灵思复又从窗外飞回到窗内，感觉自己与窗外“安静”的黄昏好像隔着一层玻璃一样，一切都是那么的安静而又清晰，自然地显现自身。韩东就这样凭借内在的想象和情感的节制走入了黄昏光景的深处，实现了物与我的瞬间交融。这首诗从视觉、触觉、听觉等角度展开叙述，其感官化的叙述特色是比较明显的。此外，韩东的《明月降临》《雪粒》《奇迹》《我听见杯子》《听力》《愿望》《雨夹雪》《雾》等诗歌也广泛地使用了这种叙述方式。后来，韩东在与于坚的诗歌理论对话中接受杨黎提出的语感概念，认为“诗人的语感一定和生命有关，而且全部的存在根据就是生命”[①]。这种语言观的最初形成恐怕也离不开勒·克莱齐奥小说的诗化叙述带给他的语美体验和启示。

三、海明威等人的小说与韩东的诗歌艺术

海明威、博尔赫斯、格里耶等小说家都具有出色的语言驾驭能力，常以最简单的词汇和句式来表达最复杂的内容，常用名词、动词来揭示事物的本来面目。韩东自 1980 年代中期起就喜欢简洁朴素的文学作品，对上述作家的小说自然非常喜爱。2013 年，韩东赴法甚至只携带一本三十年前读过的海明威小说集(诗《读海明威》)。

某种意义上可以说，韩东诗歌中常见的白描手法、人物描绘手法、简洁明了的语言风格的形成与海明威、博尔赫斯、格里耶等人小说的语言艺术的影响有关。比如《下棋的男人》一诗就以白描手法、简练的语词勾勒了一幅两个人在灯下专心致志下棋的日常情景，读者读诗时眼前仿佛浮现出一幅构图匀称、意境静谧的素描画面。而《圆眼睛》最能凸显韩东以精简的言辞刻画人物肖像和个性的功力。正如鲁迅先生所说的，“要极俭省的画出一个人的特点，最好是画他的眼睛”。画画出身、也从事小说创作的韩东显然也深谙人物描绘之道，善于从眼睛的刻画来洞悉人的个性和灵魂：

你的眼睛是圆的
我愿意叫你圆眼睛
我愿意提到豹
想起蛋清中的蛋黄
蛋清和蛋黄
当你决心再看我一眼

---

① 于坚、韩东：《在太原的谈话》，《作家》1988 年第 04 期。

月球移入太阳——
一次命运的日环食

短短八行诗，清除了不必要的形容词，在以隐喻修辞突出“你”的眼睛很圆、黄白分明的基础上，也暗示了热情、开朗、阳光的“你”和安静、深沉、内敛的“我”之间个性殊异、短暂有情、注定分离的命运，体现了韩东对人物个性和双方关系演变动因的清醒洞察。此外，《开会》《黑人三首《时尚摄影师》等诗也都使用了人物的肖像描写手法，而《打鸟的人》《抓鱼》《卖鸡的》等使用的是动作描写手法，《对话》等则使用了语言描写手法。韩东还有很多诗使用了小说中的细节描写、场景描写等手法。凡上种种说明韩东的诗歌艺术的确从小说艺术中获得颇多启发。

八十年代初期，从古典诗歌、新诗或外国诗中汲取营养和灵感的诗人大有人在，由此形成了回归传统和面向世界两种主流的写作路向。韩东大胆突破体裁壁垒，率先将小说元素创造性的引入诗歌，创化出了有别于《今天》诗歌意象化写作的叙述性文本样式，从而开启了第三代诗“本体性叙述形态”[①]的先河。而从韩东诗歌的艺术转向也可以看出 1980 年代叙述性诗潮的涌起是与翻译小说的大量译介、一代诗人渴望超越《今天》诗人的欲求有着密切关联的。

第二节　韩东诗歌创作与绘画艺术

韩东与绘画艺术的结缘远远早于文学。他不仅从小爱画画，自身有漫长的学画史，而且中学时代受自由艺术家刘冬、美术老师戴鸣的影响对艺术和艺术家生活产生了浓厚的兴趣。1980 年代初韩东写诗成名后，并未停止对西方绘画艺术的关注和热爱。韩东南京的家中不仅所藏画册众多，而且新婚婚房中还挂有凡·高的名作《向日葵》(诗《一切安排就绪》)。他甚至常年与画家有着密切的交往。比如“他们”诗群中于小韦、吕德安、任辉等都出身于美术专业，于小韦与韩东后来成为挚友，吕德安自始至终是韩东最为推崇的诗人之一。此外韩东还和南京著名的写实主义画家毛焰交谊深厚，不仅为毛焰及其妹妹毛进写过绘画作品评论《毛焰即矛盾》《其他及毛焰》《毛进和毛焰》，而且应毛焰之邀于 2018 年 11 月 3 日至 2019 年 2 月 3 日在南京四方当代美术馆一起联合举办了大型诗画展《毛焰 韩东》。具体到绘画艺术与韩东诗歌艺术的关系，当然不体现在许多画家及其生活、

① 孙基林：《当代诗歌叙述性思潮与其本体性叙述形态初论》，《山东社会科学》，2012 年，第 5 期。

绘画作品成为韩东诗歌创作的题材方面，比如《艺术家的大手》《只有石头和天空》《四十个任辉》《熟睡的少女》等，而是体现在绘画创作方法、手法、技法对韩东诗歌创作的如下三方面影响。

一、写实主义美术实践与韩东的诗歌实践

写实主义美术实践影响了韩东部分诗歌的创作原则、方法、技法和美学风格。韩东从小天性聪颖敏感，热爱自然。儿时苏北水乡的美丽景色培育了他的美感和艺术天性。在涧南生产大队时他曾一度自学并临摹《芥子园画谱》。该画谱被近现代画坛名家如黄宾虹、齐白石等视为学画者进修的范本。从绘画创作原则和方法的角度看，由于画谱内容主要是介绍画树木、山石、梅兰竹菊、人物、屋宇、花卉、草虫、翎毛等“真实存在物”的技法，因而可看做是写实主义或现实主义画谱。韩东进入中学学习美术时，也正值“苏联的美术教学体系”在“中国基础美术教学”中盛行之际，“写实性、再现性几乎成了绘画的唯一标准”[①]。在无明确教学大纲和教材的情况下，许多美术老师如戴鸣在进行美术教学时也多偏重素描技巧的训练。韩东还效仿刘冬随时随地练习速写。这种素描、速写训练增强了韩东对写实主义创作原则、方法和技法的理解和掌握，也强化了他求真的美学趣味。

韩东后来从事诗歌创作时，受成绘画经验和写实主义美学趣味的影响，自然不会长久地痴迷于推崇浪漫、想象和抒情的《今天》诗歌，而写实主义美术关心事物本身和客观的现实生活的理念，自然也就成为韩东诗歌创作转向的一个美学动因，这个过程也是韩东从崇拜他人到回归“自我”的过程。因此，韩东 1980 年代中期的一些先锋诗作中就使用了写实主义创作原则、方法和静物素描技法。比如《郊区的一所大学》(1986)读之似是在欣赏一幅建设中的大学校园的素描写生图。韩东主要从视觉角度客观再现了正在建设中的大学凌乱、单调、静谧、空洞的校容校貌，流露出自己对这所大学的淡漠和疏离情绪，也体现了他注重事物的客观再现的写作观。此后类似的诗《写景》《此刻城市有雾》等也都表现出突出的现实主义美学特色。此外，静物素描技法也被韩东应用到诗歌的创作之中。比如《水渠》(1988)一诗先从水渠形象的整体勾勒入手，再到渠岸、渠水的细部描摹，客观、真实地再现了水渠简单而朴素的外在样貌，文字描写的顺序与静物素描的步骤两相吻合，一种深广宁静的氛围取得了与静物素描同等的感染效果。

后来随着韩东阅历的丰富和思想的成熟，他在素描速写中培养的观察能力、形象记忆能力、想象能力、感受能力逐渐发展成一种“内视力”，即胡塞尔现象学

① 张永昌：《写实主义教学的思考》，《艺术教育》，2008 年，第 5 期。

所谓的通过"知觉和想象""直观出""本质"[①]的能力。直观、洞悟遂成为韩东稳定的审美观物方式，客观、真实、面向真理自然成为他诗歌创作的一条精神原则，许多诗也因此表现出自然、真实的风格。

二、写实主义绘画素养与韩东的诗歌语言

多年的素描、速写训练提升了韩东的写实主义绘画素养。他不仅掌握了空间透视基本知识、色彩分类知识和基本原理等，而且培养了自己的观察感悟能力。他的美术素养使他在进行诗歌创作时总是自觉或不自觉地追求物体或景色描写的画面感，在诗歌语言方面表现为对单纯的词、原色词、方位词的偏爱。

如同写实主义绘画总是从可视材料中取材一样，韩东的诗也常以大自然或日常生活中的景、物、人、事为题材，发掘它们蕴含的诗情、诗意、诗美和诗味是韩东诗歌的目的所在，这也决定了韩东的诗歌总是有很强的画面感。而韩东在美学训练中培养的对事物的形态、色相、质感、方位等的精准观察能力和敏锐感受能力，也使他写诗时非常偏爱"单纯的词""原色"词和"方位词"[②]。"单纯的词"如村庄、河流、树木等都没有深度所指，只指向事物本身，这显然与写实主义绘画的"再现"原则有关。"原色"并非单指绘画术语中的红、黄、蓝三原色，而泛指可由一个音节描述的颜色，如一些诗中的"白"色、"黑"色、"绿"色、"棕"色、"红"色等，它们的使用大大增强了韩东诗歌的审美效果。比如韩东的诗《灰》围绕"灰色"来构思和立意，先是铺叙了日常生活中各种事物所拥有的不同灰色，如"降雪以前的天空""湖水的适当深度""穿过云层的机翼""小学生玩弄一块柔软的泥巴""诗人在灯下欣赏食指的投影""灰母鸡""面包上的霉点""爱人病弱的脸颊"等。接着对与白色相对的"灰色"的象征意义做了解读，认为它象征"一种暧昧的感情"和"一切不可能"，是所有事物的终极颜色，连太阳和家都是灰色的。整首诗充满了哲理意味，暗示了韩东在现代社会对于世界和人生的"灰色"感受。韩东还有一些诗善于运用绘画互补色原理造成对比效果来寄寓象征意义，如《华盛顿记》：

最强大的帝国的心脏
舒展如花园。
不是血红色的，发出阵阵白光。
白色的方尖碑，白色的墙

① [德]胡塞尔著：《现象学的观念》，倪梁康译，上海译文出版社，1986年，第58页。
② 韩东：《韩东散文》，中国广播电视出版社，1998年，第285页。

白宫里面住着一个黑人。
他走向绿色的草坪
影子和白人一样黑。
离开以后是我们这些
五颜六色的游客。
其中或许混有恐怖分子
无色无味，隐形的。

诗中的“白”在整体语境中象征着美国主导的以霸权主义、强权政治和剥削掠夺为基本特征的国际政治经济旧秩序，而“黑”则象征着这种旧秩序在全球范围内导致的非人道的黑暗性后果。韩东还有一些诗善于通过寓情于色来强化情感倾向或彰显主题，如《从白色的石头间穿过》：“墓地总是这样茂盛/作为风景，总是这样独立/春天它更绿，石头更白。”这里的“白色”蕴含着冰冷的情感以及“空无”之意。“方位词”就是指上、下、左、右、前、后等，它们在韩东诗中俯拾皆是，可看作是绘画空间透视手法入诗的体现，比如《全部的遗憾》《墙壁下的人》等。韩东诗歌语言的上述特色，使他的许多诗都呈现出写实主义与现代主义糅合的美学风格。

百年新诗史上，具有绘画功底的诗人并不少见。如新月派诗人闻一多、象征派诗人李金发、七月派诗人艾青以及《今天》诗人芒克和顾城等。受美术艺术的滋养，不仅闻一多提出了“绘画美”“建筑美”的诗歌理论主张，而且上述诗人在创作上都使用了源于美术的许多新诗技巧，如韩东诗中也使用过的对事物形体、色彩、方位、廓线、光影等的描绘，以色传情或暗示意义等。绘画元素能够入诗，概源于朱光潜所说的诗画有“共通之处”，即都是生命“情趣”与“意象”(景象、物象)的“契合”和“融化”[①]。韩东“归真返璞”的诗歌作品无疑在1980年代为诗坛带来一股清新的美学之风，大大提升了新诗语言的敏感度。

第三节　韩东诗歌创作与影视艺术

早在8岁前，韩东就进过南京电影院看电影。读大学时，韩东也经常看露天电影或去电影院看电影。进入1980年代后期，韩东对第五代导演根据文学作品改拍的电影如张艺谋的《红高粱》等产生了很大的兴趣，并敏锐地意识到了中国电

① 朱光潜：《诗论》，江苏文艺出版社，2008年，第125页。

影与文学之间的密切关系。而在韩东的文学朋友圈中，先后涉足影视领域的作家更是大有其人。不仅大学好友杨争光是电影《双旗镇刀客》、电视剧《水浒》的总编剧，而且与他关系密切的年轻作家朱文、尹丽川、李红旗等都改行做了导演。韩东还与朱文、李红旗、贾樟柯在表演、策划、写剧本等方面有过多次的合作，他还写了很多随笔式的影评。2010 年，韩东担任第七届中国独立电影节评委会主席，2015 年更是亲自执导首部电影处女作《在码头》。韩东从影视艺术中汲取了不少有益于诗歌创作的养分，这主要体现在如下三个方面。

一、摄像机机位视角转化为韩东诗歌的叙述视角

韩东有着漫长的观影历史，许多影视剧或电视节目在为他的诗歌创作提供丰富的题材和灵感的同时，摄像机机位视角也成为他部分诗歌的叙述视角。

在韩东取材于影视剧或电视节目的诗中，许多镜头语言在转化为文字的过程中保留了摄像机机位视角。如《草原》一诗似取材于某一影视剧或电视节目：

远离所有的地方远离议论的中心
这辆马车已深入草原
它是草原的天空下唯一异样的东西
摇晃着轮子滚过一个土块把它压碎
倾斜了又恢复正常
总以为它向前由于车辙在马车的后方出现
一只鸟儿站在磨平的车轮上不时交换着它的脚
又从那里跳上马背向上踱上马头站稳
牧草茂盛的地方只看见马头在上面起伏
而马车已深入草原的腹地无力穿越或者回来
所以它总会停下
下雨时车厢里盛不住雨水在烈日当空的正午也不会燃烧
那赶车的或坐车的一觉后醒来
仍然是这片草原

诗中的叙述者不出场的“我”聚焦于草原中的一辆“马车”，目光先从摄像机机位的全景平视、高空俯视“马车”转到近景平视“轮子”、轮上的“鸟儿”，再转移到远景平视牧草中起伏的“马头”以及草原腹地的“马车”，最后回到近景平视的“车厢”和“赶车的”，一行行诗句以影视蒙太奇方式衔接起来，不仅再现了

影视剧或电视节目中的动态画面，而且传达了自然无限、生命有限的思想主题。其他将摄像机机位视角转化为诗歌的叙述视角的诗还有《一堆乱石中的一个人》《渡河的队伍》《远征》等。

二、影视蒙太奇转化为韩东诗歌的结构方式或表现手法

蒙太奇(Montage)在法语中的意思是“剪接”，即有意涵的时空人为地拼贴与剪辑的手法。这一词语传到俄国后被发展成一种电影中镜头组合的理论。根据镜头连接的内容和方式的不同，电影蒙太奇可以大致分为“叙事”和“表现”[①]两类。叙事类重在对人物在不同时空中的语言和行为动作展开线性叙述，以推动情节或传递人物信息；表现类侧重在扼要叙述人物行为动作或事物的基础上，委婉传达人的复杂思想感情。这两类蒙太奇在韩东诗中使用的都比较普遍。

首先，叙事类蒙太奇又分单线和双线两种。

单线类所有画面都围绕同一事件或情节展开，如《在玄武湖划船》以时间为序，将“风吹小船”“划船搁浆”“摸烟点火”“走在路上”四组动态画面前后相连，完整地记述了诗人的一次划船经历，虽也流露出“我”的淡淡的孤独情绪，但分量轻微。而《和方世德一家回洪泽》《去栖霞寺烧香》《他摇晃着一棵树》《他们总是坐着》《他的母亲死了》《“亲爱的母亲”》《电话》《一天》《扫墓兼带郊游》《卖报纸的》《时尚摄影师》《汽车营地》等诗，也都把单线式叙事类蒙太奇作为诗歌的结构方式或表现手法，只不过这类诗的叙事意图不在制造戏剧冲突，而旨在展现人物的日常生存状态中的诗意。

双线叙事类蒙太奇如《轮回》在现实和虚构两个时空中展开两个事件的叙述。首尾两节主要叙述了“他”在宾馆阅读传奇一事，由“床上抽烟读书”“楼下餐厅吃饭”“回房继续读书”三个动态画面组成；中间三节重在叙述传奇书中“那个家伙”的悲剧命运，由“身陷绝境忆恋人”“被嫁恋人欲亡身”“寂寞魂灵念红尘”三个动态画面组成。两条叙事线最终指向同一个主题，即爱情虽苦、红尘可恋、轮回不休。《写作》《烟火》等诗也使用了蒙太奇结构方式和表现手法。

其次，表现类蒙太奇在韩东诗中大体又分映衬性、渲染性、对比性、象征性四类。

映衬性的蒙太奇如《母亲的样子》由五个动、静的画面组成：“记忆中笑着的中年母亲”“相册中神气秀丽的年轻母亲”“病床前即将垂亡的衰老母亲”“墓地中取代母亲的青草白石”以及“我抚摸病母腹中颤动的心”。诗人最后说：“我只记

---

① 朱鹏飞：《电影蒙太奇手法在诗歌中的运用》，《齐齐哈尔大学学报(哲学社会科学版)》2001年，第2期。

得她中年以后的样子/和那颗颤动不已的心”。这样母亲年轻时、垂亡时、安葬后的样子都与中年母亲构成了正衬或反衬的关系，从而抒发了诗人对亡母的疼惜以及深深的怀恋之情。《爆竹声声》《侍母病》《山中剧场》《牠是一条无人理睬的狗》等诗也使用了这类蒙太奇手法。

渲染性的蒙太奇是指所有画面中的相似或相类事物、景物都烘托了某种气氛或反映了人物的某种心情。比如《我仍然可以热爱生活》呈现了六组日常生活的动态镜头：清晨上班，乌云翻滚，树木楼群洒下奇怪光影；在工作室偏头疼发作，服药躺下，有愧光阴；中午馄饨店等餐，服务员包馄饨，门外人们打麻将；篮球场上同学们打球；理发店门前大姑娘抱着小姑娘；围墙拐角一只黑猫咪咪地叫。这些动态镜头显然渲染的是一种安稳、琐碎却也充满个中趣味的生活氛围，以致最后诗人说“偏头疼停止/我仍然可以热爱生活”。《常见的夜晚》《回家》《夜游某山庄》《灰白的小街》《小街上的大树》《成都的下午》《烟雾使思念显形》《纪念》《友谊宾馆》等诗也都使用了渲染性的蒙太奇手法。

对比性的蒙太奇是指把两个相关或相反的动态画面并列在一起，难分主从，构成一体，通过相互比较，使思想的表达更加具体，艺术形象更加鲜明。如《这儿 那儿》一诗始终将“这儿”与“那儿”的天空与万物的色彩、人们的性格与常用食材、动植物的样貌、日常出行方式等两两交替进行对比，在扬此抑彼中抒发了对自由、清新、闲适的牧歌生活的向往以及对不自由、灰白、拥挤的都市生活的不满之情。《甲乙》《老人》《过年 下雪》《四十个任辉》《延误》《没睁眼睛》《不想睡》等诗也都灵活地使用了对比性的蒙太奇结构或手法。

象征性的蒙太奇有三类：第一类象征蒙太奇指的是相互连接的画面之间构成象征关系，一个是表现对象，另一个或一些是象征物，后者使前者更加鲜明生动。如《跨过公路》可以说是由四组画面构成：平视的近景“公路上有一只麻雀的尸体”，类似于电影闪回的“麻雀被疾驰的汽车撞死的瞬间”，俯视的特写“公路中央麻雀的尸体呈现出展翅欲飞的模样”，平视的全景“三个猎人向麻雀尸体致敬然后走向茫茫草原”。诗题是“跨过公路”，前三组画面显然成了象征物，作用在于突显第四组画面中的表现对象“三个猎人”在意识到人生的“公路”充满凶险时仍敢于“跨过”并直面“茫茫草原”的坚定果敢。《密勒日巴》一诗也是如此。第二类象征蒙太奇指的是所有的画面都是诗人的虚构，是其思想或情绪的形象化。如《写给亡母》描绘了诗人想象中的三个动态画面，先是东南方向母亲的魂灵上升到星星的高度，接着母亲的魂灵下降到丛林围绕、炊烟袅袅、穿村而过的小河旁并享受着赤脚奔跑的解放，最后“闪回”到晴朗夜空下母亲的魂灵从墓穴中走出、收回回望的目光并消声远离。三组画面正是诗人对亡母绵绵不尽的思念和怀恋之情的象征。第三类象征性蒙太奇是指诗人的思想感情移入身边的真实景物之中，所有画面中的景物既是其自身，也是诗人思想情感的象征。比如《机场的黑暗》中，载着“完美的肉体”的飞机升空离去后，“我”面临的“机场的黑暗”，置身的“孤独的大雾”“弥漫的大雾”，脚踩的“大地坚硬的外壳”等，其实都是“我”黯然、绝望、孤独、迷惘、痛苦的心灵感受以及否定并遗忘往事的理性与意志的象征。

三、剧本故事元素移入韩东的诗歌创作

2004年以来，韩东写了《在清朝》《北京时间》《爱你一万年》《卫视恋曲》《妖言惑众》等多部影视剧本和话剧。一般来说，一部剧本就是“一个由画面讲述出来的故事”，构成故事的要素主要有“行动、人物角色、冲突、场景、场次、对话、动作……偶然事件、情节、大的事件、音乐、地点等等”。[①]

这些剧本故事元素有许多也出现在韩东的一些诗中。如《半坡即景》(2004)就可以看作是由画面讲述出来的关于半坡村酒吧人事变迁的微型故事。它完全由酒吧这一“地点”、楼下和楼上两个“场景”、两个场景中几个人物富有动作性的“对话”、小便和喝酒两个“动作”、对话“冲突”与缓和等剧本故事元素组成，主要表达的是世事变迁带给人的忧愁和感慨。而《不存在的父女独白》则主要使用了戏剧、电影剧本中常见的“独白”手法，即让故事人物独自抒发个人的愿望和感情，以使读者深入了解其思想感情和精神面貌。诗歌由“我们只叫她女儿(父亲说)”和“从唯物到唯心(女儿说)”两部分构成。父亲叙述了与老伴儿照顾瘫痪女儿三十载的复杂感受和不敢死在女儿之前的心理，女儿则叙述了自己在当兵期间成为植物人的原因以及瘫痪后求死不得的痛苦。最终女儿死了，父母也获得解脱。诗题《不存在的父女独白》暗示了对白的虚构性质，但通过父女独白的对比和互补。

韩东的上述日常生活诗与影视有本质相通之处。比如它们都诉诸视觉、遵循生活的逻辑、重在客观叙事、多使用在动作和图景间跳跃的结构方式等。这也是摄像机机位视角、影视蒙太奇、剧本故事元素能够植入韩东诗歌的根本原因。与现代诗人卞之琳、穆旦、北岛、痖弦等人诗中的蒙太奇手法不同，韩东不是通过意象的直接自由组合来激发读者的想象，而是通过人物动作或场景的切换以及叙事、渲染、映衬、对比、象征等传统诗歌表现手法的有机融合，来发掘人、事、物本身蕴含的诗意，从而开创了一种影视化的诗歌文本新样式。

需要补充的是，上述小说、绘画、影视元素进入韩东诗歌的实际情形是比较

[①] [美]悉德·菲尔德著:《电影剧本写作基础》，钱大丰等译，世界图书出版公司，2012年，第6页。

复杂的。依据类别、以时为序乃出于论述和阐明的方便。具体到每一首诗，可能各种元素都有。总之，作为曾一度影响了当代诗歌史走向的潮头人物，韩东的诗歌艺术特色的形成，与他前瞻广博的艺术视野、博采众长的创造精神、持之以恒的顽强探索是分不开的。在多数诗人要么复兴传统，要么步西方后尘的诗歌主潮中，韩东独树一帜进行跨体裁、跨艺术的诗歌探索，已然显示出了新的路向所可能带来的欣欣向荣的气象。尤其是新世纪后韩东的诗更走向了多元融合，技艺更加炉火纯青，这也使我们有理由相信：跨界合作与交流，定然会为当代诗歌开拓出更广阔的前景。

第五章　韩东诗歌创作理论研究

韩东是一个童心和哲心、原逻辑思维和逻辑思维都很发达的诗人，也是对文学、艺术、科学和宗教知识等都怀有浓厚兴趣的诗人。他不仅写出了一批开启诗美新风和切合时代思想脉搏的先锋文本，而且善于对自己的诗歌创作经验进行理论总结，并针对诗歌创作现状积极地与其他诗人展开诗歌理论方面的对话与沟通，艺术、科学和宗教知识也总是能够带给他以思想的启迪。因此可以说，创作体悟、诗歌理论对话、知识的跨界激发是韩东独特的诗歌理论产生的三种途径。韩东诗歌理论的文本形态有诗论文章、访谈录、格言摘编、作品自释等几种。就整体的思想内涵而言，韩东的诗歌理论可以看作是一种"生命存在论"诗学。

"存在"一词对应着德文中的"sein"和英文中的"existence"与"being"，总体说来大致包含如下几层意思：一是它作为名词用来指一切存在物或实体，二是它作为动词用来指"继续生存、存在状态、生活及生活方式等"，三是它作为名词也用来指"生命、本质之意"。[①]在韩东的诗论言说中，他从未清楚界定何为"存在"，但就该词出现的语境大致可以将其内涵概括为如下三重含义，不仅指一切存在物或实体本身，也指存在物或实体的存在或生存样态等存在表相。简言之，"存在"是包括表相和本质的全体，表相即一切存在物或实体的种种存在样态，本质即精神；存在就是精神与世界万物交会共在，即精神克服自身的封闭性把自身投射到外物之上，从而转化为种种异己的存在、外化为种种符号和表相，这些符号和表相揭示的便是世界的整体性存在。"生命存在论"诗学就是积极致力于体认人的生命存在状况之诗的诗歌理论，这种诗歌理论的代表是1980年代的"第三代"诗歌理论。"第三代"诗人在1980年代普遍致力于探求存在者在世界之中存在的方式或状态。

韩东诗歌在追问存在问题时，喜欢从作为独特的存在者"我"的存在表相出发，致力于探求人的生命存在与世界之间的根本性关联，其诗歌理论也主要以侧重思考人的存在问题的萨特、加缪、基督、薇依、佛陀等人的思想为理论渊源，因而其诗歌理论具有突出的生命存在论思想底蕴，堪称是一种"生命存在论"诗学。

大体而言，韩东的诗歌理论大致可以分为创作论和本质论两部分：诗歌创作论是韩东对自己及同代人诗歌创作经验的历史反思和理论总结，其中包括思想内

① 倪东：《人的存在论研究的新领域》，《江海学刊》，2001年，第1期。

容层面的“灵感”来源说以及艺术表现层面的语无定式、形无定样、写无定法、归真返璞等。诗歌本质论是韩东对“诗歌是什么”问题的诗学凝思以及对“写什么”和“怎么写”问题的抽象思辨。

第一节 诗歌创作论：“灵感”来源说和艺术“多元”论

俄罗斯古典文学的继承者亚·法捷耶夫认为，“任何艺术工作的过程都可以假想地分为三个时期：一、积累素材时期，二、构思或者‘酝酿’时期，三、写作时期”[①]。诗歌的创作过程也是如此，一首诗的创作过程其实就是诗人在某种审美情感的支配下，对各种长期积累的素材进行创造性地改造、重构和传达的过程。

在近四十年的诗歌创作生涯中，韩东积累了丰富的诗歌创作经验，这些经验当然也涉及素材积累、艺术构思和写作传达三个阶段；不过由于他各个阶段观点的呈现常常交缠混杂在一起，因而这里将韩东的诗歌创作思想概括为思想内容和艺术表现两个层面。诗歌的思想内容，也就是一般而言“写什么”的问题，多涉及诗歌的素材积累、题材选择、主题提炼、创作启动等内容，韩东对此秉持依兴趣而定的随意原则，在诗论中集中体现为他对于诗歌灵感来源问题的看法。他认为诗歌的灵感主要来源于阅读、情感抒发和日常生活。韩东对“灵感”的言说比较具体科学，较少神秘化的倾向。在艺术表现层面，韩东是一个艺术“多元”论者，认为诗歌语言的来源、模式即语言样式应该“多元化”，诗歌的创作方法、艺术形式也应该“多元化”。韩东的这些创作思想突出体现了他始终坚持思想独立、创作自由、独尊创造等难能可贵的精神品格。

一、科学的“灵感”说

关于“写什么”这一诗歌的素材、题材问题，韩东的原则一向是依凭热爱和兴趣而定。他认为诗歌的思想内容是“因人而异的”，最方便的是写自己“熟悉”和“感兴趣的”，在这方面诗歌无高下之别，因为人无高下之别[②]。他在诗歌《只有石头和天空》中也有这样的诗句：“热爱石头和天空的画家/只画石头和天空/我

---

① 法捷耶夫：《和初学写作者谈谈我的文学经验》，收入《古典文艺理论译丛》第 11 册，158 页，人民文学出版社，1966 年。转引自王元骧的《文学原理》(2 版)，广西师范大学出版社，2007 年，第 72 页。

② 杨黎：《灿烂》，中国工商联合出版社，2014 年，第 317 页。

想没有比这/更简单的事情/没有比它更令人愉快的了”。明确了诗歌写作要选择自己热爱和熟悉的题材还不够，灵感降临才是诗歌创作启动的真正契机。

韩东对“灵感”的认知经历了一个逐步深化发展的过程。起初，他强调灵感对于诗歌创作十分必要，自觉的诗人应该具有召唤、理解、诱导和控制灵感的能力，随后他细致总结了自己诗歌创作的灵感来源途径。近年他认为听凭灵感充满快感和生理冲动的写作应该自觉终止，要重视诗歌简朴的形式和幽深意蕴的打磨。

灵感是文学创作中的一种常见现象，本质上是从作家心底油然而生的一种带有某种“突发性”“无意识性”和“快捷性”的情感，通常被视为“创作不可缺少的机缘”和“天才的标志”。[①]它长期以来也指这样一种创作状态，当创作冲动袭来时，文学艺术家的胸中激情翻涌，不可遏制，有如神魔附体一般，自动地写下炽热的诗句或画下美丽的图画。韩东对灵感的理解比较具体现实，没有将灵感来临理解为“神魔附体”，而是视灵感为创作中的各种意外，并认为这种意外在意外之处所起的作用极为宝贵。他认为灵感是十分敏感和娇弱的，写诗不仅需要灵感，而且需要诗人要对灵感有一定的理解力、召唤力和诱导力，要控制好灵感的预热、滑翔以及出现时机；他反对以酗酒、吸毒的方式人为制造灵感[②]。

既然灵感对诗人的创作如此重要，它又那么的敏感娇弱，那么它是从何而来的呢？古往今来，诗人、作家、哲学家们众说纷纭。柏拉图的灵感说影响巨大、传之久远。他认为灵感来自“神力的凭附”，当其降临时诗人会像巫师一样“代神说话”，最美的作品都是“诗神的作品”而非诗人的作品[③]。柏拉图是古希腊秘教传统的继承者，因而有将灵感来源神秘化的倾向。薇依是柏拉图学说的忠实信徒，古希腊秘教传统对于她本人的神秘精神历程具有重要的意义。她虽未谈及诗歌的灵感来源问题，但她的名诗《门》充满了人类渴望回归神的世界的神秘主义气息。韩东虽然对柏拉图的思想学说有一定的了解[④]，也酷爱薇依的《门》[⑤]，但是对灵感来源的理解却极为科学。

韩东将自己诗歌创作的灵感来源概括为“乞灵于阅读，乞灵于情感抒发”以及乞灵于“生活”，这里的“生活”特指“身边的、每日如此的、视而不见的、日常的”生活[⑥]。

---

① 王元骧：《文学原理》，人民文学出版社，2007 年，第 97-98 页。

② 韩东：《问答——摘自〈韩东采访录〉》，《诗探索》，1996 年，第 3 期。

③ [古希腊]柏拉图著：《柏拉图文艺对话集》，朱光潜译，人民文学出版社，1963 年，第 8 页。

④ 韩东写过中篇小说《我的柏拉图》。

⑤ 2018 年 3 月 11 日，韩东在自己的新浪微博上贴过《门》一诗，并评到：“最伟大的诗，译得也好”。

⑥ 韩东：《常见的夜晚（《三十年河东狮吼》三）》。http://blog.sina.com.cn/s/blog_4fe548220102vpql.html

所谓乞灵于阅读，就是主张诗人应该从广泛的阅读中汲取创作的灵感，不仅要读当代人的诗歌，而且要把“翻译作品”和“古典作品”作为自己“灵感的来源”[①]，甚至哲学、宗教著作等也要广泛涉猎。比如韩东就从毛泽东的《寻乌调查》、薇依的著作、密勒日巴的传记、基督和佛陀传记或著作以及一些小说中获得过很多创作的灵感，因而写下了《寻乌的调查》《读薇依》《密勒日巴》《二选一》《食粪者说》《说一个故事》《没爹没妈的孩子》等具有互文意义、思想内容丰富的诗歌。

所谓乞灵于日常生活，是主张诗人要善于观察和体验身边的日常生活，要能不断地打破固有的经验框架，发掘出常人难以觉察到的平凡生活中的诗意。从韩东的日常生活诗创作可知，他发掘生活中的诗意通常有四种途径：

一要善于从生命初遇事物的新鲜感觉中来捕获灵感，通过巧妙使用语言来营造整体情境，以固定生命的感官冲动。比如《听力》透露出韩东特别擅长通过听觉来感知事物、捕捉灵感；《重新做人》《我因此爱你》等诗都体现出韩东高度警惕自己的感官惰性，自觉地追求每一个“第一次”带给自己的新鲜感觉，而感官化的叙述方式正是韩东许多诗歌的主要叙述方式，也是诗意生成的一种途径。

二要善于从身边事物和生命的存在状态的共性和关系中来捕获灵感，以发现事物之间的深层关联和意义。比如《天亮以前》中诗人发现了晨光渐亮、黑暗渐去的室外景象与室内睡者、失眠者的精神状态之间存在某种隐秘的契合关联，即都处于阴暗和光明各占一半的临界状态，由此诗人体味出早晨对于事物和生命来说的“脆弱”本质。韩东的很多整体象征性的诗歌都使用了这种诗意发掘的方式。

三要善于从忠实地记录生活流变的过程中寻求灵感，从生活的过去、现在和未来的存在状态的对比中来发掘内蕴的诗意。比如《水渠》的灵感来自于韩东的下放生活，写诗时他的个人生活却正陷入离婚后的混乱状态，诗歌的静谧意境与诗人内心复杂激烈的生命感受之间构成一种对比关系，诗意由此而出。《常见的夜晚》一诗灵感来源于有客来访的某一日常生活场景，但是诗意却源自这首诗对主人和客人未来关系疏远的某种神秘预言。

四要善于从普通人在日常生活中流露出的精神状态中发掘灵感，以人的品行美、精神美等为生命的诗意。比如《这家麦当劳》中的店主仁慈善良、《卖报纸的》中的卖报人求知心切、读报专注等等。总之，日常生活是韩东诗歌最为主要的灵感源泉。

所谓乞灵于“情感抒发”，意思是诗歌的灵感来自于他内心潜涌着的对他人他物的各种复杂的情感情绪，受为情赋形冲动的驱使而启动了诗歌的创作。如《孩子们的合唱》中就容纳了韩东在某一阶段的情感，抓住这种情感力量后韩东将其

[①] 韩东、朱文：《古闸笔谈》，《作家》，1993 年，第 4 期。

提拉出来，写完之后“有一种终于说了出来的畅快。”[①]再如韩东把自然事物拟人化的诗歌《明月降临》《黄昏或悲哀》《湿地二》等，灵感的产生都源自他调动自己的情感和想象深入到事物内部去体察时感受到的物我交融、主客合一的生命体验。

综上可知，韩东对诗歌灵感来源的认知是扎根于他丰富的创作经验的。从文艺学的角度看，“灵感”就是“一种由长期的意识工作的成果在无意识心理层面上所获得的意外收获”[②]，所以说韩东的灵感论是科学的灵感论。近年，韩东在谈文学创作的格言或语录中又提到了“灵感”：“一挥而就、立等可取、随笔式才子型听凭灵感充满快感及生理冲动的写作(诗歌)到此为止。既因为不得已，也要自觉如此。艰涩、质朴、幽深、广大、严谨、玄妙之诗我心向往之。”[③]从中可以看出，韩东对诗歌创作的理解已从最初重视创作灵感或机缘的刹那生成向重视创作的过程和结果转移，这既是他的精神境界和创作经验在实践中不断升华和深化的结果，也是他对诗意和诗艺更高境界的一种自觉追求。

二、语言形式“多样”论

关于诗歌的语言形式问题，韩东的观点形成了一脉相承的发展历程。在诗歌的语言观上，相较于《今天》诗歌的意象语言，韩东主张汲取各类语言的营养使用比较口语化的语言而非口头语言来写诗，提倡诗歌语言来源的多样化以及归真返璞的语言风格，提出“诗到语言为止”质疑了传统的诗语工具论思想，为新诗注入语言本体的观念，进入新世纪后又超越了这一观念；韩东也提倡诗语模式的多样化。在诗歌的形式层面，韩东提倡发掘自由体诗歌“分行术”的潜力，主张诗歌文本形式的“多样化”。

首先，韩东提倡诗歌语言来源的多样化和归真返璞的语言风格。

自 1980 年代初，韩东就开始反感像《今天》诗歌那样特别唯美、雕琢、精致的意象语言，因而通过写作《有关大雁塔》《你见过大海》等开启了对新诗的语言革命；此后他开始主张使用比较口语化的语言来写诗。但是面对诗歌界将他和同道诗人的诗歌普遍称为口语诗的现实，他明确地强调诗人不要把充满了“生动性、不稳定性、冲突、流动、变动”[④]的口语等同于诗歌语言，而是要“把口语作为原

---

① 韩东：《没有仇恨也不温柔——韩东新诗亲历记 6》http：//www.360doc.com/content/15/0813/21/17132703_491466448.shtml

② 王元骧：《文学原理》，人民文学出版社，2007 年，第 97-98 页。

③ 韩东：《整理网贴之“写作及其他”1-5》，“某人韩东”的新浪微博，2018 年 5 月 7 日。该段文字也收录于于坚主编的《诗与思》中的《关于文学、诗歌、小说、写作……》一文，重庆大学出版社，2013 年。

④ 韩东、张英：《大师系统与我无关》，《粤海风》，2000 年，第 6 期。

生地”，“翻译语言”“外来语”“古代汉语”“方言”都统统进入“这块语言的原生地”进行“搅拌、发酵”，“只有这样，诗人们的语言之树才能从此向上茁壮成长起来”。[①]也就是说，在韩东心中，各种类型的汉语都可以成为诗歌语言的来源，但是这些不同类的语言必须要经过“口语化”的改造之后才能进入诗歌。

在中国诗歌持续边缘化的全球化时代，韩东仍然强调中国新诗单纯的西化或民族化都不可取，“庞杂、活跃和变动不拘”的“现实汉语”才是诗人“创造的前提”[②]。诗歌即要“自然地使用口语写做作”[③]。近期他又将这种自然的做作之语明确地指称为“普通话”：“当代诗歌不在于口语与否，而在于普通话与否”，“当代诗歌在语言层面的分野准确地说就是普通话和所谓文学语言的分野”，他明确强调自己反对使用方言来写诗[④]。韩东理解的普通话是指与当代汉语的书面语言构成一体关系的标准化口语。文学语言是指外行想象中的那种比较难理解的专业语言。由上可知，尽管诗歌语言与普通话在概念外延上还是有很大的差异，但是从中可以看出韩东多年来所说的“口语”或“普通话”其实是那种打破了各种语言壁垒的口语化了的语言，是在广泛吸收各类语言营养的基础上像口头语那样自然、直接、简单、清明、标准的语言，这种诗歌语言的风格总体上可以用“归真返璞”一词来概括。这也说明，韩东多年来始终主张的是诗语来源的多样化以及语言风格的返璞归真。

其次，针对主流诗歌、《今天》诗歌等的工具化语言观，韩东提出“诗到语言为止”的口号，为新诗注入了语本观念；后来他将这一口号修正为“诗从语言开始”导向“超自然”，虽然否定了诗歌语言的本体观念，但仍强调诗歌写作者在重视真理的同时也应该重视语言。

韩东在诗坛崭露头角时，占据诗坛主导地位的诗歌语言观可以统称为语言工具论，即认为诗歌语言是表达思想或承载意义的工具，担负着指涉现实和承担道义功能，比如“归来”诗人和《今天》诗人多持这种观点。在西学热和自由思潮兴起、西方形式主义文学作品在中国盛行之际，韩东在反思自我的诗歌创作和与同代诗人展开诗歌理论交流的过程中，萌生了语言本体观念，提出了“诗到语言为止”的口号。该口号的原始初处虽不可考，但它流传开来后引起了广泛的误读和争议[⑤]，这促使韩东在1987年后对它的内涵做了多次的说明。

总体来看，韩东的解说集中于对口号中“语言”和“止”的内涵以及口号“意向”的解释上。

[①] 朱文、刘立杆、韩东：《采访录》，《他们》，1994年，第7期，第119页。

[②] 韩东：《中国诗歌到汉语为止》，《山花》，2011年，第13期。

[③] 韩东：《你见过大海》，作家出版社，2015年，第362页。

[④] 韩东：《口语、普通话、方言》，“某人韩东”新浪微博，2019年1月8日。

[⑤] 见绪论中关于“诗到语言为止”研究综述中徐志伟、张清华等人的观点。

一是口号中的“语言”不是指语言学意义上的“与诗人无关的语法、单词和行文特点”，而是特指与诗人的生命体验“高度合一”的语言[①]。某种程度上可以说就是“语感”——“语言是公共的，生命是个人的，而它们的天然结合就是语感，就是诗”，生命是“语感的全部的存在根据”[②]。即“诗到语言为止”中的“语言”特指内蕴着诗人的独特生命体验并与之水乳交融的语言，“语感”与这种语言基本同义，因此也可以说诗到“语感”为止[③]。

二是口号中的“止”特指“停止”“最终目的”，即是说诗歌以语言为最终目的，语言在诗中成为唯一的经验对象，而排斥把个人“政治的、社会的、道德的或其他”方面的目的为诗歌的目的[④]，这就从诗歌的功能角度突出强调了诗歌语言的审美功能而否定了其实用功能，也否定了以往功利化的语言工具论思想。

三是这一口号本质上是要求诗人们“抽空各种观念”后直接面临事物并要具有平衡抒情内容和语言形式的能力[⑤]，“回到诗歌本身”“形式主义”是这一口号的不同提法[⑥]。这样，韩东就不仅从诗歌的创作角度把口号的实践内涵(抽空各种观念)具体化了，而且突出了诗歌语言的“抒情性”和“本体性”这双重属性。

四是杨黎后来把韩东的口号修正为“诗从语言开始”，韩东表示赞同，但是也强调诗歌语言与讲求语言和事物准确对位的科学语言不同，它“指向的不是事物，是事物间的关系，即事物的意义”，由精神和事物的相遇促成的叙述的语言正是意义的诞生地，随之将杨黎的修正又进一步丰富为“诗从语言开始”导向“绝对、真理、超自然”[⑦]。也即诗歌的叙述语言不仅照射事物的意义，而且在极限处是照射虚无、不可企及处、绝对目的的手段。这样，韩东就否定了自己先前把语言自身作为诗歌的最终目的的观点，而是把照射事物之间的意义和极远处的虚无作为诗歌的目的，遂否定了他先前的语言本体观念，突出了“存在体验”本体观。

韩东还强调“写作者重视语言，重视生而为人以及超越性的真理并不矛盾，或者，应该将这些矛盾带入写作中解决。”[⑧]也就是说，韩东的诗歌本体思想中既强调语言的重要性又强调以个体的生命体验为本，在他看来这只是一个实践问题，写作者应该力求达到内心体验与语言的高度合一。由此可知，生命体验与语言形

---

① 唐晓渡、王家新编：《中国当代实验诗选》，春风文艺出版社，1987 年，第 203 页。

② 于坚、韩东：《在太原的谈话》，《作家》，1988 年，第 4 期。

③ 孙基林：《感觉的过程和感觉的还原》，《黄河诗报》，1988 年，第 8 期。后收入孙基林诗学论文集《内在的眼睛》，中国文联出版社，1999 年，第 186-187 页。

④ 韩东：《〈他们〉略说》，《诗探索》，1994 年，第 1 期。

⑤ 韩东、朱文：《古闸笔谈》，《作家》，1993 年，第 4 期。

⑥ 韩东：《〈他们〉略说》，《诗探索》，1994 年，第 1 期。

⑦ 韩东：《韩东随笔小辑》，《作家》，2003 年，第 8 期。

⑧ 曾念长：《“断裂”诗人韩东“扎根”》，《南方日报》2003 年 8 月 22 日。http://ent.sina.com.cn/2003-08-22/1034189496.html

式同构是韩东的诗歌创作力求达到的远景目标而非落笔的起点。与此同时，韩东的语言诗歌理论完成了从“内含生命体验”的语言(语感)向“照射事物的意义和虚无”的语言的丰富与提升。

第三，韩东的上述诗歌语言观也决定了他诗歌中有两种常见的诗歌语言模式，即抒发自我的情绪情感的抒情语言和照射事物的意义和极远处的虚无的叙述语言；连同韩东曾提出的“梦的语言”的观点，可知韩东崇尚诗歌语言模式的多样化。

韩东曾在《梦的语言》一文中写道：梦的画面有一定的清晰度，色彩、光线令人炫目，“梦的意义”是梦中事物的组织序列，“梦的逻辑的语言表现”就是“象征”，“我的确试图用梦的语言进行写作”[①]。他还进一步将自己诗中的隐喻概括为随意的隐喻和“展现事物间根本性的象征关系的基本的隐喻”[②]。而一般文学中的“象征”简单说来就是指以事物的具象来寄寓作家的深刻思想或领悟的事理。因此，这里的“梦的语言”就是展现事物与“我”之间根本性关系的象征语言，也即一种“对客观世界与主观感受契合关系的发现和表达”[③]。因此可以说，象征语言与前述的抒情语言、叙述语言一样都是韩东诗歌语言的常见模式。由此可知，韩东反对诗歌语言模式的单一，而崇尚诗歌语言模式的“多样化”。总之，韩东对《今天》诗歌语言诗歌理论的反叛绝非毫无传承，“梦的语言”(象征语言)之说便是一种证明；正是他诗歌语言模式多样化的语言诗学使他诗歌的语体面貌“由书面语逐渐取代了早期诗歌中的口头语”，且“他的书面语同时兼具‘民谣体’的直爽明快和‘翻译体’的弯曲迂回”[④]。此外，韩东的诗歌比如《人类之诗》《这儿 那儿》《重新做人》等等诗歌中还有表达对自我生存的客观环境的批评或反讽态度的智性语言。可见，韩东诗歌的语言模式的确是多样的，他的语言模式多样化的诗歌理论与他的诗歌创作是一致的。

就诗歌的文本形式而言，韩东自始至终主张并探索自由体诗歌形式的不确定或多样化。早在1980年代前中期，韩东便认识到了诗歌形式的“不确定”对于激发诗人创造潜能的重要意义：“我在不断否定自己的诗，努力想找到一种适当的形式。所以，我各种形式都尝试着写，儿童眼光看世界的，英雄高度看世界的，平淡的，华丽的等等都试着写。并且我不想过早地固定在一种形式上，也许永远不固定在一种形式上。这样，内心就时刻在冲动、不安，不能平静，而且很混乱……我想，这也许是创造的根据所在。”[⑤]形式的不确定，也就意味着诗歌文本形式的

---

① 韩东：《韩东散文》，中国广播电视出版社，1998年，第142-143页。写于1989年。
② 韩东：《问答——摘自〈韩东采访录〉》，《诗探索》，1996年，第3页。
③ 肖学周：《闻一多诗学语言问题》，河南大学博士学位论文2010年，见“摘要”部分。
④ 小海：《韩东诗歌论》，《东吴学术》，2015年，第8期。
⑤ 老木编：《青年诗人谈诗》，北京大学五四文学社，1985年，第124页。

多样化。韩东不仅在诗论中明确强调形式的多样化对于激发创造潜能的重要意义，而且在诗歌创作实践中始终自觉追求文本形式的多样化。比如他积极地从翻译小说、绘画、影视艺术中汲取有益于文本形式革新的营养，写出了许多叙述性强、画面感十足、蒙太奇结构方式和手法运用自如的诗歌文本新样式。如果说，韩东对于自己的诗歌形式实验始终秉持的是一种开放态度的话，那么放眼整个当代诗坛的诗歌形式实验，他也认同形式多样化的现状，但是对两种极端的形式实验倾向持保留态度：一种倾向是“否认传统诗意(抒情、唯美、隐喻、所指)”，认为“诗完全依赖于外在分行”；一种倾向是否认诗歌的分行体形式，认为诗“不依赖于任何外在形式或样式”可以独存，比如散文式的诗。韩东主张现代诗人应该思考“如何在承认分行术的潜力和全新诗意确有可能的前提下”将“二者结合”[①]，其实就是倡导现代分行体诗歌要以全新诗意为据力求形式多样化。

总之，韩东主张诗歌语言的来源、模式和形式的“多样化”。不过具体到任何一首诗，可能诗歌语言的来源、模式都是多样的，可能来自口头语、翻译语，也可能来自古代汉语，可能既有抒情成分，也有叙述、象征或智性成分，这些成分和来源之间是彼此融合的关系，但最终要力求达致自然、直接、清明的美学效果。曾有不少研究者给韩东的诗歌贴上“纯诗”或“口语诗”或“抒情诗”或“哲理诗”或“叙述性诗歌”的标签，给韩东贴上“口语诗人”或“形式主义者”或“抒情诗人”或“哲学家诗人”的标签，这些概括都仅仅切中了韩东部分诗歌的突出特征，不过与他内涵丰富的完整的语言诗歌理论和多样的诗语整体面貌显然还不完全相符，因为“多样”才是韩东语言诗歌理论和诗歌语言形式最突出的特征。

三、写法自由和诗歌系统“多元”说

古今中外文艺理论家们习惯将文学的创作原则概括为现实主义、浪漫主义和现代主义三大类，对于诗歌创作原则的划分一般来说也是如此。这里的“写法”主要是指诗歌的创作原则和各种艺术手法。韩东由于在思想上从来不迷信文学传统或大师系统，也特别反感那种认为只有一种写法是优异的、正确的、合法的并企图“一统江湖”的做法，因而他始终强调“任何形式和方法在运用者那里都有变化”，并力求做到诗歌创作“还有法无定法。”[②]可以说，这些就是韩东诗歌理论中写法自由思想的内涵。在对以往的诗歌创作进行经验总结与反思的基础上，韩东认识到“多元”乃是“当今诗歌世界的第一大法”[③]，并于不久后正式提出诗歌

① 韩东：《现代诗歌之分行术》，“某人韩东”新浪微博，2018 年 6 月 12 日。

② 杨黎：《灿烂》，中国工商联合出版社，2014 年，第 317 页。

③ 韩东：《你见过大海》，作家出版社，2015 年，第 373 页。

系统“多元”论思想。

韩东写法自由思想的形成是总结自己的写诗和读诗经验的结果。自 1980 年至今，韩东在诗歌创作中一直秉持自行其是的写作方式也即写法自由的实践。他写诗从来不受浪漫主义、现实主义或现代主义某一种创作原则的拘囿，而总是服从于诗意传达的需要去寻求合适的、综合性的写作方法。比如早期诗歌《给初升的太阳》《我是山》《山》《一个黎明》《果实》等诗歌因为处于学艺期，所以可以看出《今天》诗歌建立在移情说和象征体系之上的创作方法的决定性影响，而在创作转型期的《山民》《老渔夫》中便可看到象征手法和小说叙事手法融合的痕迹。再到诗艺成熟期的《雪粒》《黄昏或悲哀》《雨季》《阴郁的天气》等等诗歌都以景象的客观写实为基础致力于追求整体意境的象征性，这类诗歌中象征性的意象就是心理学意义上的感觉性的经验体，在呈现客观事物的真实存在的同时也呈现了自我的心像，因此这类诗歌主要的创作方法就是写实、象征的融合或杂糅。韩东写法自由思想的形成不仅来自于对自己诗歌创作经验的总结，而且源于对当代日常生活诗写作现状的认知。他曾将日常生活诗的写法概括为：“非非”的流水账式、伊沙一路的特写镜头式、春树的代言式、乌青的游戏式和他自己的整体象征式[①]。这也说明广泛的诗歌阅读丰富、深化了他对于诗歌写法自由这一事实的认知。

韩东的诗歌系统“多元”思想的形成是近期与杨黎展开诗歌理论对话、对自己和同代诗人的诗歌活动进行历史性反思的结果。杨黎认为“好诗都是一样的”、诗歌领域多元系统无法并存。韩东则认为“不一样的才是好诗”，多元系统可以并存。他所说的“元”是指一种可大可小的度量单位，横向的多元是并列关系，纵向的多元是上下包含关系，一元内部各部分之间是逻辑关系。诗歌“多元”实际就是指诗可以有许多品种、观念或系统，“多元”之间价值平等且无高下之分，体现了诗歌世界对于人类精神的绝对价值。但“一元”之内各作品之间由于有相对一致的传承、准则和规范，因此有高下之分和本系统内的相对价值。

韩东的“诗歌多元”思想具体是指与他的宇宙观、社会观、精神观和艺术观是一体同构的。他认为由于人类精神不能一次性地掌握宇宙真理，因而只可设想宇宙整体包含诸多宇宙的并存，现代人类社会的构成本身也是多元并存的。因此探索宇宙、社会和人的生命自身的人类精神自然也是多元并存的。在此情形下，与不稳定的人心和时代精神遥相呼应的艺术自然也应该是多元的，所以说多元并存彼此激发才是艺术世界的根本诉求，而一元独霸则意味着艺术之死。总之，多元系统之间的不可通约性是韩东主张“多元”的思想依据。他还强调承认并存就

[①] 韩东：《没有仇恨也不温柔——韩东新诗亲历记 6》http: //www.360doc.com/content/15/0813/21/17132703_491466448.shtml

是承认“神秘边界”和“永恒未知”的存在，承认人类精神只具有相对价值。

在此认知基础上，韩东反思了自己这代诗人的历史功过。他认为，在中国社会的多元化进程还不完善的情形下，自己这代人受自由思潮的影响对艺术“多元”的追求实际上成为一种“带动力量”，也因此被视为“一种危险”：一方面大家“固守个体的特殊品质”“抵抗作为主流的庞大的一元”并开创了“各自有效的方式和写作路径”，另一方面受潜意识中挥之不去的成长经验和生理衰老导致的专断倾向的影响还都心怀“大一统的想象”，“对文艺‘正道’唯一合法的理解演变成了现实层次取而代之的愿望”，并毫无通融地否定“他人的创造”，“对现代文学、艺术整体格局瞻前性的思考”也有所欠缺，因此可谓“成也这代人败也这代人”。[①]显然，韩东这里是在反思1980、1990年代“第三代”代表性的诗人蔑视官方文艺、反叛《今天》诗歌、与现有文学秩序“断裂”、对峙“知识分子写作”等诗歌活动。

韩东的诗歌系统“多元”的主张涉及的其实是艺术、文学、诗歌领域的总体格局问题以及对别一创作系统的艺术、文学、诗歌的公正评价问题，而这些问题在理论上的解决也的确有益于合理健康的艺术、文学、诗歌写作和批评生态的形成。韩东之所以能够做到对自己和同代人的诗歌实践做到客观公允地反思，显然与他破除“我执”的多年修行密切相关，因为“自我”的弃绝也就意味着对源自文革时代的对立性思维方式的彻底弃绝。韩东的诗歌系统“多元”的思想其实萌生于1980年代，是在西方自由思潮的影响和中国不完善的现代化、多元化的进程中产生的，其时具有先锋性的意义，他及同代诗人也以自己极富实效的创作实践推进了诗歌多元局面的形成；而以诗论的形式出现在当下，如今看来虽是“旧”闻(因早已成为一种诗歌理论常识)，但是韩东对自己及同代人诗歌活动的历史性反思和自我否定精神、责任担当意识和实事求是的态度，无疑是应该肯定的。

综上，韩东的诗歌创作论主要涉及的是他对诗歌的思想内容、艺术表现和整体格局问题的看法。以往韩东有影响力的诗歌活动比如反叛《今天》诗歌、对峙“知识分子写作”给人们留下的印象是他的诗歌理论思维似乎是二元对立式的，就韩东1980年代初转型期的《有关大雁塔》《你见过大海》等经典诗作来看，这种诗歌美学的革命思维的确是比较明显的。但是就韩东的诗论言说整体而言，二元对抗并非是他诗歌理论思维最突出的特征，“多元”并存或融合才是他诗歌理论最突出的思维特征。无论是启动诗歌创作的“灵感”三来源说，还是诗歌语言的来源、模式和形式的“多样”，或者写法无定论以及诗歌系统“多元”的主张，都体现出了韩东积极打破学科壁垒、语言壁垒、文学和艺术门类壁垒、诗歌系统壁垒等博采众长、独尊创造的自由精神；而在诗歌史的视野中考察，韩东与《今天》

---

① 韩东：《诗歌多元论》，“某人韩东”的新浪微博，2018年6月26日。https://weibo.com/ttarticle/p/show?id=2309404255172460160398

诗歌、“知识分子写作”在精神和艺术上也存在明显的继承或近似关系，比如《今天》诗歌思想独立、创作自由精神的延续以及象征手法的变异式延用，“知识分子”诗人从阅读中汲取创作灵感这一做法的近似、共同的责任担当意识等等。总之，韩东的诗歌创作论思想既源自他对自我读诗和写诗经验的反思和总结，也来自不同的学科知识或艺术经验的相互激发，这些创作思想为他思考诗歌的本质问题奠定了坚实的经验基础。

第二节　诗歌本质论：以“本体”为根的诗歌观念

所谓“诗歌本质论”就是指关于“诗歌是什么”的思想观点，也即指诗歌永恒不变的规定性是什么。“本体”就是指诗歌“本身”。从古至今，诗人、学者们对这一问题的看法见仁见智。欲谈诗歌的本体问题，绕不开诗歌的起源问题。而据现代美学家朱光潜的考证，令人信服的观点是从心理学的角度来阐释诗歌的起源：诗或是“‘再现’外来的印象”，或是“‘表现’内在的情感”，或是“纯以艺术形象产生快感”，其“起源都是以人类天性为基础”，“与人类的起源一样久远”。[①]因古诗有如上几种起源，所以中国古代诗歌的本质论大致经历了如下的发展历程：“从最早的‘记’，发展到后来的‘诗言志’‘诗缘情’”，直到后来“重视诗歌的声律格调主导下的兼容并蓄”，总之每一时期诗歌理论都有自己的独特特征。[②]现代新诗产生以后，不同流派的诗人对诗歌的本质问题也进行了多向度的探索。浪漫派诗人郭沫若认为诗歌是诗人个性的张扬、情绪的自由抒写；七月派诗人艾青把诗的本质理解为“我生活着，故我歌唱”，意在强调生活实践是诗人创作的源泉，而写诗就是要捕捉和歌唱诗人在生活实践中产生的“新情绪”；现代派诗人戴望舒认为诗歌应该以“真实”的生活和情感为基础，“真实”必须经过“想象”才能产生诗；九叶派诗人、诗论家袁可嘉则强调诗歌是诗人“私人性”“个性化”的人生“经验”(尤指其中的“戏剧性”因素)经过消化与转化后的传达；写小诗的美学家宗白华主张诗歌应该“以哲理做骨子”。[③]

《今天》诗人认为诗歌是以隐喻或象征的意象修辞结构来表现主体内在的心灵。韩东在《今天》诗歌的启发下开始写诗，也通过反叛《今天》诗歌、汲取多种思想艺术资源确立了自己对诗的理解，即诗就是“我”的独特存在和诗

---

① 朱光潜：《诗论》，江苏文艺出版社，2008 年，第 7-8 页。
② 丁佐湘、陈君：《中国古代诗学对诗歌本质的探讨》，《江西社会科学》，2014 年，第 10 期。
③ 邹建军：《现代诗学中的诗歌本质特征论》，《海南师范学院学报》，2003 年，第 1 期。

歌有限形式的结合”。“我”的独特存在既指诗人生命个性中的经验特性和神性，也指他深入整体世界中产生的真实生命体验(含经验和超验)。有限形式则是指诗歌有限的分行体语言形式。韩东始终认为好诗就是“我”的“内心世界与语言的高度合一”[①]。

由于人的问题是诗歌的本体问题，因而韩东诗歌本质论思想的产生和发展与他的世界观、人学观的演变密切相关。在1980年代，韩东主要持无神论的世界观，认为世界就是人可以理解和用语言表述的现实世界。诗人作为个体生存者的独特生命经验是诗歌创造的根据，写诗要寻求生命经验与语言形式的合一。韩东的这些观点与同代诗人的诗观多有共通之处。从1980年代末开始，韩东逐渐形成一种有神论(一神论)的世界观，认为存在性的世界除了现实世界之外，还包括理性无法认识、语言无法表述的“超自然”。诗人的生命个性除了经验特性之外还有神性，诗人作为上帝或神的使者的独特存在体悟(含经验和超验)才是诗歌创造的根据，诗人只有在创作中做到“弃绝自我”，净空语义和语言本身，才能使诗歌抵达“超自然”。这些观点体现了韩东的诗歌本质观有别于同代诗人的个性特征。因此可以说，韩东的诗歌本质论思想经历了从“生命经验”本体思想到“存在体验”本体思想逐步丰富、深化和更加个性化的发展历程。

一、“生命经验”本体思想的内涵和生成

“生命经验”本体思想是指韩东认为诗人作为独特的个体生存者的真实生命感受是诗歌创造的根本依据。这一“生命经验”本体思想具体来说包含两个方面的内涵：一方面是指诗人特有的自然的、经验的特性比如敏感、天真、害羞、易幻想、孤独、忧郁、细致、爱琢磨等是诗歌创造的个性根据；另一方面是指诗人作为个体生存者深入到现实世界中去产生的真实生命感受是诗歌创造的经验根据，写诗要将这种生命经验与诗歌的语言形式有机融合为一体。韩东的这一“生命经验”本体思想既是韩东对自身及同代诗人创作经验的总结，也是他反思诗界创作现状、与同道诗人展开诗歌理论对话的思考结晶，还是在特殊的历史、现实和诗歌理论语境中受萨特和加缪的存在主义文学思想、《从猿到人》科普画册和毕加索的现代绘画作品综合影响的结果。

首先，韩东诗歌本质论中的“生命经验”本体思想的内涵集中体现为他的诗人“天才”说，即韩东认为诗歌创造的生命基础即诗人特有的易幻想、天真、害羞、敏感、心细、孤独、忧郁、爱琢磨等自然的、经验的生命个性。

朱文、刘立杆曾经问过韩东：“你相信诗人是天生的，相信天才论？”韩东回

① 唐晓渡、王家新编：《中国当代实验诗选》，春风文艺出版社，1987年，第203页。

答："我认为百分之八十是天生的……诗人的品质，诗人的可能性，他开始就包含的那种因素，那种神秘的东西肯定是天然的。我们的努力就是使这些东西尽可能地释放出来。"他还认为诗人虽然"肉体凡胎、食人间烟火"，但是能够"创造奇迹"，创造出令自己和他人感到惊奇的诗歌，这本身就是"对他作为一个诗人的确认"，以及"对自己扮演的世俗角色的否定。"[①]主编《他们》和编辑《芙蓉》时，面对所有来稿他选稿也"喜欢看一个人的天分"，认为"最不好把握的就是最本质的东西，一个人有价值的东西"，也就是"天才的东西。"[②]从中可以看出，韩东始终认为诗人的生命个性是天生的，这一观点的产生正是他多年来写诗读诗的经验结晶。

那么，韩东所说的这天生的生命个性究竟是什么呢？韩东对此曾有过如下零散的描述："诗人就像上帝那样无中生有，热爱虚幻的事物"[③]；诗歌"与学识无关，是天真未泯人的事"[④]；"好的文学往往产生于害羞的人，孤独的性格，忧郁敏感的情绪……"，对写诗而言，"笨拙一点的人、小心翼翼如履薄冰的人、留心并爱琢磨的人适合干这活儿"。[⑤]这里，易幻想、天真、害羞、敏感大都属于孩童的天然个性，而孤独、忧郁、爱琢磨、心细则大多侧重于童心未泯之人在社会化过程中产生的常态心理感受或心理活动方式。不过，韩东后来也认为好诗人还应该具备"悲伤、专注(持续不断的精力投入)、趋善(对一流水准的识别并保持接触)"、艺术上"自我否定"等基本能力。[⑥]显然这些都属于诗人后天自觉提升的诗歌素养了。总之，韩东特别强调诗人的自然的经验的生命个性是诗歌创造的基础和前提。

其次，韩东诗歌本质论中的"生命经验"本体思想的内涵主要是指诗歌创造的根本依据是诗人作为独特的个体生存者深入到现实世界中去产生的自然、真实的生命感受、体会等经验；这种"生命经验"本体思想在一段时期内和韩东"诗到语言为止"的语言本体思想是一体同构的。

早在 1986 年，韩东在谈自己的诗观时就明确指出"我们只能居住在自己的肉体中"，"人感受世界和历史的角度只能是从生命的角度"，诗歌的审美价值就在于它表现了活的生命的深刻，它将作者的灵魂、生活方式和对世界的理解融汇于诗歌的语言形式中，读者用自己的生命感受到诗歌的价值[⑦]。这其实是确立了个人的生命经验在诗歌创造和批评中的本体地位。同年，韩东在"中国诗坛 1986’现代

---

① 朱文、刘立杆、韩东：《采访录》，《他们》，1994 年，第 7 期，第 114 页。
② 汪继芳：《写作者、战士——韩东访谈录》， http：//www.poemlife.com/libshow-439.html
③ 韩东：《三个世俗角色之后》，《他们》，1987 年，第 4 期。
④韩东：《韩东散文》，中国广播电视出版社，1998 年，第 153 页。写于 1996 年。
⑤ 韩东：《韩东谈写作(节选)》，《电影世界》，2015 年，第 1 期。
⑥ 韩东：《韩东谈写作(节选)》，《电影世界》，2015 年，第 1 期。
⑦ 韩东：《青春诗话》，《诗刊》，1986 年，第 11 期。

诗群体大展”中又以“他们”诗人理论代言人的身份宣称我们不会用各种各样的观念代替“我们和世界(包括诗歌)的关系”，而只关心“个人深入到这个世界中去的感受、体会和经验”。[①]诗人于坚在太原与韩东进行诗歌理论对话时也强调诗歌应该“表现诗人独特的个人经验”，“在诗歌之外的哲学、宗教、社会、历史等抽象概念中寻找诗歌是无法回到诗歌本身的”；韩东同样认为“历史感等等因素也只能汇于一个人的一个具体的瞬间”，“回到个人，并不使诗歌丧失时代感和深度，反而使诗变得坚实自然。”[②]可见，韩东、于坚等其实是在强调“他们”诗人普遍主张摆脱各种文化观念的束缚直接面对生命和世界、生命和诗歌的关系，诗歌就是个人深入到世界中去产生的各种生命经验的有形存在。进入1990年代，韩东再次以《他们》诗歌理论代言人的身份将“他们”共同的诗歌理论倾向正式概括为“回到个人”和“回到诗歌本身”。韩东强调，“文化、教育等等因素必须通过个人才能发生作用”，它们为了保持的目的制造的都是“多种类型的一般人格”，而“文化的变异部分(即创新部分)只能从个人的相对变异中去寻找”，因此诗歌创造必须“回到个人”的相对变异部分，即回到个体生命的独特性；而“形式主义”和“诗到语言为止”是“回到诗歌本身”的不同提法[③]。至此可以看出，韩东在突出强调个人的生命独特性在诗歌创造中的本体地位的同时，并没有否定政治、文化、历史、艺术传统等因素通过个人渗入或进入诗歌创造的过程；他也同时强调诗歌的语言形式的同等重要性，即诗歌的语言形式是与诗人的真实生命感受一体同构的。因此可以说，韩东诗歌本质论思想中的本体观念在一段时期内不仅指生命本体，也指语言本体；这看似矛盾，实际上韩东是想强调诗人在创作中应力求达到二者的高度融合。

韩东诗歌本质论中“生命经验”本体思想的生成，不仅如上所述是他对自身及同道诗人创作经验的理论总结以及与于坚等展开诗歌理论对话的思想结晶，而且是在特殊的历史、现实和诗歌理论语境中受萨特和加缪的存在主义文学思想、《从猿到人》科普画册和毕加索的现代绘画作品综合影响的结果。

就历史和现实语境而言，韩东在亲历时代巨变和一些重大的人生事件之后，价值观、世界观和生命观发生了本质性的改变，开始重视和强调个体生命的价值和意义。中国传统文化一直以来都是以集体为本位而漠视个人的价值和潜能、独尊政治和文化而忽视个人生命欲求的文化。新时期以后，受西方现代自由主义文化思潮的启蒙，传统的集体本位文化价值观受到了强烈的冲击；世界在人们的心中不再是理想性的世界，而是一个充满了荒诞的经验性的世界，人也不再是集体

---

① 韩东：《“他们”艺术自释》，《他们》，1986年，第3期。

② 于坚、韩东：《在太原的谈话》，《作家》，1988年，第4期。

③ 韩东：《〈他们〉略说》，《诗探索》，1994年，第1期。

意识拥塞头脑的人，而是个体意识和生命意识开始慢慢觉醒的人。韩东在大学时代亲历了时代的思想巨变和一些重大的人生事件，这些巨变深化了他对世界和生命真相的认知。如前所述，方之1979年猝然离世对韩东的精神打击很大，他由此深刻地意识到了死亡的存在，人的生命本身有其神秘、不可知、偶然、荒诞的一面，世界也是神秘的、非理性的、荒诞的、不可预知的，人生充满了不可预期的风险。如1982年韩东的诗歌《老渔夫》(又名《海啊，海》)就流露出了上述思想倾向。1980年代初，在全国范围内开展的反自由化运动中，广受韩东等高校青年欢迎的《今天》诗人又受到政治上的批判，韩东则因传阅《今天》受到校方审查并影响了毕业分配，哥哥李潮、“云帆”诗友和其他有自由倾向的山大师生也受到了程度不同的批判。这些重大的现实人生事件刺激着韩东，使他清醒地认识到自己以往头脑中的理想主义、集体主义、英雄主义思想观念或情结是缥缈虚妄、不切实际的。在既有的奠基于集体本位之上的理想和价值观念轰然解体之后，个体的生命经验的价值和意义开始凸现出来。

就诗学语境而言，韩东和同代诗人在模仿朦胧诗的热情冷却之后，普遍陷入了表达意图与写作方式之间的矛盾；同时正统或主流的诗学观始终视政治、文化、历史或艺术传统为诗歌创造根据的现实也引起了韩东的反思，在“反驳”或解构中韩东确立了自己的“生命经验”本体思想。在1980－1981年间，韩东模仿《今天》诗歌大约创作了约两百余首诗。在积累了一定的创作经验后，韩东发现《今天》诗歌与政治对抗的写作立场、理想主义和英雄主义精神以及崇高美学与自己的现实生活以及内心感受是有一定距离的。《今天》诗歌的代言语体和指向未来的意象化语言方式尤其与他们表达现时人生体验的写作意图相矛盾：“我们身上仍有很多无法改变的东西，开始的时候我们很失望。我们是从理解进入写作的，我们理解的东西不是我们能够写出来的东西，而我们写出来的东西又不被我们理解。”“我们猜想一定是什么地方出了毛病。要不是我们理解的东西错了，要不是我们根本无写作的才能。我们处于极端的对立情绪中……”[①]这种极端对立的情绪以及在《今天》诗歌的启发下有所增长的个人英雄主义、自我标榜和叛逆意识驱使着韩东与同代诗人积极寻求诗歌写作的美学革命。

除了以《今天》诗歌的写作范式为反面参照系进行诗歌实验之外，韩东在诗歌理论层面也开始思考诗歌创造的根据问题。1983－1988年，诗界开始盛行文化史诗以及继《今天》诗歌之后的第二次诗歌浪潮。其时新一代诗人“拒不承认权威以及多元化的呼声”[②]，许多诗人企图像北岛一样借政治上的激进姿态来获取个人世俗的成功，还有诗人喜欢把假设的历史内容作为诗歌创造的根据，也有诗人

---

① 韩东：《三个世俗角色之后》，《他们》，1987年，第4期。

② 韩东：《三个世俗角色之后》，《他们》，1987年，第4期。

像江河、杨炼一样把民族传统文化视为诗歌创造的根据，还有诗人渴望复兴古典诗歌的传统，大部分诗评家、诗史家也总是喜欢以诗歌传统作为评价新诗人作品价值的依据。种种情况，引起了解构式思维发达、擅长追本溯源和抽象思辨的诗人韩东的反思。一方面，他敏锐地洞察到了新一代诗人们种种激进的革命姿态、五花八门的创作路向与他们急切地想要获得群体的认可、加入文学史的心理动机有关；另一方面，他发现种种创作路向都陷入了生存功利主义的“误区”。韩东认为，诗人北岛作为民族英雄虽然取得了政治上的成功，但是在面向未来的艺术时却是个悲剧性的人物，他的事例表明诗人应该抛弃借政治对抗来发迹的企图。“历史的总结是人类生存经验的总结”[①]，关涉人和事物的生存利害关系，但是诗歌企图超越的恰恰是这种生存利害关系，至于假设的历史内容更非诗歌创造的根据。中国的诗人为了赢得世界要么置生理事实于不顾努力做西方人，要么甘愿做“富于神秘色彩的文化动物”[②]以迎合西方人的文化观赏需求，这两种做法都不可取，“文化的非创造性和作为客观历史的保留和绵延”[③]是不能作为诗歌创造的根据的。此外“艺术史是已形成的历史”，用其反驳未形成的艺术史，这种做法“是对生命原则的全面反动”，当“传统和个人发生冲突时应坚定不移地选择个人”[④]。正是通过这种以驳带立、通过解构来建构的方式，韩东确立了自己诗歌理论的“生命经验”本体思想。

韩东诗歌本质论中的“生命经验”本体思想的孕育和生成也受到了萨特和加缪的存在主义文学思想、《从猿到人》科普画册和毕加索的现代绘画作品等的综合影响和启迪。

首先，正是在萨特、加缪等人文学思想的影响下，韩东的生命个体意识渐渐萌生，个人视角也成为他感受和理解世界的主要视角，并开始尝试以“叙述性”的现实口语来写诗，较早地流露出了解构宏大理想和英雄主义、肯定自我真实的生命感受的诗歌理论倾向。

1975－1985 年，中国译介了萨特和加缪的许多作品，比如萨特的《沙特自传》《呕吐》《沙特小说选》和加缪的《放逐与王国》《卡缪杂文集》《鼠疫》《堕落》《异乡人》《薛西弗斯的神话》等等。这些文学作品传达的都是无神论存在主义世界观和人生观，叙述者多从生命个体的角度感受世界，恪守自然人的心灵法则，蔑视传统与成规，揭露世界与人存在的荒诞性、偶然性等真相。所谓无神论存在主义世界观与人生观即是指否认上帝的存在，从此结果出发推出生命价值的重要性、人的存在先于人的本质的结论。如萨特认为上帝或人性都不能决定人的本质，

---

① 韩东：《三个世俗角色之后》，《他们》，1988 年，第 4 期。
② 韩东：《三个世俗角色之后》，《他们》，1988 年，第 4 期。
③ 韩东：《奇迹和根据》，《诗刊》，1988 年，第 3 期。
④ 韩东：《诗人与艺术史》，《山花》，1989 年，第 2 期。

是人的绝对自由的选择过程(存在过程)决定了人的本质，而绝对自由意味着绝对责任，每一个人都应该为自己的生命存在负责。加缪也强调目的是没有的，过程就是一切，面对世界的荒谬性和生活的有限性与无目的性，个人应该在生活中积极地创造生命存在的意义。这些思想因为与经历了“文革”动乱的中国人需要的人道主义、自主意识、责任意识等相符合，因而自1970年代中期以来广受欢迎。北岛等《今天》诗人就服膺于萨特、加缪的文学作品，热爱《今天》诗歌的韩东也不例外。于坚曾在1985年称韩东为“那个想当萨特的人”(《有朋自远方来》)；韩东自己也提到那时加缪在艺术层面“从来没有进入过我的诗歌”，但其小说堪称“一流”[①]。正是阅读了这些文学作品之后，韩东的生命个体意识、自主意识开始逐渐觉醒，他早期的口语化诗歌《山民》(1982)、《海啊，海》(1983)、《一个孩子的消息》(1983)等都采取了个人主义的写作立场，源于小说的叙事和虚构艺术手法也一目了然，所传达的思想主题也主要是解构民族的正统信仰、消解英雄主义观念、肯定生命个体的价值、揭露世界的荒谬性和生命的有限性等等。

其次，韩东少时爱读的《从猿到人》科普画书培养了他对史前文明的兴趣，也使他无形中掌握了发生学的逻辑方法，这种对史前文化的兴趣和发生学的逻辑方法催生了韩东诗歌创作和诗歌理论中的个人(生命个体)本体意识。

《从猿到人》一书提到“西安半坡村遗址”部分再现了原始公社时期我们“祖先的生产和生活情形”[②]。韩东大概对此印象十分深刻，因而分配到西安后“最想去的地方不是碑林、大雁塔，甚至也不是兵马俑和华清池，而是半坡古人类遗址”。“往那儿一站，当真有宾至如归之感”；“复原的房舍泥墙草顶”，让他想起当年他们家“下放的那个村子。”[③]韩东还先后写了《半坡的雨季》《大地上》等诗来表达自己对史前文明的热衷和对成熟文明的不满。而这些科普画书研究人类起源问题时使用的多是发生学的逻辑方法，无形中也影响了韩东对诗歌本质问题的思考。所谓发生学的方法就是实验方法，“把个别事物的发生过程概括为一般化的过程”，“起源可以被一般化为本质”。美国实用主义哲学家杜威扩大了实验方法的范围，使之与历史方法一样，“是对个别事物的发生学考察”，认为达尔文的进化论标志着一个根本的转折，即“从全部本质转向具体变化，从一劳永逸地规定事物的智慧转向具体地规定现实事物的智慧”，因此把进化论的解释称为“发生学和实验的逻辑”，也就是“关于具体时间的发生和发展的逻辑，它能够通过实验，增进我们的知识，改善我们的生活……”[④]

韩东在谈诗歌的本质时也强调：写诗就是诗歌历史之外的“‘我’的独特性(每

---

① 常立：《“他们”作家研究：韩东、鲁羊、朱文》，复旦大学博士学位论文，2004年。
② 上海自然博物馆编写组：《从猿到人》，上海人民出版社，1973年，第121页。
③ 韩东：《大地上——新诗亲历记七》，“楚尘文化”微信公众号，2015年8月20日。
④ 赵敦华：《现代西方哲学新编》，北京大学出版社，2014年，第104-107页。

人都有)和诗歌有限形式的结合”。许多诗人主张写“指向未来”或者“复兴传统”的诗，这是受历史进化论影响把诗的变化理解为“社会生活促成的产物”，但这种历史视角忽视了具体个别的诗人和诗本身，而“作为独特的不可复制的生命个体，一定有其文化或者文明之外的‘前身’。文明史亦然，有其前史和源头。对源头的眺望并不是要写出比如《诗经》里那样的诗，而是要看见草创时期陈规的稀薄之处生命的本真及其如何创建。你应该设想，如果身处《诗经》的年代，你会写出不一样的《诗经》，在唐诗宋词的年代，就会写出不一样的唐诗宋词。这个‘不一样’的起源才是值得深究的。”[①]可见，韩东在思考诗歌本质问题时表现出的就是一种发生学的逻辑，他不仅看重的是生命和诗歌的起源而非它们的发展历史，而且致力思考的也是具体个别的诗人其独特的个体生命和诗歌有限形式的具体结合或生成过程，强调的是生命本真对于诗歌创造的重要性，这样就为每一个诗人的自我生命探索和形式创造留出了具体实验的广阔空间。韩东的代表作《有关大雁塔》反对的就是如杨炼的《大雁塔》等文化诗中的“特定的人文历史幻象”[②]，意图彰显的也是非文化的独特生命初遇事物时的本真感受，他的《有关<有关大雁塔>》一文向我们展示了他当时的生命感受与诗歌形式的具体结合过程。

最后，毕加索名画欣赏加深了韩东对艺术创造的理解，个人不断变动的情绪情感或真实的生命经验被视为艺术创造的根据，“归真返朴”成为他诗歌创作永恒的美学追求。

也是在 1982、1983 年，《毕加索 1881－1973》《毕加索绘画原作展览》在中国首次出版。两本书展示了西方现代派画家毕加索七十余年的知名画作，并概述了他的创作历程。前书认为，毕加索作画始终坚持从自我真实的感受和观念出发，不断汲取印象派、原始雕刻、古代面具和壁画、超现实主义艺术等的营养，不懈创新绘画的表现形态，从“写实”“印象”“立体主义”到“梦的分析”等[③]，表现出了一以贯之的可贵顽强的探索精神。韩东从中获得了颇多启示：每首诗都不必追求完整和尽善尽美，只要“保持一种情绪”“有倾向性”就够了；形式也不必追求固定，这样“内心就时刻在冲动、不安，不能平静，而且很混乱”，但“这也许是创造的根据所在”；就如“毕加索每一幅单独的油画，都是不完整的；然而一个毕加索画派就是世界的对应，一个毕加索就是一个艺术史”；“艺术作品中，善的标准是虚假的”，“只有作为人的真实的东西才是我们追求的对象……作为人的真实是永恒的”；“民间和原始的东西具有经久不衰的巨大的艺术魅力”，“怎样解释

[①] 韩东：《大地上——新诗亲历记七》，“楚尘文化”微信公众号，2015 年 8 月 20 日。

[②] 韩东：《你见过大海——〈新诗亲历记二〉》，“某人韩东”的新浪博客，2015 年 7 月 5 日。http://blog.sina.com.cn/s/blog_4fe548220102vp9u.html

[③] 毕加索：《毕加索 1881-1973》，上海人民美术出版社，1983 年，第 73-91 页。

'归真返朴'？"[①]从上述文字可以看出，韩东已经明确意识到了生命个体的真实情绪情感或者不断变动的生命经验才是艺术创造的根据所在，归真返朴才是艺术的最高美学追求。

韩东诗歌本质论中的"生命经验"本体思想集中萌发于1980年代中前期、成熟于1980年代后期，诞生在特殊的历史、现实和诗歌理论语境之中，受到过存在主义文学、现代科学和现代派绘画等的综合影响和启迪，并在反思自己的诗歌创作、诗界各种创作路向以及与"他们"诗人展开诗学对话的过程中逐渐孕育和成熟。由于韩东诗论中的"生命经验"本体思想的产生语境以及接受的文学思想资源与同代诗人有很多相近之处，因而他"回到诗歌本身"("形式主义"或"诗到语言为止")、回到个人(个体生命)等诗歌本体思想自问世之后便在同代诗人中引起了广泛的共鸣，也产生了深远的历史影响，韩东作为一代诗人的理论代言人和标志性诗人的身份和诗史地位也因此得以确立。

不过，韩东1980年代的诗歌本体思想的流派或代际属性并不完全代表韩东诗歌理论的全部，事实上从1980年代末开始他的诗论言说便流露出某种转向迹象，即诗歌本体观从"生命经验"本体深化发展为"存在体验"本体，这种转向也意味着韩东的诗歌本质论思想越来越具有个人特色和时代启发意义。

二、"存在体验"本体思想的内涵和生成

"存在体验"本体思想是指韩东认为诗人对"我"在整体世界中的独特存在的真实体悟是诗歌创造的根本依据：生活有"共业"和"别业"之分，"共业"的生活是"前提性的存在"，"别业"的生活尤其需要引起重视，"探索别业，就是探索你具有的独特存在，文学作品包括诗歌作品"的"独特性"和"价值"皆由此给出[②]。韩东的这一"存在体验"本体思想具体来说包含三方面的内涵：一是指诗人作为独特的存在物其生命个性所包含的经验特性和神性是诗歌创造的个性根据；二是指诗人的精神与整体世界(现实世界和超自然)交会产生的完整存在体悟(经验和超验)是诗歌创造的体验根据；三是为使诗人生命个性中的神性发挥作用，诗人需要在创作过程中像上帝那样"弃绝自我"才能体悟到完整的存在，进而使诗抵达超自然，"弃绝自我"正是艺术创造的最终根据。韩东的这一"存在体验"本体思想是韩东在特殊的现实语境和诗学语境中反思现实世界和诗界创作现状，接受基督、薇依和佛陀思想影响的结果。

[①] 老木编：《青年诗人谈诗》，北京大学五四文学社，1985年，第124-125页。

[②] 韩东：《探索别业，就是探索你具有的独特存在》，上海民生现代美术馆微信公众号"诗歌来到美术馆"第五十一期，2018年6月5日。

首先，韩东认为诗人的生命个性包含自然的、经验的特性和神性两个方面，二者都是诗歌创造的个性根据。

一方面，如前所述，韩东是一个诗人天才论者，认为诗人的生命特有的易幻想、天真、害羞、敏感、心细、孤独、忧郁、爱琢磨等自然的、经验的特性是诗歌创造的个性根据；另一方面，他认为诗人的神性也是诗歌创造的个性根据。他认为诗人是摆脱了“卓越的政治动物”“神秘的文化动物”“深刻的历史动物”等世俗角色之外的一个角色，三个世俗角色都是对肉体的证明，但是“肉体”仅是诗人的出发地，诗人的“真实目的是非肉体的”；诗人是“上帝或神的使者”，“和大地的联系不是横方向的，而是纵的……由天堂到人间到地狱，然后返回”；他“永远像上帝那样无中生有，热爱虚幻的事物”，所不同的是“上帝创造世界只用了六天”，而“诗人用一生的时间写完一本诗集，发扬他那不可多得的神性”[①]。

也就是说在韩东看来，神性是诗人的生命特性，是诗人的精神接通上帝和大地、由地狱和人间返回天堂、使诗歌抵达上帝的个性根据。那么神性究竟是指诗人个性中的什么东西呢？韩东对此未做过阐释或说明，只说过诗人的精神世界比较复杂，除了“在一些层面极具比较的可能”的“个性气质”外，还包括在另一些层面“可能毫无特征”，“通往普遍的人性”，“更有甚者通往全体生命甚至无生命的物质宇宙”的东西[②]。这种东西应该指的就是神性。基督教三大流派之一的东正教的神学奠基人、俄国著名宗教哲学家和诗人索洛维约夫认为，每一个人的个性都由经验特性和神性构成，前者是相对的、有条件的，后者是绝对的、无条件的。神性就是指人确信自身无条件地、绝对地拥有“否定”和“超越任何有限内容的能力”，无条件地、绝对地拥有获得“完整的现实和完整的生命”的可能性的能力[③]。由此可知，韩东所理解的神性应该是指诗人的不断否定和超越世俗生存、追求生命的绝对意义和相信人能获得完满存在的生命个性。

其次，在韩东看来，拥有经验特性和神性的诗人与整体世界交会产生的完整存在体悟是诗歌创造的体验根据。

任何人的个性都首先是一种自然现象，受制于外部条件、外在规律或机械的因果律的制约，因而在现实世界中人在与自然、他人和社会进行交流时显现个性的那些行为、感觉、感受、体会都是相对的、自然的、经验的、不完满的。一如韩东对人这种存在物本质的认知：“人是怎样的一种存在？处于无知觉的宇宙间，人不过是一点不自量力的情绪”[④]；“人一半是天使，一半是恶魔(非野兽)……人

---

① 韩东：《三个世俗角色之后》，《他们》，1988 年，第 4 期。

② 韩东：《“独一份”和“文如其人”》，“某人韩东”新浪微博：https://weibo.com/ttarticle/p/show?id=2309404264563393563242

③ 孙雄：《神人之际 索洛维约夫宗教哲学研究》，宗教文化出版社，2009 年，第 213 页。

④ 韩东：《一个召唤》，《草原》，1989 年，第 8 期。

已脱离动物界，他的撕扯分裂来自两极。融入自然已不可能。超自然是一个选项，另一个选项就是十八层地狱。”[①]从这些言说中可以看出，诗人韩东以其敏感、细腻、忧郁、爱琢磨的生命个性已经深刻地认识到了人作为有限的自然存在物、社会存在物、文化存在物自身是善恶并存、矛盾、复杂而又身心分裂的，与现实世界的分裂和对抗也是无法避免或解除的，人与现实世界交流产生的复杂生命感受等都是经验的、不完满的，这种相对的独特生命经验正是诗歌创造的根据。

不过，韩东早已认识到存在性的整体世界由现实世界和超自然(或上帝或绝对或空无)构成，对于现实世界人类可以理解并用语言来表述，对于超自然人无法理解和把握，也无法用语言来表述。因为超自然是一切有形或无形的世界、精神和语言等的源头和根基，是“绝对永恒的天空”，是“大光明”，是“信仰对象”，人只可直觉地体验到其存在[②]。这就否定了自己先前的诗歌本质论中的语言本体思想。不过语言虽然无法表述超自然，韩东认为它可以导向、照射超自然。韩东还认为人在整体世界中正处在“途中或想象的途中，对光线敏感但身处黑暗”[③]。诗人只有使自己个性中蕴含的不可多得的神性显现才能直觉到超自然(大光明、上帝)的存在，诗歌也才能抵达超自然。因为神性正是“人与神之间自由的、内在的联系的基础，没有这种神性，就不可能有人与神的联合，就不可能参与神的创造。”[④]因此，神性也是诗歌创造的个性根据，诗人的神性显现、直觉到的超验性的生命体验也是诗歌创造的根据。

最后，韩东强调诗人需要在创作过程中效仿上帝“弃绝自我”，以使神性显现，使诗人直觉到超验性的完满存在，使诗抵达超自然。“弃绝自我”正是一切艺术创造的最终根据。

早在1990年代中期韩东便提出了“弃绝自我”的创作精神原则[⑤]。具体到诗歌的写作过程，他的“弃绝自我”的具体内涵就是强调诗人在思想层面要认识到自己不过是“诗歌的生产渠道”，“野心”和“焦虑”在写作中既过分又毫无必要，诗人必须被动于诗歌；在精神层面诗人要“集中精力、毫不懈怠、腾空自己、不抱成见”，学会“遗忘”并“敞开”自己[⑥]；然后“等待和顺应”诗歌的“自动降临”，即要“有斋戒沐浴般清洁的自身和环境的准备”，长时间的“静候冥想”，希望“能够接纳那些直接、天真、愉快、富于歌唱的字句。”[⑦]到21世纪初，韩东在

---

① 韩东、黄德海：《趋向完美的努力会另有成果》，《上海文学》，2017年，第2期。
② 杨黎：《灿烂》，中华工商联合出版社，2014年版，第321页。约写于2001年。
③ 鲁羊、韩东：《虚无和怀疑——鲁羊、韩东通信二则》，《青年文学》，1996年，第3期。
④ 孙雄：《神人之际 索洛维约夫宗教哲学研究》，宗教文化出版社，2009年，第215页。
⑤ 韩东：《韩东散文》，中国广播电视出版社，1998年，第162页。写于1996年。
⑥ 韩东：《韩东散文》，中国广播电视出版社，1998年，第168-171页。写于1997年。
⑦ 韩东：《韩东散文》，中国广播电视出版社，1998年，第152页。写于1995年。

与杨黎进行网上诗学对话时，又进一步将“弃绝自我”的创作精神原则阐释为“模仿超自然”。他强调超自然“本来是无，它抛弃了无而成为有”，创造了世界和我们，我们也要“仿效超自然”抛弃自身的“有”而成为“无”，这就要求诗人在创造过程中不仅要“放弃写什么的思虑”，而且要“放弃怎么写的执着”，“腾空自己，让超自然的品质”通过自身“流淌漫溢”，自身只做一根“接通终极绝对和其作品的管道”，这样诗才能抵达超自然(终极绝对)，这也是“天才的要义所在”[①]。

如上种种说明，“弃绝自我”的创作精神原则的内涵就是要求诗人弃绝自我心中与生存利害相关的种种野心和焦虑，弃绝写作中有关内容和形式的目的和思虑，让人的神性直觉到”超自然”的存在，诗歌也因此抵达存在的根本核心“超自然”。

总之，韩东认为诗人对“我”在整体世界中的独特存在的完整体验是诗歌创造的根本依据，能否做到“弃绝自我”是诗歌的精神境界能否抵达“超自然”的关键。这就是韩东诗歌本质论中的“存在体验”本体思想的基本内涵。韩东的“存在体验”本体思想是他的发生学逻辑思维进一步发挥作用的结果，也是他在特殊的现实语境和诗学语境中反思现实世界和诗界创作现状，对基督、薇依和佛陀思想中的合理成分进行了吸收的结果。

如前所述，韩东受《从猿到人》画册等的潜移默化的影响无形中形成了类乎发生学的逻辑思维方式，受此逻辑思维方式的推动，韩东从诗和生命的起源问题进一步向前追溯便是世界、宇宙的起源问题，由此势必开启“神的存在”维度。与之相应，韩东的世界观也会随之由无神论的世界观转变为有神论的世界观，即认为世界由现实世界和超自然(上帝)构成。生命观也随之由经验性的生命观发展为体验性的生命观，体验性的生命观认为生命个性由经验特性和神性构成，生命体验包括经验和超验。对于世界和生命的认识原则也相应地由理性原则发展丰富为理性原则和信仰原则。当然，韩东如上的世界观、生命观、认识原则的发展深化并非是发生学的逻辑思维抽象推演的结果，而主要是受到了现实语境的刺激或激发，对基督、薇依思想进行了合理扬弃之后的结果。

就现实语境而言，从1970年代末至今，社会各种矛盾、现代精神疾患和生态危机以及韩东个人的坎坷际遇等种种存在表相揭示了世界、人生和生命的荒诞性，这些不完满的现实驱使着韩东对世界、生命的本质和精神归宿问题的认知走向深化。从阶级斗争时代向经济建设时代更替，从社会主义计划经济体制向社会主义市场经济体制过渡，社会政治和经济领域的变革猛烈地冲击了“传统的重义轻利价值观”和只讲理想与崇高却“忽视个人利益的价值观”[②]。人们的个人功利欲望被无限地激发出来，社会也为人们追求“物质利益以及其他名利地位”提供了可

[①] 杨黎：《灿烂》，中华工商联合出版社，2014年，第319页。

[②] 陈新汉：《当代中国市场经济的哲学审视》，上海财经大学出版社，1998年，第175页。

能和条件，于是整个社会普遍堕入“只讲实利与实惠的平庸甚至罪恶的陷阱”[①]，精神迅速贬值。由信仰缺失、功利主义思潮泛滥导致的各种社会乱象和精神疾患也层出不穷：官商勾结，阶层矛盾激化，生态环境恶化，城乡差距扩大，现代人的心灵拜物化、精神真空化等等。世界的荒诞性清晰地呈现在韩东眼前。在此期间，韩东先后经历了父亲方之病逝、自己因传阅《今天》受到审查、婚姻失败、亲人相继离世、爱情信仰幻灭、在“断裂”行为和诗学论争中成为众矢之的等等遭遇，人生的荒诞性、生命的荒诞性更加剧了他的精神迷惘和痛苦以及对绝对之物的渴望。为寻求痛苦的解脱，解答生命和世界之谜，寻求精神的终极归宿，韩东自觉阅读了许多觉者的著作和宗教书籍，并确立了自己爱的信仰。

就思想渊源而言，韩东的世界观、生命观、认识原则的深化和成熟，受益于基督、薇依思想的影响和启迪。南京是一个深受基督教文化影响的城市，新中国成立之初便有教会学校 29 所，1991－1999 年，全市基督教徒人数从 5 万人增长到 8 万人。基督教文化的传播，促进很多南京人都建立了对“上帝”的信仰[②]。从韩东的自传体小说《小东的画书》(1995)中可知，韩东学习基督的教诲与一个心性善良平和的亲戚有关：“直到很久以后我才注意到姑奶奶是基督徒这样一个事实。我开始学习基督的教诲恐怕和这也不无关系。在我理解的信徒生活中当然也包括了姑奶奶的形象。可我是一个革命者的儿子，血管里流淌着爸爸的血，他的愤怒、绝望和死亡是不容忽略的事实。也许我因此宁愿空缺、怀疑和拒绝。我不能因廉价的皈依而把爸爸抛弃在地狱里”[③]。在同期韩东给鲁羊的信中我们也可知，韩东当时对皈依基督教的确抱持矛盾的态度：“怀疑在我这里就是怀疑，不仅是对信仰的怀疑，同样也是对不信的怀疑。”[④]虽然怀疑，韩东还是有选择地接受了基督和薇依对于世界、生命和人的认识的不少观点。

首先，基督认为世界的根基是由某种超世界的力量即上帝创造的，自然世界是受造的、非自足的实体，它被更高的超自然秩序所完善。世俗世界在恶之中。韩东对世界整体的理解与这些观点何其相似。

其次，基督教认为人有两次诞生，自然的诞生(泥土造人)和灵性的重生(上帝吹气生灵)，灵魂(精神)与超自然的东西联系在一起，人的本质属性是神性，神性扎根于永恒的神的世界，是绝对整体的一个必要环节；天使作为“上帝的侍从、使者”[⑤]是纯善的化身，而恶魔是堕落到人间并主宰着黑暗势力的天使，恶魔能附身于人身上，阻碍人与上帝沟通。韩东爱读科普读物，自然不信上帝泥土造人和

---

① 龚群：《功利与功利主义思潮》，《人民论坛》，2011 年，第 1 期。

② 付启元、赵德兴：《南京百年城市史 1912-2012》，南京出版社，2014 年，第 130-132 页。

③ 韩东：《我的柏拉图》，陕西师范大学出版社，2000 年，第 64 页。

④ 鲁羊、韩东：《虚无和怀疑——鲁羊、韩东通信二则》，《青年文学》，1996 年，第 3 期。

⑤ 《基督教词典》编写组：《基督教词典》，北京语言学院出版社，1994 年，第 497 页。

吹气生灵之说，但也认为人有两次出生，肉体出生和精神出生，人不能按照“宇宙法则”“世俗法规”来生活，“人的精神出生反自然”[①]。至于人性，他也认为人性有善有恶，人心往往在纯善(天使)和极恶(恶魔)之间忍受撕扯分裂之苦，人需要在“超自然”和“十八层地狱”[②]两个选项之间做出选择。“超自然”在薇依那里与“上帝”“爱”基本同义。韩东自然倾向于主张人的精神(灵魂)应该努力降服人性中的自然之恶、趋向“超自然(上帝、爱)”。这个过程实际就是人的精神生命努力超越生存利害、使神性现身的过程。可见，韩东生命观的成熟也与基督、薇依思想的影响有着密切的联系。

最后，研究基督教的神学家和有东正教信念的哲学家普遍认为人的认识原则包括理性原则和信仰原则。他们认为人们认识世界一般来说有三个前提，即认识对象的实在性、世界的可解释性和合理性以及认识追求绝对性。这些前提的存在本身就已表明认识中必然是包含着理性原则和信仰(启示)原则的。所谓“启示”大约等同于基督教中的“天启”概念，指“上帝与人类之间所发生的超自然的直接沟通，以显示或表明上帝的本性或意愿”，但这种沟通“无法用人类自身的知识或经验感受到”，“异象被认为是接受天启的主要方式”。[③]由于世界的实在性是在信仰活动中给出的，世界的合理性则来自上帝的创造，人的认识追求绝对性的倾向最终指向的终极目标也是上帝，所以人认识世界的确有两种方式，即理性原则和信仰原则。只有信仰原则才能解释整个人的存在本身，同时也可以继承、改造自然理性的成果，促进人的理智更新。一如《罗马书》中使徒保罗所说，不要模仿这个世界，倒要借着心意的更新而改变过来，使你们可以察验出什么是神的旨意。即是说“人的灵魂因信基督回归到神里面，拥有一个全新的世界观和看世界的角度。心意更新带来思想的变化，灵魂回归带来品格的变化，我们对身体的看法和对待方式也随之发生改变。”[④]薇依也如神学家和宗教哲学家那样有着坚定的基督信仰，她的思想也融合了“神秘精神与逻辑理性”“人文修养与基督信仰”[⑤]。

可以说，正是受基督思想和薇依思想的影响，韩东更加确信人类认识世界除了理性原则之外，还有“一些肉体的切身的神秘的方式，这些方式虽然盲目但根基庞大，它们是我们扎根于世界的根须。”[⑥]这种方式就是指信仰原则。

综上可知，韩东的世界观、生命观和认识原则的深化和成熟，离不开基督和薇依思想的影响，这种影响也促使他的诗歌本质思想由“生命经验”本体最终深

---

① 韩东：《一个召唤》，《草原》，1989 年，第 8 期。

② 韩东、黄德海：《趋向完美的努力会另有成果》，《上海文学》，2017 年，第 2 期。

③ 《基督教词典》编写组：《基督教词典》，北京语言学院出版社，1994 年，第 497 页。

④ [英]坎伯・摩根著：《罗马书》，巩咏梅、于国宽译，上海三联书店，2014 年，第 71-72 页。

⑤ [法]S・薇依著：《在期待中》，杜小真、顾嘉琛译，三联书店，1994 年，第 2 页。

⑥ 杨黎：《灿烂》，中华工商联合出版社，2014 年，第 327-328 页。

化发展为“存在体验”本体，即认为诗人对自身在整体世界中的独特存在的完整体验是诗歌创造的根本依据。当然，韩东认为诗歌的精神境界终将以抵达“超自然”为终极目标，能否抵达关键要看诗人能否做到“弃绝自我”。

韩东的“弃绝自我”创作精神原则的产生和提出既与当代人的“自我膨胀”引发的社会生活和艺术领域的功利主义现象不断泛滥的现实有关，也是他诗歌创作的精神原则历史发展的必然结果，还受到了薇依思想的重要影响。

在社会生活中，功利主义思潮自1990年代泛滥开来后，自我的破坏性能量被一再证明，比如整个现代经济制度都奠基于自我的利益之上，人们无止境地追逐个人的物欲，精神却日渐拜物化，道德也严重滑坡，生态也日渐恶化。而在艺术创造和欣赏中，功利主义思潮的兴起差不多与社会领域同步，自我的破坏性能量同样让人触目惊心。无论是迎合国家意识形态从事政治抒情诗的创作，还是效仿北岛从事政治反抗式的写作，抑或是迎合西方文化趣味进行文化诗或史诗的创作，再或者为进入诗歌史而有意将写作与西方现代诗歌传统进行某种对接，或者为了取得市场成功而从事商业写作，在韩东看来这些都是诗人在生存功利目的的主导下进行的诗歌创作行为，都非为了满足个人内心的抒情需求、为了重建汉语诗歌传统而进行的写作，因而严重伤害了艺术的独立性、尊严和纯正品质。此外，还有很多诗人把诗歌作为塑造自我形象的工具，进行自恋式的写作。

针对如上种种诗歌创作现状，韩东先后提出“艺术宗教的回归是中国诗歌的希望所在”“回到为自己的为艺术而艺术为上帝的写作”的口号以及“严肃写作”的主张。前一口号强调诗人必须自觉拒绝各种生存功利性的需求，净化写作过程，心怀“信念”和“虔诚”，“拥有那种宗教般的喜悦，即对语言的敏感和对形式的呼应。”[①]后一主张强调写作者要有“牺牲精神”以及“对理想的忠诚和绝对的信念”[②]。随后，韩东也发现当代诗人个人功利欲望膨胀都是因为太过关注自我，但是自我本身是矛盾的、藏污纳垢的、“欠缺”“不圆满”而又“虚无绝望”[③]，因而自我并不值得太过关注。此外人们的灵魂也有“对牺牲的渴求”。鉴于如上种种原因，韩东正式提出了“弃绝自我”的创作精神原则[④]。可见，韩东“弃绝自我”的创作精神原则的提出是针对社会生活和艺术领域的功利主义现象的，其内涵也与他此前提出的为艺术为上帝而写作的“艺术宗教”思想、“严肃写作”思想一脉相承的。

此外，这一创作精神原则也受到了薇依思想的直接影响。薇依在其著作中深化了“弃绝自我”的主题：“自我牺牲。如同造物时上帝在不断放弃。从某种意义上来说上帝放弃了成为一切的机会……他倾其所有地奉献了自己的神力，我们也

① 韩东：《一个发言　走向九十年代(诗歌笔谈)》，《飞天》，1989年，第7期。
② 韩东、朱文：《古闸笔谈》，《作家》，1993年，第4期。
③ 鲁羊、韩东：《虚无和怀疑》，《青年文学》，1996年，第3期。
④ 韩东：《韩东散文》，中国广播电视出版社，1998年，第162页。写于1996年。

应该放弃成为所谓重要人物的可能。这是我们唯一可行的善。”“弃绝自我就是顺从上帝。”[①]薇依还说过一段话被韩东完整引用：“即使在艺术和科学中，如果说副产品，不管是成果辉煌或是平庸，都是自身的扩张，那么主要产品，即创造，就是弃绝自我。”[②]可见，前述韩东所说的“弃绝自我”“模仿超自然”的主张都是源于薇依思想的启迪。不仅如此，就是韩东提出的集中精力、腾空自己、期待和顺应诗歌字句的自动降临这类“弃绝自我”的重要内涵，很大程度上也与薇依的写作思想一致：在学校各科学习中，“集中精神在于暂时停止思考，在于让思想呈空闲状态并且让物渗透进去”。“最可贵的财富不应是寻找得来的，而是等待而来的……每门学科都各有某种热切期待真理的特殊形式，而不是让自己去寻找真理……写作时等待合适的词自己出现，仅仅删除词不达意的字。”[③]

虽然韩东对“弃绝自我”内涵的理解已经十分具体深入了，但是他自己也认识到要真正在创作中做到“弃绝自我”或“模仿超自然”是十分困难的，所以他强调“作家和巫师类似，需要经过训练”，“一种神通的悬链”“围绕着感觉的出现，有很多强制性的限制。为那一点点飘忽不定的超越可能，必须做到训练有素，以便捕捉。”[④]因此，韩东自己坚持打坐修行十几年，所有的努力都是集中于“弃绝自我”的精进修炼，为的是确保诗人的“感觉”或“灵感”在创作中能够及时捕捉，以及实现对现实世界的精神超越。

韩东的这种“无我”的修行思想是受佛教“坐禅”思想影响的结果。南京享有“江南佛都”的美誉：“古代南京是江南佛教的圣地，近代是佛教复兴的中心，当代又是佛教文化彰显的重镇”。21 世纪后，南京市内共有百处历代佛教文化遗存，45 个佛教活动场所，发掘“佛教文化资源”的价值甚至被列入南京市文化发展战略，2008 年“释迦牟尼佛顶骨舍利”惊现南京大报恩寺遗址发掘中，使南京佛教文化再一次受到世人关注。[⑤]韩东主动了解佛教文化约始于 1994 年。约 1996 年底以后他为了寻求从多年郁结的精神痛苦中解脱，开始去寺院烧香拜佛，在生活中坚持读经和打坐[⑥]。从韩东 2011 年的访谈《最伟大的书只能由佛陀这样的人

---

① [法]西蒙娜·薇依：《庄严与恩惠》，伦敦：劳特利奇出版社，1992 年。转引自南茜·默菲、乔治·F.R.埃利斯著：《论宇宙的道德本性 神学、宇宙论及伦理学》，常春兰、李慧译，山东人民出版社 2012 年版，第 111 页。

② 韩东：《韩东散文》，中国广播电视出版社，1998 年，第 162 页。写于 1996 年。

③ [法]S·薇依著：《在期待中》，杜小真、顾嘉琛译，三联书店，1994 年，第 60-61 页。

④ 韩东：《整理网贴之“写作及其他”1-5》，“某人韩东”的新浪微博，2018 年 5 月 7 日。

⑤ 付启元、赵德兴：《南京百年城市史 1912-2012》，南京出版社，2014 年，第 101、118 页。

⑥ 韩东散文《像释迦牟尼那样行乞》(1994)最早出现佛教因素；长篇小说《我和你》(2005)源于他的一段感情经历，从诗歌《我和你》中可推知是指 1995-1996 年底的刻骨铭心的恋爱，小说中有男主人公失恋后接触佛教文化的描述；韩东诗中出现佛教因素始于 2000 年的《去栖霞寺烧香》。

写成》和同年集中出版的两本散文集《夜行人》《一条叫旺财的狗》中的《谈佛陀》《信仰者杨健》《<暮晚>读后》《人生可以改变》《信仰不是空谈》《放生》《意外之喜》《漫游者说》《一本书，一个人》等中可知，韩东对佛教思想十几年来始终保持密集地接触，理解也逐渐深入，并深深地影响到了他的个人存在，比如思想观念、道德品行、日常心境、精神面貌和诗歌理论观念等。他读佛经时认识到“释迦牟尼是一个虚无主义者，虚无是趋向真理的起点”，凡人因眷恋俗世的“小恩小惠、小情小色、小快小乐”，所以“不能像释迦牟尼那样做到身心同往虚无、抵达真理”[1]。应该向“释迦牟尼学习某种卑贱精神，并从中汲取力量”[2]。学习卑贱精神，努力使身心同往虚无，这个过程就是在努力“弃绝自我”“忘我”、专心致志或“虚己”。在佛教中，“打坐”(也叫“禅坐”或“禅定”)就是“驯服和舒缓”自我“负面的情绪”“把散乱心收摄回自身”、泯灭自我的有效方式[3]。韩东在南京“兰园的工作室，有个香炉”，他“打坐打一炷香的时间即可”，“冥想，乃至什么都不想，进入空境”[4]。具体地说，这个过程即是：身体保持自然，心不造作，不思善恶，不反思也不着力，任心自然“悬挂在虚空中”；若分心，就不断地使心安住在禅坐对象(本尊或呼吸)上，心与对象会渐渐合一，结果就是心“停留在当下和寂静中”，随后“心的清明慢慢升起”，思想感情的“障碍渐渐移除”，“自我与攀缘的习性”开始消失，“清晰的关照”显露，随着关照逐渐加深，便会体验到实相之本性和自己的真实心性，智慧和慈爱便会渐渐从心性中照射出来，自我最终完全消失，坐禅者歇息在最自然的心性中，即抵至空无之境[5]。韩东长期的禅坐训练，使他能在很高的精神层次上客观地审视自我的种种矛盾、复杂和卑劣之处以及这个世界无慈悲的真相[6]，也使他能控制好自己的思维运行，让自己的意念自由运行、含蓄呈现，并以一种慈悲的方式扩充自己的意识以涵盖万物。因此他近期诗歌中的精神主体不再是“小我”，而是一种拥抱宇宙的、理性而又含带温情的、即个人化又非个人化的“大我”。这与现代主义诗歌中的抒情主体总是呈现出自我分裂和自我中心主义的特点显然有着本质和境界的不同，比如《在世的一天》《湿地》《湿地二》《生命常给我一握之感》等诗都是“弃绝自我”后的上乘之作。总之，韩东通过精进的“无我”修行，不仅使自我的精神面貌由内而外发生了脱胎换骨的转变，也使自己近期的诗歌境界更加开阔和空灵，个体生命和他物的本性以及存在状态得到客观呈现，实现了与超自然的某种链接。

---

[1] 林舟、韩东：《韩东散文》，中国广播电视出版社，1998年，第309页。

[2] 韩东：《韩东散文》，中国广播电视出版社，1998年，第265页。写于1994年。

[3] 索甲仁波切开示，郑振煌译：《三种禅坐方法》，《世界佛教》，2017年，第1期。

[4] 曹寇：《我所知道的韩东》，http://www.chinawriter.com.cn/n1/2018/0321/c404031-29880975.html

[5] 索甲仁波切开示，郑振煌译：《禅坐中的心》，《世界佛教》，2017年，第2期。

[6] 见韩东的诗《我的眼睛》：“我的眼睛在退化，也在进化……能在黑暗中看见黑暗的人心”。

通过以上的论述可知，韩东诗歌本质论中的“生命经验”本体思想和“存在体验”本体思想之间是承续递进关系而非替代关系，这种丰富和深化的历程也意味着韩东的诗歌本质论思想早在 1980 年代末就已开始反思并逸出“他们”“第三代”(狭义)诗歌理论的言说范围，走向了更加个性化和哲学化的发展历程。

韩东诗歌本质论中的本体思想的丰富和深化表现在：对生命的理解从强调个人性深化发展为强调存在性。韩东对世界的理解从强调现实性也深化发展为强调存在性，存在性的世界除理性可以认识、语言可以表述的现实世界之外，还有理性无法认识、语言无法表述的超自然；对神性和超自然存在的确认可以避免韩东在以审美的眼光把握整体世界和完整生命也即“整体存在”时陷入主体性的泥淖，以交互主体性的视角、弃绝自我的精神深入整体世界获得的真实、完整的生命体验的确是诗歌创造的终极根据，而能否做到弃绝自我确实是诗歌能否抵达上帝或超自然的关键。

韩东的“存在体验”本体思想的核心部分并非是对已有的创作经验的理论总结，而是个人的神秘体验和宗教哲学思想在诗歌理论领域生发的结果，基本属于观念性的建构，但是这观念建构对于他的诗歌创作却具有重要的指导意义。正是“存在体验”本体思想赋予韩东的诗歌以一种无有穷尽的超越性的精神品格，他近期的诗歌也总是在结束之处陷入神秘，却也因此启动了另一种开始，留下了诗外有诗、回味无穷的意味。

此外值得一提的是，韩东的诗歌理论不仅涉及创作论、本质论两个方面，韩东对诗歌的功能和批评也有自己的看法。他认为，诗歌具有“超越性”的价值和审美价值[①]，读者可通过读诗获得审美愉悦、培养自己对美的敏感性。评价诗歌的唯一标准就是诗人是否有“自己的写作依据”，创作时是否“遵循”这一依据并“集中了全部精力”，是否“诚实”地“执行”或“表达”了“自己的怪癖”[②]。此外还需要在他所隶属的那种诗歌理论系统中来评价，而不能以一种不变的准则评价所有的诗歌。这些主张显然与他的诗歌本质思想是一致的。

综合韩东的诗歌创作论、本质论、功能论和批评论可知，他的生命存在论诗学是完整统一的有机整体。诗歌本质论思想虽然有些内容源自他对自身创作经验的理论总结，对当代诗歌的历史和现状以及与同道诗人诗歌活动的历史反思，但是另一些深邃的内容来自他个人对“完整存在”的神秘体验以及基督、薇依和佛陀思想的启迪，因而对诗歌创作具有重要的指导性意义。因此可以说，韩东的诗歌创作论与本质论思想是从实践到理论、又从理论到实践的交互影响关系；而功

① 韩东：《探索别业，就是探索你具有的独特存在》，上海民生现代美术馆微信公众号“诗歌来到美术馆”第五十一期，2018 年 6 月 5 日。

② 韩东：《整理网贴之“写作及其他”1–5》，“某人韩东”的新浪微博，2018 年 5 月 7 日。

能论和批评论则根源于他的诗歌本质论和创作论思想。总之，韩东的生命存在论诗学由窄浅逐步发展为深广，全方位地体现了他矢志不移地独尊自由创造的艺术精神以及卓然超群的理论素养。从学艺期的“标榜自我”到最终的“弃绝自我”，由主体性发展到交互主体性，从诗歌活动中对“一元独存”地位的想象和争夺到理论上“多元并立”思想的确立，韩东诗学的这一精神演变轨迹，也是当代诗坛乃至世界诗歌领域由现代向后现代演替的历史轨迹。因此可以说，韩东的生命存在论诗学有其当代性和世界性的意义。

结语　韩东诗歌创作及理论的价值和启示

韩东1980年开始诗歌创作，迄今几达40年。在诗人如林的当代诗坛，韩东最初以其独特、新异、与众不同、超越自我的诗歌文本为读者和诗评家瞩目，随后以其卓然超群的理论素养而成为“他们”诗群的理论代言人乃至“第三代”诗人的标志性人物，并以和诗歌美学同道影响较大的诗歌活动而改变了诗坛乃至文坛的格局。抹去历史的尘烟，回顾韩东跌宕起伏而今归于平静的精神世界，会发现韩东对绝对真理的渴望贯穿了他的整个诗歌生涯。韩东的信仰大体上经历了从少年时代的正统信仰到“革命”到“爱情”再到“爱”本身的转变。马恩列毛的思想、萨特和加缪的思想、基督和薇依的思想分别是韩东在坎坷的生命际遇中面对精神困境时信仰不断确立、幻灭又重生的思想根据。

与之相伴随的是，韩东的自然观经历了从人类中心主义自然观到生态人文主义自然观的转变，伦理观经历了从个人主义伦理观到“普遍的共生”生态伦理观的转变，生命观经历了从强调个人的经验特性到强调个人的经验特性和神性的转变，思维方式也完成了从二元对立到多元并存或融合的转变。以上种种思想观念和思维方式的转变决定了韩东的诗歌及诗歌理论从现代精神全面转向后现代精神，其中的许多诗歌文本和诗歌理论在特定的历史时段都具有先锋性和启发性的价值和意义。

第一节　韩东诗歌的价值和启示

韩东的《山民》《有关大雁塔》《你见过大海》因诗歌意蕴和美学上的革命意义而被公认为“第三代”诗歌的代表作，除这几首载入史册的成名作之外，韩东还有许多诗意更新颖、诗艺更纯熟的诗歌也具有诗歌史的价值和意义。总体来看，韩东的诗歌大多不是在“思想—权力”框架下的对立性或革命性的写作，这与他的重要诗歌活动留给他人的印象截然不同。自1985年进入成熟期的创作后，韩东的多数诗歌都表现出了独一无二的特殊性。他独特的生命个性决定了他在不断变动的生存境遇中对生命存在体悟的特殊性，以及对人类思想文化和艺术传统接受的特殊性，这些因素又共同决定了韩东诗歌诗意和诗艺的独特性。而从理论上看，作品的独特性就是作品不可替代的价值之所在。因此可以说，韩东诗歌的价值和意义主要体现在他诗歌诗意和诗艺的独特性方面。

首先，韩东诗歌“人与自然”主题的书写，从表现“人与自然”的对立到表现“人与自然的和谐共生”体现了他的诗歌精神从1980年代初期的“现代精神”走向了1980年代中期开始的“后现代精神”，这些精神倾向在特定时段都具有先锋性的意义。其诗的艺术价值表现在1980年代后期开始的整体象征手法和感官化的叙述方式以及近十多年超越了人本和物本视角、含纳万物的“大我”视角，这种视角使人与自然都真正回归了自身的生态本性。

在当代哲学中，人“统治、征服、控制、支配自然的欲望”[①]被视为现代精神的中心特征之一，人在自然之中能产生家园感，并且“把其他物种看成是拥有其自身的经验、价值和目的的存在”，且能感受到同它们的“亲情关系”，这种家园感和亲情感反映出的“有机主义”世界观被视为“后现代精神”的一个突出特征[②]。韩东1980年代初期的《山》《无题》等体现出的是一种以人本主义或人道主义为内涵的现代精神，其时具有先锋精神。1985年后表现自然之美和传达自然与人的生存及精神健康息息相关的诗歌如《明月降临》《树多于人》《有关爱与信任》《生命常给我一握之感》以及他揭示现代人破坏自然生态、虐待动物的诗歌如《盐田》《马》《孤猴实验》等，最能体现出一种超越了现代的“心灵-自然”二元论和实利主义、倡导人与自然融为一体的后现代精神。至于近十年来的《一匹马》《你见过大海(二)》《湿地》《湿地(之二)》《起大早》等质疑人类的认知能力和人类中心视角、表达世界本性为“空”的诗歌，因为体现出众生平等和视角多元的思想，而与认同“平等”和“多元”概念的后现代主义也达成一致。由于韩东书写自然的诗歌体现出后现代精神倾向约始于1985年，因而可以说他的很多书写自然的诗歌都具有先锋性和世界性的意义。

从诗歌艺术史的角度来看，中国古典诗歌中的自然书写经历了“工具化、对象化、主体化和意理化四阶段”[③]，韩东诗歌对自然事物的处理方式也大致可以分为工具化、对象化、主体化和哲理化四种类型，但是韩东喜欢使用的是“象征”“感官化”的叙述方式、“全感官参与”等现代诗歌艺术手段或审美方式，在盛行“比德”和“静观”的古诗中都是比较罕见的。此外，现代新诗如徐志摩、杨牧、海子等人的“自然景观的书写都倾向于将自然内在化，人文化，寓言化，都流露

① [美]大卫·雷·格里芬著，《后现代精神》，王成兵译，中央编译出版社，2011年，第24页。
② [美]大卫·雷·格里芬著，《后现代精神》，王成兵译，中央编译出版社，2011年，第38页。
③ 王建疆：《中国诗歌史：自然维度的失落与重建》，《文学评论》，2007年，第2期。

出浪漫主义的取向”，孙维民等诗人则创造了“物本意识”或“物本主义”书写模式，即“运用主客异位的手法来颠覆人类中心的视角”[①]。与他们相比，韩东早期书写自然的诗歌比如《给初升的太阳》、《大地呵，你早》等也流露出某种浪漫的倾向，《山民》虽无浪漫色彩，但显然也有寓言化的品格。不过韩东诗歌艺术最突出的特色在于他近年许多诗歌的自然书写都秉持自然与人平等亲和的立场，既颠覆了人本视角，也颠覆了物本视角，以弃绝“我执”之后类乎含纳万物的“大我”视角来叙述，使人和自然都真正回归了自身。这种境界和胸襟在当代诗人中是比较难得的，因而具有一定的诗史意义。

其次，韩东诗歌“人与人的情感”主题的书写特别突出了爱的情感对于人的生命存在的重要意义，韩东对爱是一种超越本能的牺牲情感的深广理解在唯我独尊、爱严重缺失的现代社会具有思想启发意义；在艺术方面，自1985年开始，韩东就援引叙事文学中的细节、场景、动作、对话描写等现代手段使自己的情思抒发获得质感的依托，这种客观化的抒情方式以及一些诗歌由情入理的内在结构推动了现代诗歌情思内涵和审美形态的更新。

从情感内涵的层面看，一方面韩东诗歌的情感书写多数以执着地表现爱的情感的失去或缺失性感受为主，比如《秋天的细雨》《爸爸在天上看我》《机场的黑暗》《我和你》《爆竹声声》《墓园行》《爱》等多表现因为失去爱而生的痛苦、悲伤、虚无、孤独、绝望、思念或追怀等感受以及《简单的本质》《我的妹妹》等主要表现因缺失爱而生的渴望和向往之情，这些诗篇都触目惊心地揭示了现代社会单子式的个人与他人的生死之隔、关系疏远或隔膜所致的情感困境。在此意义上可以说，这些诗歌大多具有突出的现代精神品格。另一方面，韩东也有一些诗歌的情感书写多以表现爱的情感的获得性感受为主，爱的情感丰盈和造就生命是这类诗歌的主题，比如开启了1980年代纯粹的爱情诗写作个人化的潮流的《女孩子》书写了初恋的美好，在1990年代大面积书写性的爱情诗中突出了纯粹爱情的可贵和美好的《爱情曲》《爱情生活》表现了性爱合一或热恋的幸福和美妙，《我因此爱你》《母亲的样子》《写给亡母》《我听见杯子》《给普珉》等诗歌中传达了自我与他人融为一体之后两性相知相悦、母子之爱跨越生死、朋友相亲相知的温暖感情。《纯粹的爱》和《我们不能不爱母亲》旨在暗示爱本身的内涵就是超越现实和本能去奉献和承担。人与人之间的相爱共生既符合人性健康发展的自然需求也是后现代精神的题中应有之意，因为建设性的后现代主义吸收了前现代精神的某些成分，把人看成是关系中的自我，为消除现代性导致的人我对立倡导主体间性以及重建人与人的友爱关系。虽然韩东诗歌情感书写的不同精神向度是交缠并存的，但就整体趋势而言是从现代精神走向后现代精神，韩东的精神信仰从爱情转向爱

① 奚密：《现代汉诗中的自然景观：书写模式初探》，《扬子江评论》，2016年，第3期。

本身是其诗歌精神演变背后的思想根据。

与新时期以来“归来”诗人包含苦难诉说的人伦情感书写、北岛包含政治反叛和正义歌颂内容的人伦情感书写、舒婷充满浪漫或理想色彩的人伦情感书写、李林芳和路也充满古典情怀的人伦情感书写、杨黎大面积书写性的爱情诗相比，韩东的情感书写深深植根于他个人纯粹、极端、深广的情爱体验，他对爱本身的独特深刻理解对现代人唯我独尊的心灵积习来说是一种救治，因而具有时代启发意义。从艺术表现层面看，韩东惯于使用客观化的抒情方式，偶尔也间或采用浪漫主义直抒胸臆的方式，也偏爱由情入理的结构或象征手法，因此体现了自由不羁的创造精神和综合多样的艺术特征。

最后，韩东诗歌“人与社会”主题的书写，独特的情思意蕴在于揭示了现代人的在世存在的生死之谜并在生态存在论的世界视野中为现代人的生命确立了“爱”的意义信仰，整体象征或寓言体等是这类诗歌中许多诗突出的艺术特色。

在当代诗坛，书写价值迷失的时代现代化与人的美好生存冲突主题的诗人大有人在，韩东同类主题的书写丰富了这类主题的艺术表达，比如韩东1980年代的《开会》《记事》和1990年的《寻乌的调查》在比较早地表现国家意识形态与个人精神需求之间错位的尴尬时，别出心裁地分别使用了肖像漫画笔法、包裹式叙事结构和对比与反讽结构，而《人类之诗》则以整体象征法揭示了人类与世界对立的生存和发展方式的荒谬。韩东诗歌“人与社会”主题书写的独特之处表现在他的思维和精神已超越一世的社会性存在而扩展至人的完整性存在领域，既深刻地揭示了现代人在充满了被动性和偶然性的生存境遇中虽拥有一定的主体自由却最终陷入了不自由的悖论，又指出在有死的、单向的、短暂的在世之旅中人类超越有限、抵达无限、赋予生命以真正的尊严和自由的途径就是树立并践行以生命为本的爱的信仰。爱的信仰即是无条件地、绝对地相信爱能使一切存在物彼此之间获得真实内在的相容性，使人类的生命获得可持续的发展并不断地趋近完满，最终实现人与万物的普遍共在。使用了整体象征手法的诗歌《看不见的风》《进沟》《世界无奇不有》《在世的一天》和寓言体诗歌《蜘蛛人》《西蒙娜·薇依》《食粪者说》等都是这方面的杰作。韩东对个体生命生与死的存在状况的执着叩问，意在揭示人的生命存在的真相，增强人们的死亡意识、自觉生存意识和信仰危机意识，引导人们的价值取向由自我转向他人、由人转向外物，从而自觉肩负起自我的生存责任并自觉承担起社会道义，也肩负起看护一切生灵的存在家园的使命和责任。而建设性的后现代主义也认为如果我们“用一种新的眼光看世界，认为它具有一种我们也具有的秩序，我们就会感觉到自己与世界融为一体了”，就会“对它怀有发自内心的爱”。这样，建设性的后现代主义便彻底地改变了世界的形象，世界在人们眼中就是“一个有待照料、关心、收获和爱护的大花园。”[①]由此可见，韩东诗歌中的上述思想使他的作品具有了一种积极的、建设性的后现代精神品格，因而在当代诗歌的日常书写中具有世界性的意义。

总之，韩东诗歌对于“生命存在”主题的书写给予我们一种有益的启示，即：在世界范围内“神学、物理学、生物学”呈现出“和解”的趋势和“精神、科技、自然”有望融合的情形下[②]，每一个现代人都应该对自己置身的天、地、神、人四维疆域进行重新的体悟，调整自己的在世心态、姿态和行为，以世界共同体和生命共同体意识来安排自己的生存内容。当代诗人只有在在世存在过程中不断培养和提升自己的内在德行，才能赋予当代诗歌以一种开阔、包容、生生不息、自在自由的生命气象。

此外，在多数诗人积极汲取中西诗歌艺术的营养时，韩东却独树一帜地打破诗歌的写法、各类语言、文学体裁、艺术门类和学科知识等的壁垒进行艺术的跨界实验，已然显示出了与民族化或西化的诗歌发展路向迥然不同的新的气象，因此可以说他的诗歌艺术独特的发展道路也启示我们：跨界艺术实验同样会为当代诗歌的未来发展开拓出广阔的前景。

第二节　韩东诗歌理论的价值和启示

韩东的诗歌理论包括创作论和本质论两部分。创作论是韩东对自己及同道诗人创作经验的反思和理论总结，其价值在于既彰显了韩东的诗歌活动、诗歌创作和诗歌理论的一致性之处，又昭示出创作的独立自由精神和多元的思维风格是当代诗歌和世界艺术发展的必由之路。

就韩东诗歌创作论思想的整体内容而言，“多元”和“多样”正是其最突出的特征。在当代文学的大一统体制缓慢走向开放和多元的过程中，韩东受西方自由主义思潮的洗礼，追求创作自由、引领先锋诗潮，其诗歌创作思维经历了由转型期短暂的二元对抗向成熟期长期的“多元”并存的转变。有研究者曾给韩东诗歌贴上“口语诗”的标签，其实韩东主张在汲取翻译语、外来语、古代汉语、口头语等多种语言营养的基础上使用口语化的语言或标准的普通话来写诗；也有研究者给韩东诗歌贴上“抒情诗”“哲理诗”“叙述性诗歌”的标签，给韩东贴上“抒情诗人”“哲学家诗人”“形式主义者”的标签。其实韩东倡导诗歌的灵感来源、语言模式、语言形式、写作方法的“多样”。多数研究者认为韩东反叛朦胧诗、攻

[①] [美]大卫·雷·格里芬著，《后现代精神》，王成兵译，中央编译出版社，2011 年，第 9 页。

[②] 鲁枢元：《生态文艺学》，陕西人民教育出版社，2000 年，第 151 页。

击体制写作、反感知识分子写作体现的是一种二元对立的思维，其实这只是韩东在不够多元的文学格局中发表的有实用目的的论战式檄文的特色，他谈论诗歌创作本身问题的诗歌理论言说更多体现了他多元的思维风格。韩东后来反思自己的诗歌活动提出诗歌系统多元论，实际是一贯主张创作独立和思想自由的他诗歌理论发展的自然、必然的结果。

韩东这种积极打破语言壁垒、题材壁垒、体裁壁垒、艺术门类壁垒、创作方法壁垒、知识壁垒等的创作实践和他反对一元独霸的诗歌活动展现了他不遗余力地反对教条主义和故步自封、追求和捍卫创作自由以及人的自由的难能可贵的后现代精神。因为“后现代主义建设性向度另一个表征是对多元的思维风格的鼓励”，[①]因此可以说，韩东的诗歌创作论思想的存在意义不仅在于体现了韩东的诗歌活动、诗歌创作和诗歌理论的一致性之处(个别学者认为几者之间只有矛盾或断裂关系)，而且在于其彰显了多元思维和跨界艺术是符合当代诗歌和世界艺术发展潮流的必然趋向。

韩东的诗歌本质论思想具有“他们”“第三代”诗歌理论的共性和自身的个性，共性部分的价值在于开启了当代诗歌回归自身和个人的新时代；个性部分的价值在于针砭了当代生存功利主义诗歌创作，革新了现代人的世界观、人学观、认识观和诗学观，指出了人的自身存在和诗歌精神的最高境界，激活了当代诗人的创造意识和自我超越意识，树立了一种生命存在体验和语言形式高度融合的诗歌美学观，重新赋予了人的生命和诗歌以新的地位和尊严。

韩东的诗歌本质观与“他们”“第三代”诗人主流诗观的共性即是韩东提出的“回到诗歌本身”(“形式主义”)、回到个人、回到为自己为艺术的写作等以“生命经验”和“语言”为本体的思想。这种共性的形成源于韩东和同代诗人都出生于普通民众家庭，成长于集体本位文化和非理性思潮盛兴的文革时代，接受了轻文化知识重直接经验的教育思想，置身于文学开始回归自身的诗学语境并接受了西方形式主义文学和诗歌作品的影响。这种以韩东的诗歌理论为代表的生命存在论诗学在为诗歌带来本体意识的同时，也从根部击碎了诗人“若干年里一直遵从着的种种集体无意识”，终结了作为写作主体的“我们”，质疑了居高临下的“大写的我”和“人文的我”，使写作主体真正变为“作为单个生存者的我”，“使人们有可能重新确立写作的意义、对象和目的”，从而开启了一个新的诗歌时代[②]。

韩东诗歌本质观的个性即是指诗人作为上帝或绝对之物的使者其独特存在体验是诗歌创造根据的思想，弃绝自我是诗人的神性能否显现、诗歌能否抵达超自然的关键。这种个性的形成与韩东个人独特的成长经历、独特深广的生命体验和

[①][美]大卫・雷・格里芬著，《后现代精神》，王成兵译，中央编译出版社，2011年，第6页。
[②] 张清华：《必然的终点和或然的起点》，《上海文学》，2005年，第5期。

接受的独特思想艺术渊源有关。韩东自幼随父母不断搬迁，亲人相继离世，在“断裂”行为和诗学论争中也饱受指责，因而尘世之恶和精神之苦驱使韩东执着地叩问世界和生命完整存在的真相，并自觉地接受了基督、薇依和佛陀思想的深远影响，形成了有神论的世界观、人学观、认识观和诗学观。这些思想观念既具有积极的现实意义，也具有时代启发意义。

对于当时的诗歌功利主义创作而言，韩东反对诗人为了世俗功名而把政治、文化、历史、艺术史等因素作为诗歌创造的根据，因而具有针砭和匡正诗弊、牢固树立诗歌生命本体思想的现实意义。此外他没有反对政治、文化、历史等因素通过作用于个人而入诗，因此他的诗歌理论主张并没有使诗丧失历史感、文化感和时代感，也没有缩小诗人的情感半径，更没有降低诗歌作品的品质。所以说，韩东的生命存在论诗学绝非一些学者理解的那样是无涉现实或脱离现实的唯美主义或形式主义，而是关涉现实和人的灵魂、有文人担当意识的诗歌理论。

从诗歌理论的层面看，韩东的存在体验本体思想击碎了现代人固化的世界观、人学观、认识观和诗学观，使人们认识到整体世界中除了现实世界还有超自然存在，作为宗教性的存在物，人的生命个性中除了经验个性还有神性存在，人认识世界的原则除了理性原则还有信仰原则，因此可以说韩东的生命存在论诗学也是体认世界和人的“完整存在”、导向绝对之诗的诗歌理论。这种诗歌理论指明了人的生命存在和诗歌精神的最高境界，激活了当代诗人的创造意识和没有穷尽的自我超越意识。

从诗歌美学的角度看，相较于那些或主张诗歌美在情感、美在思想，或主张诗歌美在韵律、美在建筑的割裂内容和形式的论者，韩东无疑是从历史和美学的角度倡导内容和形式相统一的诗歌美学的有机整体论者：“写什么和怎么写是一体的”[①]。具体地说，他的诗歌美学观是一种生命存在体验和语言形式高度融合的美学观，不仅包含生命个性的内在美，而且含蕴形式创造的奇妙美，二者经由宗教式的存在感悟和审美感悟融为一体。

韩东诗歌本质观中的共性部分曾备受诗评界的瞩目，其扭转1980年代诗歌发展潮流走向的历史功绩已为学界所公认，但是在诗歌已然回归自身和个人的时代，韩东诗歌本质观中的个性部分的时代启发意义也不容忽视，这启发意义主要表现在：韩东以“后现代”的存在论宇宙观、有机整体世界观为基础形成了独特人学观，强调人是一种宗教性的存在物，人的生命个性中除了经验特性还有神性，即人在拥有否定的绝对性(不断否定和超越任何有限内容的能力)的同时还拥有肯定的绝对性(肯定人有获得完整现实和完整生命的可能)。人的肯定的绝对性预示着现代人的生命有可能超越有限、达致完满、脱胎换骨成为新人，并重新开创出一

① 韩东：《韩东随笔小辑》，《作家》，2003年，第8期。

种新的与世界万物和谐共生而非对立的存在方式，自觉肩负起关爱一切生命、看护地球家园的使命和责任，从而赋予人类生命以新的本质性的意义。美国后现代世界中心主任大卫·雷·格里芬认为人的宗教性就表现在人“总是在寻求生活的意义，而且总是力图通过与我们所理解的世界的终极本质保持一致来寻找这种意义”，现代思想的根本失误就在于对人的宗教性估计不足[①]。由此可见韩东的人学观体现出一种后现代思想倾向。俄国宗教哲学家、诗人索洛维约夫也认为西方文明处在矛盾之中，它“把人的意识从一切外在的限制之下解放了出来，承认了人的个性的否定绝对性，宣告了人的绝对权利。但同时，西方文明否定了肯定意义上的，即实际的、本质上拥有完整的存在的任何绝对的原则，把人的生活和意识局限于相对的、暂时的范围之内，于是，这个文明同时确立了无限的渴望和满足这个渴望的不可能性。现代人意识到自己是内在自由的，认为自己是高于一切外在的、不依赖于他的原则，把自己确定为一切的中心，然而，实际上他只是一个无穷小的量，是在周围世界中正在消失的一个点。”[②]韩东的人学观启示人们，人并非一切的中心，人的生命只是自足完满的宇宙间短暂有限的存在物，人只有超越自我的有限性，重新摆正自己在宇宙、地球、社会中的地位，关爱地球和一切生命体，才能获得持续存在的可能，赋予自己的存在以本质性的意义。

① [美]大卫·雷·格里芬著，《后现代精神》，王成兵译，中央编译出版社，2011年，第204页。
② 孙雄：《神人之际 索洛维约夫宗教哲学研究》，宗教文化出版社，2009年，第213页。

韩东生平和创作年表

1961 年 5 月 17 日，韩东生于南京，祖籍湖南湘潭。父亲韩建国，中共党员，南京市作协专业作家，1957 年因参与筹办“同人”刊物《探求者》且形成了纲领《启事》和《章程》，不幸成为全国反右派斗争中的典型，受到留党察看和下放劳改的处分；“文革”期间，因曾在 1962－1965 年写了小说《出山》、与人合写了电影剧本《江心》再次受到批判并遭遇“造反派”的拳脚，后不堪精神重负意欲自杀未遂。1969 年 11 月底 12 月初，方之与妻子李艾华申请下放，带领举家六口人(李艾华的父母、两个儿子李潮和韩东)迁往江苏省淮安市洪泽县黄集公社涧南大队第一生产队。

1968－1969 年在南京东风小学读书；在学校附近曾目睹了社会武斗场景，也曾有过因为出身问题而被同学们拿石头砸的遭遇。韩东的小说《掘地三尺》《描红练习》对 9 岁前的南京生活有过一些描述。

1969 年 12 月，韩东随父母下放到涧南大队第一生产队。到该地的第一夜住牛棚，经历的第一个早晨令他终生难忘。涧南大队只有一所小学、两个年级、一个姓于的老师，韩东插班读二年级，同学的平均年龄在 13 岁以上。于老师是个较为严厉的转业军人。韩东跟随于先生学习语文、算数、图画和劳动。上学过程中，韩东曾因害怕途中的两条大狗和体格强壮爱欺生的同学而一度对上学产生畏难情绪。

1969－1975 年，韩东随家人先后生活在涧南大队和黄集公社，这四五年生活对韩东的诗歌和小说创作影响很大。期间，韩东的母亲因为政治问题被专案组带到公社审查，最后无罪释放。

1976 年，韩东随父母搬迁到洪泽县读中学，并开始正式跟随戴老师学习绘画。

1977 年，韩东参加全国美术学院的考试，因参考知青很多，所以通过初试未进入复试。

1978 年，韩东以极高的政治分数考上山东大学哲学系，同学的平均年龄大于 30 岁。哲学系只有两个班 80 人，男女比例严重失调，女生只有四个。韩东的小说《单杠、香蕉、电视机》对自己的哲学系生活有过描述。同年，父亲方之为治疗哮喘病而返回南京，经查因常年过量注射青霉素而罹患肝癌晚期。

1979 年，方之获得平反恢复名誉，调回南京市文联重新开始创作，在 1979 年第 3 期《北京文学》发表《内奸》后引起了广泛的重视，该小说很快荣获全国优秀短篇小说奖，后来被译成多国文字；10月，韩东从济南返回南京参加父亲的葬礼，父亲的临终遗容与他平日的音容笑貌形成了巨大的反差，他的去世严重地打击了韩东自鸣得意的大学生活，他因为不忍回顾父亲的悲剧命运后来花20年时间才把《方之作品集》读完。

1979年冬，韩东从哥哥李潮那里首次接触到北岛主编的《今天》，心身俱震，持之良久。韩东后来将此刊物带回山东大学。由于对《今天》的阅读，韩东开始模仿写作朦胧诗。

1980年初，韩东在《青春》杂志(哥哥李潮是编辑)首次发表诗歌作品。北岛在给李潮的信中提到："韩东的诗不错，很有前途"，这来自偶像的鼓励对韩东的震动非常之大，从此韩东便走上了一条不归路。韩东还模仿北岛们结社、筹办民刊。

1981年，韩东因写了很多北岛和《今天》式的作品而闻名，成为山东大学著名的校园诗人。在大二或者大三时韩东开始和生物系女生小君(李毅君)谈恋爱。

1981年9月国庆节前夕某个夜晚，韩东参与改组山东大学"云帆"诗社。诗社主要成员还有王川平、吴滨、杨争光、小君、郑训佐、孙基林、吴冬培等。诗社在新、旧两个校区招聘，报名地点是在韩东宿舍，共吸引了70余名诗歌爱好者。王川平是诗社实际的核心人物，杨争光被推选为首任社长。诗社成立后，在韩东的提议下举行了一次夜晚集体郊游以及开展日常性的诗歌交流活动。第三个活动由集体决议，即在文史楼前海报栏上张贴庆祝国庆节的诗歌专刊，因覆盖了一期宣传国共两党合作的墙报而给诗社带来了"灭顶之灾"。校宣传部随后介入调查，最后整个诗社被勒令解散。这期诗歌专刊中王川平的《推石碾的小女孩》、韩东的《孔林的夜晚》等诗受到批判，诗社骨干成员都被要求写检查，韩东和王川平的名字后来甚至上了《光明日报》的内刊。1981年底，校方开始彻查包括《今天》在内的一些非正式出版物的来源，韩东因此再次获罪，所受处分被写入学生档案，毕业后分配到偏远的陕西财经学院。

1982年秋，韩东到陕西财经学院马列主义教研室讲授哲学课程；同年，马原经西安去西藏，与韩东在大雁塔上层谈起了做人的道理。马原认为政治家是第一等的人，第二等人是体育明星，第三等人才是影视歌星，自己是不得已求其次才选择了当作家。这番英雄主义的谈论深深震撼了韩东年少的心灵。

1983年结识丁当，彻夜长谈，引为知己，反叛朦胧诗的念头有所增长，写出了《有关大雁塔》。不久韩东去了北京，在北岛的推荐下，《有关大雁塔》发表在《中国》上，这首诗后来成了"第三代"诗歌的代表作被反复提及，成了反叛北岛以及"今天"诗歌风格的一个标志。

1983－1984 年，韩东在西安筹办三期《老家》，作者有杨争光、王川平、小君、小海、郑训佐、吴滨、韩东等，每期印数大概只有五十本。在《老家》韩东发表了自己代表性的诗作《你见过大海》《有关大雁塔》《 我们的朋友》等，这些先锋诗歌在西安开始慢慢产生影响。与此同时，韩东还与封新成办的民刊《同代》“我们这一代”栏目中的王寅、于坚、普珉等年轻诗人建立起了通信联系，相互交流诗观、切磋诗艺。

1984 年 6 月，韩东以要照顾母亲为由，申请调回南京工作，后被分配到南京审计学院政治教研室任教。同年年底与大学女友小君完婚，住在南京蓝旗新村。

1985 年初，韩东在南京多方联络在文学上有着相近或相似倾向或趣味的朋友如于坚、小海、丁当等开始筹办《他们》杂志，韩东为刊物取名，并成为实际的主编和灵魂人物。《他们》杂志共出九期，1995 年《他们》停刊。韩东一手打造了《刊物》，并为刊物设计了理念。《他们》1985 年 3 月第一期刊有苏童(阿童)的《桑园留念》和马原的《拉萨河女神》，两篇小说引领了后来先锋小说的潮流。诗歌作者有于坚、小海、丁当、韩东、王寅、吕德安、斯夫(陈寅)、封新城、陆忆敏以及贝斯、述平、陈东东、李娟娟等。《他们》1985 年 9 月出第二期，以诗歌作品为主。1986 年《他们》出第三期，变成纯诗歌刊物，封面印有韩东提出的诗歌主张，刊物内部印有贺奕的《绝处逢生——从中国当代诗歌谈起》；同年，韩东和《他们》核心成员参加了安徽的《诗歌报》和深圳的《深圳青年报》联合举办的“中国诗坛 1986 现代诗群体大展”，“他们”和四川的“非非”“莽汉主义”等一同被视为“第三代”诗群中的代表性诗群。《他们》前三期的作者基本可以归于“他们”的第一个时期，作者都是全国各地的优秀年轻诗人。第四、五期《他们》是《他们》的中期，也是最热闹兴盛的时期，作者群中加入了一批新生力量，主要是指南大的杜马兰(杜骏飞)、贺奕、李冯(李劲松)、刘立杆(刘利民)、阿白(王青华)、张生(张永胜)和南京工学院的于小韦、任辉、吴晨骏、朱文等大学生。1989－1993 年《他们》休刊，期间出了朱文、小海、刘立杆、吴晨骏、于小韦、柏桦、马页的《诗选之一》和朱文、韩东的《诗选之二》。1993 年《他们》复刊，出第六期；到 1995 年《他们》终刊出到第九期。1993－1995 年是《他们》的后期，作者达到四五十人的规模，但流派特色已不再明显。

1986 年，韩东参加《诗刊》举办的第六届“青春诗会”，认识了于坚和翟永明。韩东和于坚的创作和诗观自此之后在全国范围内产生了影响。同年暑假，韩东同小海、贺奕结伴游历西安、九寨沟、成都、重庆，结识了丁当、杨黎、万夏、马松、石光华、宋渠、宋玮、王川平等一批“第三代”诗人。

1987 年，韩东参加第二届当代中国诗歌理论研讨会。

1988 年 5 月，韩东前往扬州参加第二届全国新诗研讨会，不久后与小君离婚。

1979－1989 年间，韩东的父亲、外公(服毒自杀)、外婆、嫂子(乳腺癌)先后去世，哥哥李潮(随母姓)得肝炎常年住院，离婚后再婚又闹离婚。母亲李艾华虽找了新伴，但因挨了新伴女儿的打所以分手，鳏寡终身。

1989年以后，韩东开始正式地用大块时间写小说。

1992年，韩东出版第一本诗集《白色的石头》，此前他虽然自费印过诗集《吉祥的老虎》，但是该诗集影响不大且韩东本人后来也很少提及。

1993年，韩东辞去工作八年的南京审计学院教师公职，从此没有公费医疗。辞职原因是韩东认为体制中拘束的生活与自己的天性不相容。韩东的小说《亡命天涯路》《前面的老太婆》《我的柏拉图》对他的教师生涯有过描述。

1994年，韩东被广东省青年文学院聘为合同制作家，为期两年。

1995年，韩东认识了南京艺术学院教师、新写实主义画家毛焰，从此与其成为莫逆之交。同年，韩东出版小说集《西天上》《树杈间的月亮》。同年秋天，韩东赴广州开会，会后到南宁看望作家东西和青年作家李冯，之后去了桂林与负责《漓江》杂志的鬼子敲定了一个合作项目，即1996年以后的《漓江》每期推出一个人的诗歌，由韩东负责组稿并撰写推荐语，韩东推荐了小海、鲁羊、杜马兰、刘立杆等人的诗歌。同年秋或冬，韩东受毛焰之邀参加南京艺术学院的舞会，认识了一个女孩，与女孩谈了一场异常惨烈的恋爱，毛焰是见证人。1996年底，韩东和女孩的恋爱结束精神几乎崩溃，韩东在煎熬不住的时刻打电话约毛焰谈谈，毛焰陪韩东喝了一顿酒，说瘦得已经脱形的韩东看上去很美，几天后带他去拍照，一个月后就画出了有名的油画作品《我的诗人》。

1996年，韩东出版小说集《我们的身体》。

1997 年，韩东出版诗文集《交叉跑步》，同年接受于小伟任总裁的深圳尼克艺术公司的资助，为期两年，也是这一年获第二届刘丽安诗歌奖。

1998年，韩东出版散文集《韩东散文》；5—7月，韩东和朱文发起题为“断裂”的文学行为。 10月，《北京文学》 第十期以 《断裂：一份问卷和五十六份答卷》为题发表了 56份答卷以及作为附录的 “问卷说明”“答卷数据统计”“工作手记”，还发表了韩东的《备忘：有关“断裂”行为的问题回答》等内容，此行为影响和震惊了整个文坛，也引发了很大争议。也是在10月，韩东和于坚应邀参加杨克主编的《1998 中国新诗年鉴》，二人为《年鉴》明确了编选主旨。同样是在10月，韩东参加《钟山》杂志举办的“新生代作家小说创作学术研讨会”，与朱文、鲁羊、吴晨骏等一起与批评家展开了火药味十足的现场论争。

1999年初，韩东将沈浩波的《谁在拿 90 年代开涮》推荐到南京的《东方文化周刊》发表。6 月，韩东、于坚、朱文、伊沙应邀到成都参加一个“电影与文学”的研讨会，会后四位诗人与东道主杨黎、石光华、吉木狼格等“非非”诗人一起在眉山召开了一个小型“诗会”，会上韩东提议编选《1999中国诗年选》，并推荐了编委名单(杨黎、何小竹、韩东、于坚、伊沙)。7月，韩东的《附庸风雅的时代》在《北京文学》发表，正式介入“知识分子写作”与“民间写作”之间的诗学论争。这年秋天，韩东在成都建议杨黎创办文学网站，因为他凭直觉认识到网络没有审查制度将是自由写作的天地。也是在这一年，韩东主编了“断裂”丛书第一辑，收青年作家楚尘、吴晨骏、顾前、贺奕、金海曙、海力洪的小说处女作六部。同年，韩东接受湖南省文学刊物《芙蓉》的主编萧元之邀任唯一的文学编辑，主持“重塑70后”作家栏目共约三年半，在此期间《芙蓉》从栏目、作品到刊物整体形象进行了大幅度的改版，成为国内很多青年作家最向往的圣殿。

2000年，韩东出版小说集《我的柏拉图》；同年《芙蓉》第一期发表了韩东的《论民间》，引起了诗歌界和学术界的广泛热议。

2001年，杨黎听韩东的建议与王敏、何小竹、竖、乌青、离等创办“橡皮文学网”，韩东为网站确立了“自由写作和文学标准的高度结合”的办站理念。网站成立后“橡皮”便和《芙蓉》紧密地联合在一起，“橡皮”的头条基本上都展示《芙蓉》的内容，《芙蓉》的头条也基本上是“橡皮”的作者”，后来成为“橡皮文学网”的主要经办人、初露写作才华的乌青、竖、离都成为《芙蓉》小说、诗歌类版面的主要作者。也是在这一年，韩东卷入“民间写作”阵营内部爆发的几场诗学论争，分别是“沈韩之争”“徐韩萧杨之争”“韩于”之争。

2002年，韩东出版诗集《爸爸在天上看我》。主编了“年代诗丛”第一辑，集中展示了于小韦、丁当、鲁羊、翟永明、朱文、杨黎、柏桦、吉木狼格、小安、何小竹十位优秀诗人1980年代的优秀诗歌作品。韩东还与于小韦、刘立杆、朱庆和、楚尘创立了“他们”文学网，并为网站同样确立了“自由写作和文学标准的高度结合”这一办站理念。于小韦是投资人，韩东在幕后负责监督网站的运行和维护，朱庆和、刘立杆做了很多具体的事务，楚尘多有参与。“他们”文学网建有免费的“论坛”“聊天室”和“空间”供大家自由发表言论，也通过“删帖”“封IP”对“恶意攻击”“揭露隐私”“骂脏话”等言论予以控制，还刊有“消息、电子书、专题、A6工作室”等很多板块，方便大家资源共享和交流。在2002年8月至2004年5月，韩东组织安排刘立杆、朱庆和、巫昂、金海曙、赵志明、何小竹、曹寇、李黎、李红旗、彭飞担任责任编辑，坚持出了十期“他们”文学网刊，主要发表的是70后、80后的大量诗、小说、剧本、访谈录、专题和自由文字等。

2003年，出版长篇小说《扎根》，并凭此书获得“华语文学传媒大奖”2003年度小说家奖；完成主编“年代诗丛”第二辑的工作，共收入杨键、伊沙、蓝蓝、刘立杆、宋晓贤、吴晨骏、杜马兰、普珉、侯马、小海这十位活跃于90年代的实力诗人的作品；同年韩东完成《毛焰访谈录》的采写工作。

2004年，韩东被《中华文学选刊》、中国当代文学研究会、新浪网等评为“中华文学人物—2003 年度最具活力作家”；同年主演李红旗导演的电影《好多大米》，该电影获得瑞士洛迦诺电影节“亚洲电影促进联盟 NetPAC”奖。

2005 年，韩东出版小说集《明亮的疤痕》和长篇小说《我和你》；同年，韩东获《晶报》2004 年最佳专栏作家奖。

2006 年，韩东出版中篇小说集《美元硬过人民币》；出席第 37 届鹿特丹国际诗歌节；由 Nicky Harman(英国著名的翻译家)翻译的《扎根》英文本获第二届曼氏亚洲文学奖提名；出演张耀东导演的电影《下午狗叫》，也是这一年韩东再婚买房，并见了大学时代最亲密的朋友杨争光。

2007 年，韩东出版小说集《西天上》、思想随笔集《爱情力学》；加盟北岛主编的《今天》担任小说编辑，并出席在布鲁塞尔举行的第二届中欧论坛。

2008 年，韩东出版长篇小说《小城好汉之英特迈往》；与贾樟柯合作完成《在清朝》的剧本写作。

2009 年，韩东出版短篇小说集《此呆已死》；《扎根》英文本由美国夏威夷大学出版社出版；《小城好汉之英特迈往》韩文版由韩国熊津出版社出版；应翻艺网和 nickyharman 的邀请，访问英国；与刘家琨合作参加 2009 深圳香港城市建筑双年展“文学与建筑”项目；获首届高黎贡文学节评委会主席奖。

2010 年，韩东出版长篇小说《知青变形记》；《扎根》和《我和你》再版；《小城好汉之英特迈往》获第七届金陵文学奖大奖；韩东被《GQ》杂志评为 2010 年年度作家；同年韩东担任第七届中国独立电影节评委会主席；挂职《青春》杂志社任编辑；11 月，韩东的母亲李艾华病逝。

2011 年，韩东出版随笔集《夜行人》《一条叫旺财的狗》《幸福之道》，写作电影剧本《北京时间》；获《晶报》“阳光特别大奖”之“畅享文学奖”；6 月受歌德学院之邀前往德国哥根廷大学进行访问活动；8 月参加第三届青海湖国际诗歌节。

2012 年，韩东出版中英文诗集《来自大连的电话》；《扎根》日文版由日本勉城出版社出版；《爱情力学》再版；写作电影剧本《爱你 1 万年》；4 月应邀参加 2012 年伦敦书展；9 月参加第九届光州艺术双年展。

2013 年，韩东出版诗集《重新做人》和长篇小说《中国情人》；获第六届“珠江国际诗歌节”诗歌大奖和《长江文艺》社优秀诗歌奖；9－10 月应邀前往法国圣纳泽尔市，参与驻村写作计划；10 月参加首届西南联大国际文学节和第三届香港国际诗歌之夜活动。

2014 年，韩东获第三届“新世纪诗典”成就奖李白诗歌大奖，与李嫱、方世德合作完成 36 集电视剧《卫视恋曲》的写作。

2015 年，韩东出版诗集《韩东的诗》《你见过大海》《他们》和长篇小说《爱与生》；前往英国伦敦孔子学院、利兹孔子学院以及意大利威尼斯孔子学院进行讲学活动；开始执导电影《在码头》。

2016年，韩东导演的首部电影处女作《在码头》入围上海国际电影节创投项目；10月16日韩东、北岛受邀参加南京先锋书店举办的二十周年活动。

2017年5月4日，韩东与艺术家刘鼎在北京举行“就此别过——刘鼎与韩东”展览；9月26日“他们”论坛参与者、诗人外外(吴宇清)南京新街口28层楼跳楼自杀，韩东听闻后极度震惊，由于此前从未读过外外的诗，一读之下发现他已写出杰作，出于愧疚和怀念之情决心整理外外的诗歌加以出版，后为外外的诗集《我将成为明月的椅子》撰写序言《外外和圈子》。10月17日，韩东的《在码头》入围第22届釜山国际电影节新浪潮竞赛单元；11月13日在平遥国际电影节上映，并获新生代单元提名奖。

2018年3月25日，韩东参加北京言几又书店(海淀店)举办的“中国桂冠诗丛·第二辑”新书发布会，与杨黎、潘洗尘、唐欣、阿吾带着各自的诗集与观众见面，并围绕“我和诗歌的关系、我的创作经验”等问题做了10－15分钟的主题演讲和诗歌朗诵。5月，韩东获得“第八届长安诗歌节现代诗成就大奖”；6月16日，受邀参加上海民生现代美术馆的“韩东诗歌朗读交流会”；10月23日，韩东与北岛、毛焰、宇向、于奎潮、刘畅、李志、钟立风一起受邀参加南京先锋书店举行的第22周年《必有人重写爱情》先锋诗歌音乐会；11月3－4日，韩东应毛焰之邀一起在南京四方当代美术馆主展厅举办诗画联展《毛焰 韩东》，期间韩东执导的首部舞台剧《妖言惑众》在美术馆内小剧场拉开帷幕；12月韩东主持编辑《今天》“写作新标”栏目，力推当代小说领域像孙智正这样以文学写作为志业、弄笔多年自成一体的实力作家，此前韩东微博曾转发“成立孙智正小组及筹款活动”的消息：孙智正有一个患有孤独症(阿斯伯格)的孩子，他本人最近因脑出血住院。

2019年，韩东主持编辑《大益文学》“新标”栏目，继续力推当代小说领域像孙智正这样有实力、不太出名的年轻作家。

参 考 文 献

一、作品类

1. 韩东：诗集《白色的石头》. 上海文艺出版社，1992 年.
2. 韩东：诗文集《交叉跑动》. 敦煌文艺出版社，1997 年.
3. 韩东：诗集《爸爸在天上看我》. 河北教育出版社，2002 年.
4. 韩东：中英文诗集《来自大连的电话》. 香港大学出版社，2012 年.
5. 韩东：诗集《重新做人》. 重庆大学出版社，2013 年.
6. 韩东：诗集《韩东的诗》. 江苏凤凰文艺出版社，2015 年.
7. 韩东：诗集《你见过大海》. 作家出版社，2015 年.
8. 韩东：诗集《他们》. 重庆大学出版社，2015 年.
9. 韩东：《韩东散文》. 中国广播电视出版社，1998 年.
10. 韩东：思想随笔集《爱情力学》. 上海文艺出版社，2007 年.
11. 韩东：散文集《一条叫旺财的狗》. 重庆大学出版社，2011 年.
12. 韩东：散文集《夜行人》. 重庆大学出版社，2011 年.
13. 韩东：散文集《幸福之道》. 重庆大学出版社，2011 年.
14. 韩东：小说集《西天上》. 作家出版社，1995 年.
15. 韩东：小说集《树杈间的月亮》. 作家出版社，1995 年.
16. 韩东：小说集《我们的身体》. 中国华侨出版社，1996.
17. 韩东：小说集《我们的身体》. 中国华侨出版社，1996 年.
18. 韩东：小说集《我的柏拉图》. 陕西师范大学出版社，2001 年.
19. 韩东：小说集《明亮的疤痕》. 华艺出版社，2005 年.
20. 韩东：小说集《美元硬过人民币》. 上海人民出版社，2006 年.
21. 韩东：小说集《西天上》. 上海人民出版社，2007 年.
22. 韩东：小说集《此呆已死》. 上海人民出版社，2009 年.
23. 韩东：长篇小说《扎根》. 人民文学出版社，2003 年.
24. 韩东：长篇小说《我和你》. 上海文艺出版社，2005 年.
25. 韩东：长篇小说《小城好汉之英特迈往》. 上海世纪出版社，2008 年.
26. 韩东：长篇小说《知青变形记》. 花城出版社，2010 年.
27. 韩东：长篇小说《中国情人》. 凤凰出版公司 2013 年.
28. 韩东：长篇小说《爱与生》. 江苏凤凰文艺出版社，2015 年.

29．唐晓渡、王家新：《中国当代实验诗选》．春风文艺出版社，1987 年．
30．徐敬亚等：《中国现代主义诗群大观 1986-1988》．同济大学出版社，1988 年．
31．程光炜：《岁月的遗照》．社，会科学文献出版社，1998 年．
32．小海、杨克主编：《〈他们〉十年诗歌选》．漓江出版社，1998 年．
33．杨克主编：《1998 中国新诗年鉴》．花城出版社，1999 年．
34．何小竹、杨黎编：《1999 年中国诗年选》．陕西师范大学出版社，2000 年．
35．庞立波、郑训佐、孙基林：《青秋拾痕》．山东友谊出版社，2010 年．
36．马松：《明月降临：第三代人及第三代人后诗选》．中华工商联合出版社，2014 年．
二、期刊类
1.《他们》1985 年第一、二期．
2.《他们》1986 年第三期．
3.《他们》1987 年第四期．
4.《他们》1988 年第五期．
5.《他们》1993 年第六、七期．
6.《他们》1994 年第八期．
7.《他们》1995 年第九期．
8.《芙蓉》1999 年第一期至第六期．
9.《芙蓉》2000 年第一期至第六期．
10.《芙蓉》2001 年第一期至第六期．
11.《芙蓉》2002 年第一期至第六期．
三、著作类
1．张岱年：《中国哲学大纲》．中国社，会科学出版社，1982 年．
2．赵敦华：《现代西方哲学新编》．北京大学出版社，2014 年．
3．王治河：《扑朔迷离的游戏——后现代哲学思潮研究》．社，会科学文献出版社，1998 年．
4．陈秋平、尚荣译注：《金刚经 · 心经 · 坛经》．中华书局 2010 年．
5．江味农译注：《金刚经讲义》．国际文化出版公司 2013 年．
6．四川美院集体编写：《绘画基础知识》．天津人民美术出版社，1972 年．
7．上海自然博物馆编写组：《从猿到人》科普画册．上海人民出版社，1973 年．
8．毕加索：《毕加索 1881-1973》．上海人民美术出版社，1983 年．
9．唐晓敏：《精神创伤与艺术创作》．百花文艺出版社，1991 年．

10．童庆炳：《现代心理美学》．中国社，会科学出版社，1993 年．
11．北师大中文系比较文学研究组：《比较文学研究资料》．北京师范大学出版社，1986 年．
12．王元骧：《文学原理》(第 2 版)．广西师范大学出版社，2007 年．
13．朱光潜：《诗论》．江苏文艺出版社，2008 年．
14．鲁枢元：《生态文艺学》．陕西人民教育出版社，．2000 年．
15．曾永成：《文艺的绿色之思——文艺生态学引论》．人民文学出版社，2000 年．
16．吴秀明编：《新世纪文学现象与文化生态环境研究》．浙江工商大学出版社，2010 年．
17．曾繁仁：《生态美学基本问题研究》．人民出版社，2015 年．
18．吴济时：《文艺生态论——文艺生态学纲要》．武汉大学出版社，2015 年．
19．吴开晋、耿建华、孙基林：《新时期诗潮论》．济南出版社，1991 年．
20．程光炜：《中国当代诗歌史》．中国人民大学出版社，2003 年．
21．洪子诚、刘登翰：《中国当代诗歌史》．北京大学出版社，2005 年．
22．李扬：《中国当代文学思潮史》．上海社，会科学院出版社，2005 年．
23．吴秀明：《江南文化与跨世纪当代文学思潮研究》．浙江大学出版社，2009 年．
24．吴秀明：《当代文学六十年》．浙江文艺出版社，2009 年．
25．洪子诚：《百年中国新诗史略》．北京大学出版社，2010 年．
26．曹万生编：《中国当代诗歌理论流变史》．人民出版社，2013 年．
27．朱栋霖：《1949-2000 中外文学比较史(上下)》．江苏教育出版社，2009 年．
28．赵稀方：《20 世纪中国翻译文学史(新时期卷)》．百花文艺出版社，2009 年．
29．陈亚平、王晓华：《新世纪后先锋文学编年史(2000-2013)》．中国戏剧出版社，2013 年．
30．申丹、王邦维：《新中国 60 年外国文学研究(第一卷上)：外国诗歌与戏剧研究》．北京大学出版社，2015 年．
31．陆贵山：《中国当代文艺思潮》．中国人民大学出版社，2002 年．
32．徐中约：《中国近代史：1600-2000 中国的奋斗》．香港中文大学出版社，2005 年．
33．邹诗鹏：《三十年社，会与文化思潮》．复旦大学出版社，2012 年．
34．付启元、赵德兴：《南京百年城市史 1912-2012》．南京出版社，2014 年．

35．老木编：《青年诗人谈诗》．北京大学五四文学社，1985 年．
36．孙基林：《内在的眼睛》．中国文联出版社，1999 年．
37．王家新、孙文波：《中国诗歌：90 年代备忘录》．人民文学出版社，2000 年．
38．陈超：《打开诗的漂流瓶》．河北教育出版社，2003 年．
39．孙基林：《崛起与喧嚣：从朦胧诗到第三代》．国际文化出版公司 2004 年．
40．陈祖君：《两岸诗人论》．广西人民出版社，2004 年．
41．明飞龙：《诗歌的一种演义》．九州出版社，2010 年．
42．谭五昌：《诗意的放逐与重建》．昆仑出版社，2013 年．
43．吕进、熊辉：《诗歌理论 第 5 辑》．巴蜀书社，2013 年．
44．杨黎：《灿烂：第三代人的写作和生活》．中华工商联合出版社，2014 年．
45．柏桦：《与神语》．中华工商联合出版社，2014 年．
46．孙基林：《现代诗：讲述与评论》．山东友谊出版社，2015 年．
47．张大为：《当代诗歌理论的观念空间》．社，会科学文献出版社，2015 年．
48．洪子诚编：《在北大课堂读诗》．长江文艺出版社，2002 年版
49．龙泉明编：《中国新诗名作导读》．长江文艺出版社，2003 年．
50．黄万华、孙基林等：《经典解码：20 世纪中国文学与电影》．北京大学出版社，2012 年．
51．朱光潜：《朱光潜全集》第二卷．安徽教育出版社，1987 年．
52．摩罗：《自由的歌谣》．文化艺术出版社， 1999 年．
53．刘湛秋：《断裂与清醒》．长江文艺出版社，2000 年．
54．吴励生：《二十世纪末我们的话语(上卷)：九十年代文学论》．国际文化出版公司 2001 年．
55．郜元宝：《世纪末的中国文坛》．上海文艺出版社，2002 年．
56．杨守森：《文艺学元问题的多维审视》．齐鲁书社，2005 年．
57．夏之放等：《当代中西审美文化研究》．山东教育出版社， 2005 年．
58．袁盛勇：《鲁迅 从复古走向启蒙》．上海三联书店 2006 年．
59．王晓华：《在现代和后现代之间 文学艺术的转型》．黑龙江人民出版社，2006 年．
60．艾思奇主编：《辩证唯物主义 历史唯物主义》．中国人民解放军战士出版社，1978．
61．黄克剑编：《问道 第 1 辑》．福建教育出版社，2007 年．
62．吴义勤：《纸上的火光》．山东友谊出版社，2008 年．

63．洪治纲:《中国六十年代出生作家群研究》. 江苏文艺出版社，2009 年.
64．黄发有:《中国当代文学批评大系 1949-2009》. 苏州大学出版社，2012 年.
65．孙雄:《神人之际 索洛维约夫宗教哲学研究》. 宗教文化出版社，2009 年.
66．罗执廷:《文选运作与当代文学生产：以文学选刊与小说发展为中心》. 暨南大学出版社，2012 年.
67．黄发有:《文学传媒与文学传播研究》. 南京大学出版社，2013 年.
68．高耀丽、赵黎波:《新时期小说的叙事特征及文化阐释》. 新华出版社，2015 年.
69．《基督教词典》编写组:《基督教词典》. 北京语言学院出版社，1994 年.
70．汪继芳:《断裂：世纪末的文学世故》. 陕西师范大学出版社，2000 年.
71．中国文学年鉴编辑委员会:《1999-2000 中国文学年鉴》. 作家出版社，2002 年.
72．[英]罗素:《西方哲学史》. 何兆武、李约瑟译. 商务印书馆 1982 年.
73．[美]弗杰姆逊:《后现代主义与文化理论》. 唐小兵译. 陕西师范大学出版社，1986 年.
74．[美]大卫・雷・格里芬:《后现代精神》. 王成兵译. 中央编译出版社，2011 年.
75．[美]马泰. 卡林内斯库:《现代性的五副面孔》. 顾爱彬、李瑞华译. 商务印书馆 2002 年.
76．[美]詹姆斯. 施密特:《启蒙运动与现代性》. 上海人民出版社，2005 年.
77．[德]胡塞尔:《现象学的观念》. 倪粱康译. 上海译文出版社，1986 年.
78．[法]萨特:《存在与虚无》. 陈宣良译. 三联书店 1987 年.
79．[美]A. J. 赫舍尔:《人是谁》. 贵州人民出版社，1994 年.
80．[希腊]柏拉图:《柏拉图文艺对话集》. 人民文学出版社，1963 年.
81．[法]西蒙娜・薇依:《在期待中》. 杜小真等译. 生活・读书・新知三联书店 1994 年.
82．[法]西蒙娜・薇依:《重负与神恩》. 顾嘉琛，杜小真译. 中国人民大学出版社，2003 年.
83．[美]南茜・默菲、乔治・F. R. 埃利斯:《论宇宙的道德本性 神学、宇宙论及伦理学》. 常春兰、李慧译. 山东人民出版社，2012 年.
84．[英]坎伯・摩根:《罗马书》. 上海三联书店 2014 年.
85．[斯里兰卡]德宝法师:《观呼吸——平静的第一堂课》. 赖隆彦译. 海南出版社，2009 年.

86．[俄]康定斯基：《论艺术的精神》．查立译．中国社，会科学出版社，1987年．

87．[美]悉德·菲尔德：《电影剧本写作基础》．钱大丰等译．世界图书出版公司2012年．

88．[荷]米尔巴尔：《叙述学》．北京师范大学出版社，2015年．

89．[法]茨维坦．托多罗夫：《象征理论》．王国卿译．商务印书馆2004年．

三、论文类

(一) 博硕学位论文

1．常立：《"他们"作家研究：韩东、鲁羊、朱文》．复旦大学博士论文2004年．

2．刘波：《"第三代"诗歌论》．南开大学博士论文2010年．

3．李小杰：《九十年代南京青年作家群论》．复旦大学博士学位论文2010年．

4．肖学周：《闻一多诗歌理论语言问题》．河南大学博士学位论文2010年．

5．孙铁骑：《当代中国马克思主义信仰的理性审视》．东北师范大学博士学位论文2011年．

6．杨亮：《新时期先锋诗歌的"叙事性"研究》．南开大学博士论文2012年．

7．崔春：《论北岛及〈今天〉的文学流变》．山东大学博士论文2014年．

8．陈扬：《20世纪90年代"知识分子写作"与"民间写作"论争研究》．南京大学硕士论文2012年．

(二) 学术期刊论文

1．叶至诚：《曲折的道路——关于〈方之作品集〉》．《文学评论》．1981年第02期．

2．韩东：《三个世俗角色之后》．《他们．》1988年第04期．

3．沈泽宜：《得到的与失去的——谈新生代诗》．《文学评论》．1989年第03期．

4．孙基林：《文化的消解：第三代诗的意义》．《青年思想家》．1990年第04期．

5．孙基林：《中国第三代诗歌后现代倾向的考察》．《文史哲》．1994年第02期．

6．盛海耕：《论20世纪中国爱情诗》．《浙江学刊》．1994年第04期．

7. 欧阳江河:《89'后国内诗歌写作:本土气质、中年特征与知识分子身份》.《花城》1994年第05期．

8．陈仲义：《抵达本真几近自动的言说》．《诗探索》．1995年第04期．

9．李振声：《诗意：放逐与收复》．《文学评论》．1995年第05期．

10．臧棣：《后朦胧诗：作为一种写作的诗歌》．《文艺争鸣》．1996年第01期．

11. 王家新:《阐释之外——当代诗歌理论的一种话语分析》.《文学评论》. 1997年第02期.
12. 孙基林:《"第三代"诗歌理论的思想形态》.《诗探索》. 1998年第03期.
13. 汪晖:《当代中国的思想状况与现代性问题》.《文艺争鸣》. 1998年第06期.
14. 于坚:《真相——关于"知识分子写作"和新潮诗歌批评》.《诗探索》. 1999年第03期.
15. 张钧:《走向自觉的精神哗变》.《长江文艺》. 1999年第05期.
16. 陈晓明:《异类的尖叫》.《大家》. 1999年第05期.
17. 李万武:《论文学个人主义文化情绪》.《文艺理论与批评》. 1999年第06期.
18. 韩东:《论民间》.《芙蓉》. 2000年第01期.
19. 敬文东:《诗歌:在生活与虚构之间》.《文艺评论》. 2000年第02期.
20. 倪东:《人的存在论研究的新领域》.《江海学刊》. 2001年第01期.
21. 杜素娟:《断裂. 传媒. 商业化叙事》.《小说评论》. 2001年第02期.
22. 伊沙:《伊沙自剥皮》.《芙蓉》. 2001年第03期.
23. 伊沙:《中国诗人的现场原声——2001 网上论争回视》.《芙蓉》. 2002年第02期.
24. 吴思敬:《叶硬经霜绿. 花肥映雪红——〈他们〉述评》.《贵州社，会科学》. 2002年第04期.
25. 徐志伟:《言的窘迫:"后朦胧诗"语言观症候批评》.《天津社，会科学》. 2002年第05期.
26. 刘远传:《论人与社，会的关系的双重理解》.《天津社，会科学》. 2003年第01期.
27. 邹建军:《现代诗歌理论中的诗歌本质特征论》.《海南师范学院学报》. 2003年第01期.
28. 谭五昌:《世纪之交的中国新诗状况:1999～2002 年》.《诗探索》. 2003年第Z2期.
29. 谭五昌:《1999～2002 中国新诗状况述评》.《海南师范学院学报(社，会科学版)》. 2003年第04期.
30. 韩东:《关于语言、杨黎及其他》.《作家》. 2003年第08期.
31. 吕世荣:《马克思自然观的当代价值》.《河南大学学报(社，会科学版). 2004年第02期.
32. 罗振亚:《返回本体与语感实验——"他们"诗群论》.《创作评谭》. 2004

年第 12 期.
33．彭泽平：《知识厄运与制度悲剧》.《西北师大学报(社，会科学版)．2005 年第 04 期.
34．张清华：《必然的终点和或然的起点》.《上海文学》．2005 年第 05 期.
35．刘继林：《在话语的反叛与突围中断裂》.《学术探索》．2005 年第 05 期.
36．胡桑：《韩东论》.《赶路诗刊》．2006 年第 04 期.
37．吴培显：《"解放人"：第三代诗的内在精神追求及其建构意义》.《扬子江评论》．2007 年第 02 期.
38．王建疆：《中国诗歌史：自然维度的失落与重建》.《文学评论》．2007 年第 02 期.
39. 张志国:《中国新诗传统与朦胧诗的起源》.《中国现代文学研究丛刊》. 2007 年第 05 期.
40．柏桦、余夏云：《同写平凡的"世界性因素"》.《文艺研究》．2007 年第 09 期.
41．张永昌：《写实主义教学的思考》.《艺术教育》． 2008 年第 05 期.
42．赵冬梅：《从"田园牧歌"到"繁管急弦"——关于韩东《扎根》的片断式解读》.《海南师范大学学报(社，会科学版)．2008 年 21 卷第 06 期.
43．孙基林、王茜：《生命与空间：韩东诗的另一种解读》.《山东大学学报(哲社，版)》．2009 年第 06 期.
44．梁鸿：《暧昧的"民间"："断裂问卷"与 90 年代文学的转向》.《文艺争鸣》．2009 年第 06 期.
45．韩一宇、王耀文：《由"山"到"海"的跋涉》.《文艺争鸣》．2009 年第 08 期.
46. 陈仲义:《新"罗马斗兽场"——十年网络诗歌论争缩略》.《文艺争鸣》. 2009 年第 12 期.
47．朵渔：《面向真理的姿势　重论韩东》.《上海文化》．2010 年第 03 期.
48．何同彬：《边界互渗的生机与险境》.《当代作家评论》．2011 年第 04 期.
49. 刘昭、迟明珠:《论韩东写作观与海德格尔的存在主义》.《学术交流》. 2011 年第 07 期.
50．罗执廷：《选本运作与"第三代诗"的文学史建构》.《江汉大学学报(人文科学版)．2012 年第 01 期.
51．薛世昌、张学敏：《再探"诗到语言为止"命题的语意能指》.《当代文坛》．2013 年第 02 期.
52．罗执廷：《文选运作与中国当代文学的发展》.《文学评论》．2013 年第

02 期.
53. 孙基林:《“知识分子写作”叙事性诗歌理论的源起与倾向》.《山东社,会科学》. 2013 年第 08 期.
54. 柯雷、张晓红:《真实的怀疑:韩东》.《北方论丛》. 2014 年第 01 期.
55. 小海:《韩东诗歌论》.《东吴学术》. 2015 年第 08 期..
56. 姜红伟:《80 年代大学生诗歌运动:文学乌托邦意义的诗潮》.《山花》. 2015 年第 12 期.
57. 胡友峰、余海艳:《〈他们〉:未完成的诗歌“现代性”》.《当代作家评论》. 2016 年第 01 期.
58. 杨汤琛:《从时间的方向看一论第三代诗歌的时间诗歌理论》.《当代作家评论》. 2016 年第 03 期.
59. 奚密:《现代汉诗中的自然景观:书写模式初探》.《扬子江评论》. 2016 年第 03 期.
60. 陆克寒:《“探求者”文学月刊社,案考》.《文艺争鸣》. 2016 年第 09 期.
61. 何同彬:《文学的深梦与反抗者的悖谬——韩东论》.《文艺争鸣》. 2016 年第 11 期.
62. 索甲仁波切开示.《三种禅坐方法》. 郑振煌译:《世界佛教》. 2017 年第 01 期.
63. 韩东与黄德海:《趋向完美的努力会另有成果》.《上海文学》. 2017 年第 02 期.
64. 索甲仁波切开示.《禅坐中的心》. 郑振煌译:《世界佛教》. 2017 年第 02 期.
65. 张德明与罗振亚:《对话:亲情诗的当下发展及可能》.《扬子江诗刊》. 2017 年第 06 期.
66. 段晓琳:《百花时期的同人刊物:以〈探求者〉为例》.《文艺争鸣》. 2017 年第 11 期.
67. 泓峻:《社,团传播对中国早期马克思主义文论品格的影响》.《文史哲》. 2019 年第 02 期.